KB070503

해러스먼트 게임

Original Japanese title: **HARASSMENT GAME**

Copyright ⓒ 2018 Yumiko Inoue

Original Japanese edition published by KAWADE SHOBO SHINSHA Ltd., Publishers.

Korean translation rights arranged with KAWADE SHOBO SHINSHA Ltd., Publishers
through The English Agency (Japan) Ltd., and Danny Hong Agency.

해러스먼트 게임

이노우에 유미코 장편소설
김해용 옮김

위즈덤하우스

차례

제1장

해가 뜨기 전까지 한 시간이 승부처다.

배의 바닥을 두드리는 파도의 감촉을 확인하면서 천천히 낚싯줄을 늘어뜨렸다. 바다는 아직 먹물을 떨어뜨린 듯 어둡다.

도야마 항에서 3킬로미터 정도 먼 바다 쪽으로 나오면 있는 이 포인트는 아는 사람만 아는 참돔 밭이다. 특히 아침 물때라고 불리는 새벽 시간대에 조과(釣果. 낚시로 고기를 낚은 성과─옮긴이)가 좋다. 낚싯배 선장에 따르면 지난주에도 교토에서 온 낚시꾼이 70센티미터가 넘는 대물을 낚았다고 한다.

"난 이게 벌써 몇 번짼데. 내 평소 행실에 문제가 있었나."

"아뇨, 아뇨. 손님은 운이 좋은 거요. 일찍부터 큰 놈이 걸려 봐요. 그럼 훗날 무슨 재미로 사시겠소."

"말은 청산유수로구먼" 하고 빈정거림을 담아 웃는 순간 낚싯대의 릴에서 드르륵 하는 소리가 들렸다. 피라미의 입질이 아니었다. 방금 전 선장을 원망했던 것도 잊고 남자는 정신없이 릴을 감았다.

묵직하다. 처음 느껴보는 중량감에 두 팔의 근육이 떨려온다. 가슴도 뛴다.

자세를 낮추고 잡아당기자 족히 50센티미터는 넘을 당당한 참돔의 모습이 드러났다.

"좋아, 좋아! 착하지!"

하지만 참돔에게 그런 소리가 들릴 리 없다. 좌우로 날뛰는 대물의 힘에 못 이겨 균형을 잃었다.

"위험해요! 포기하쇼! 놔요!" 하고 선장이 소리쳤지만 남자는 낚싯대를 놓으려 하지 않았다.

포기라는 말은 좋아하지 않는다. 이럴 때 굳이 고집 피울 이유도 없는데 단단히 쥔 낚싯대에 끌려가듯 바다 속으로 빠지고 말았다.

금방이라도 터질 듯한 폐. 아득해지는 의식. 그때와 똑같다.

생뚱맞은 감상이 떠올랐을 때 수면으로 아침 해의 반짝거림이 보였다. 남자는 몸을 뒤집고 물을 가르며 부상했다.

도야마 만에서 훌륭한 다이빙 솜씨를 보인 남자의 이름은 아키쓰 와타루이다. 둥근 얼굴에 일자 눈썹, 부리부리한 눈. 학창시절 친구들로부터 '눈사람'이라는 별명으로 불렸을 만큼 동안이어서 젊어 보이기는 하지만 전달에 쉰세 살이 되었다.

도야마 항에서 가까운 마루오 슈퍼 도야마 추오점에서 점장을 맡고 있다.

과거에는 도쿄 본사의 중추였던 점포개발부에 몸담고 있었고 업계에서도 조금쯤은 유명한 존재였지만 7년 전 어떤 사건을 계기로 본사에서 나왔다. 그 이후 아키타, 도야마 등 북쪽의 작은 지점만 돌고 있다.

"고마워. 선장. 또 보세."

무사히 배에서 내린 아키쓰는 싼값에 배를 태워준 선장에게 고맙다는 인사를 한 후 선착장에서 나왔다.

팁은 주지 않았다. 쓸데없는 허세 따위는 부리지 말자고 결심했다. 서로 눈치 볼 필요 없는 단골에게 선장 역시 "인생은 길다니까요" 하며 배웅했다.

자가용을 겸하고 있는 자전거에 올라타 항구 옆으로 나 있는 국도를 달린다. 하나뿐인 길을 역 방향으로 꺾자마자 곧 도야마 추오점이 보였다. 문을 여는 10시까지는 아직 시간이 좀 남았다.

종업원들보다 조금 일찍 출근한 아키쓰는 직원 휴게실에서 다리미 스위치를 켰다. 점포에서 입는 초록색 앞치마를 다리미로 꼼꼼히 다리면서 오늘 해야 할 일을 확인한다. 이것이 점장 아키쓰의 아침 의식이었다.

본사 근무를 하다가 지점에서 근무하게 된 지 얼마 안 되었을 무렵에는 등뒤로 앞치마 끈을 묶는 그 단순한 일도 못하는 자신에게 놀랐다. 딸이 어렸을 때 아내에게 배운 동요로 나비 매듭을 익혔던 걸 떠올리자 겨우 할 수 있게 되었다. 지금도 앞치마를 걸칠 때는 자신도 모르게 읊조리고 만다.

"앞치마. 치마. 치마 긴 끈을~ 빙글, 빙글빙글, 돌리고~."

지금까지 몇 백 번을 불렀을까. 아니, 7년이니까 어림잡아 2천 번 이상이지 않을까.

무의미한 계산을 즐기며 아키쓰는 점포로 이어지는 철문을 열었다.

"안녕하십니까!"

십여 명의 파트타이머들이 아키쓰의 목소리에 모여든다.

"점장님, 짠내가 나는데요."

"또 새벽낚시 하셨어요?"

평균 나이 마흔여덟 살, 지방의 주부들 눈은 도저히 속일 수가 없다.

"들켰네. 참돔과 격투 끝에 풍덩! 참패였어."

"질리지도 않으세요, 점장님은."

"매장은 저희한테 맡기고 따뜻한 커피나 한잔하시고 오세요."

"잘 부탁합니다. 오늘도 완전 편한 마음으로 손님들을 맞아 주세요. 어서 오세요! 어서 옵쇼!"

파트타임 주부들이 일제히 도야마 사투리로 "어서 옵쇼!" 하고 복창하자 개점을 알리는 음악이 활기하게 울려 퍼졌다. 동네 주부며 노인들이 오늘의 할인 상품인 간장을 찾아 하나둘 들어온다.

"어서 옵쇼!" "어서 옵쇼!"

손님을 맞이하는 직원들에 뒤지지 않으려고 아키쓰도 "어서 오세요!" 하고 소리쳤다. 그때였다.

"점장님, 본사 인사부에서 전화 왔어요."

사무를 보는 여자 직원이 아키쓰를 부르러 왔다.

"인사부……?"

인사부에서 무슨 전화가 왔을지 전혀 짚이는 게 없는 아키쓰는 살짝 불안한 마음으로 직원 휴게실로 되돌아갔다. 뭔가 문제를 일으킨 기억은 없는데…….

수화기를 들자 인사부장의 감정 없는 목소리가 들려왔다.

"아키쓰 와타루 씨, 당신에게 인사이동 지시가 내려졌습니다. 이동 근무지는 도쿄 본사로, 컴플라이언스실(컴플라이언스 compliance는 법률, 명령 준수라는 뜻이며, 보통 기업 내의 부서일 때는 법령준수실 정도로 번역할 수 있다―옮긴이) 실장으로 발령 났습니다."

"네? 이 시기에 이동이라고요?"

마루오 홀딩스의 정기 인사이동은 7월인데 지금은 이미 10월이었던 것이다. 하지만 전화 너머의 상대는 더욱 믿기 힘든 말을 계속했다.

"이동 날짜는 오늘입니다. 지금 바로 도쿄 본사로 와주십시오."

본사에서 나온 이후로 일 때문에 놀라본 적이 없었던 아키쓰였지만 이 말에는 할 말을 잃고 말았다. 게다가 이동 부서가 사내 문제나 해러스먼트(harassment, 일반적으로는 괴롭힘. 학대를 뜻하지만 여기서는 주로 직장 내에서 벌어지는 모든 종류의 괴롭힘을 가리킨다—옮긴이)를 다루는 컴플라이언스실이라고 한다.

왜 하필 내가?

수많은 아수라장을 거쳐왔다고 자부하는 아키쓰였지만 그 이유는 도저히 상상하기가 어려웠다.

아키쓰를 급히 도쿄로 다시 불러들이게 된 사건이 벌어진 것은 두 시간 전인 오전 8시 1분의 일이었다.

마루오 슈퍼 고객상담실 전화가 업무 시작을 기다렸다는 듯이 울렸다. 파견 사원인 베테랑 상담원 다카하시 노부코가 전화를 받자 갑자기 젊은 여자의 성난 목소리가 들려왔다.

"우리 아이가 죽었으면 어쩔 뻔했어요!"

격앙된 여자의 이야기를 정리하자면 이랬다. 다섯 살 아들이 아침식사로 크림빵을 먹고 있었는데 빵 안에서 1엔짜리 동전이 나왔다. 크림빵은 전날 마루오 슈퍼 렌마점에서 구입한 마루오의 오리지널 브랜드 상품이었던 것이다.

"뭐가 '완전 안심'이에요! 전혀 안심할 수 없잖아요!"

마루오 오리지널 브랜드 상품들에는 선대 사장이 3일 밤낮을 꼬박 새우며 고안했다는 마루오 슈퍼의 캐치프레이즈 '완전 안심'과 꽃 그림이 디자인되어 있다. 노부코는 격앙되어 있는 여자를 달래 겨우 이름과 연락처를 물었다.

상사인 고객상담실 실장 가지와라 히로카즈가 심상치 않은 사태를 눈치 채고 다가왔다.

"이거 큰일이군. 1엔짜리 동전이 들어 있었다니 옴짝달싹 못하게 생겼어."

머리카락이나 기계의 쇳조각이 들어 있었다는 등의 이야기는 과거에도 있었다. 관리 체제를 문책당하기는 했지만 사죄와 일부 제품의 자체적 회수로 소비자의 이해를 얻어왔다.

하지만 이번에는 차원이 달랐다. 1엔짜리 동전이라니, 누군가가 의도적으로 넣은 게 아니라면 섞여 들어갈 만한 게 아니다. 단순한 실수가 아니라 노골적으로 누군가가 악의를 갖고 저지른 일인 것이다.

"우리 선에서는 해결할 수 없어. 임원 회의에 상정하자."

그로부터 약 한 시간 후인 9시 정각. JR 소부센 료코쿠 역에서 걸어서 6분, 스미다강변에 세워진 마루오 홀딩스 본사 꼭대기 층인 12층에 여섯 명의 남자가 모였다. 대표이사인 마루오 다카후미, 부사장인 이와무라 다쿠, 전무인 시라이시 무네오, 상무인 와키타 하루오에 이사인 미즈타니 이쓰로, 아오키 준페이까지. 그다지 즐겁지 않은 긴급회의에 소집된 임원들은 창업자인 마루오 다카시의 사진 밑에서 입을 꾹 다물고 앉아 있었다.

마루오 슈퍼의 전신은 1976년에 가와사키 시에서 창업한 마루오 청과물 가게였다. 두말할 필요도 없이 창업자의 성에서 따온 가게 이름은 주식회사 슈퍼 마루오를 거쳐 현재의 마루오 홀딩스로 발전했다. 가족 경영 회사의 틀을 벗어나지 못했던 지방 슈퍼마켓을 일부 상장기업으로 키운 것은 2대째 사장이자 다카후미의 아버지인 마사타카였다. 버블 경제 이후 90년대 들어 경쟁사들이 제자리걸음인 와중에 호기롭게 하나둘 용지를 매입하여 점포를 전국 규모로 넓혔다.

8년 전에 마사타카가 갑자기 사망한 후 30대 초반의 나이에 최고 경영자 자리에 오른 3대 마루오 다카후미 사장은 아버지의 업적에 뒤지지 않으려고 새로운 경영 방침을 계속해서 발표했다. 전에 없던 새로운 점포의 출점, 신사옥 건설, 오리지널 브랜드의 개발. 그 모두가 업계 내에서의 존재감을 유지하는 데는 효과가 있었지만 급격한 통신판매의 성장에 떠밀려 수익 자체는 감소 추세였다.

유일하게 지속적으로 성과를 올리고 있었던 것이 오리지널 브랜드 '완전 안심' 시리즈의 빵과 반찬이었다. 공교롭게도 오늘 아침 마루오 슈퍼에 충격을 안긴 크림빵은 그중에서도 제일 잘 팔리는 상품이었던 것이다.

"실례하겠습니다."

무거운 침묵을 깨듯이 임원 비서인 고마쓰 미나코가 문을 열었다. 젊은 여자 직원이 숨을 헐떡이며 들어온다.

"문 잠가. 전화도 연결하지 말고."

홍보 담당 이사를 맡고 있는 미즈타니의 지시로 미나코가 문을 잠갔다.

여자 직원은 굳은 표정으로 큰 테이블 앞에 섰다. 몹시 허둥대며 왔을 것이다. 정수리 가까이 올려 묶은 포니테일이 마치 말의 꼬리처럼 흔들리고 있다.

"컴플라이언스실의 다카무라 마코토라고 합니다. 구리하라 실장님이 병으로 입원 중이셔서 제가 보고서를 작성해 왔습니다."

미나코가 마코토로부터 받아 든 보고서를 재빨리 임원들에게 나눠준다. 제일 먼저 점포 총괄 담당인 와키타 상무가 마코토에게 확인했다.

"만일을 위해서 말인데, 아직 누구에게도 말하지 않았죠?"

"네. 저희 가족에게도 말하지 않았습니다."

이와무라 부사장이 초조한 눈빛을 보낸다.

"빨리 사장님께 설명하게."

마코토는 인사를 하고 바로 사안에 대한 설명을 시작했다.

"오늘 아침 오전 8시 1분, 고객상담실로 클레임 전화가 걸려 왔습니다. 다섯 살 아들이 당사에서 판매하는 크림빵을 먹고 있는데 빵에서 1엔짜리 동전이 나왔던 모양입니다. 크림빵은 어제 오후 5시경, 렌마점에서 판매된 당사 오리지널 브랜드, '완전 안심' 시리즈였습니다. 고객 서비스팀에서 크림빵의 바코드를 확인한 결과 틀림없이 렌마점에서 판매된 것이었습니다."

고작 10분 만에 작성된 보고서에는 오자가 군데군데 보였지만 마코토의 말투에 망설임은 없었다. 사람을 꿰뚫어보는 데 정평이 나 있는 와키타 상무는 마코토를 '두려움을 모르지만 다소 신중함이 결여되어 있는 성격'이라고 내심 평가했다.

"또 방금 전 렌마점을 조사한 바에 따르면 어젯밤 폐점 직전에 수상한 전화가 걸려왔다고 합니다."

마코토는 렌마점의 매장 주임 사사베로부터 전화를 통해 들은 내용을 그대로 전했다.

"전화를 건 사람은 젊은 여성이었습니다. '파워하라(파워 해러스먼트power harassment의 일본식 준말. 직장 내 상사의 괴롭힘을 뜻한다—옮긴이)를 중단하지 않으면 마루오 슈퍼 모든 점포에 제재를 가하겠다……'고 말하고 끊었습니다. 단순한 장난 전화라고 생각하여 점장에게는 보고하지 않았습니다. 죄송합니다."

마루오 사장이 하려던 말을 삼켰다.

"파워하라를 중단하라고? 그 말은 그러니까……"

아버지 대부터 실권을 잡고 있었고, 과거에는 마루오 사장의 가정교사까지 맡았던 이와무라 부사장이 말을 이었다.

"그러니까, 우리 사원이 그랬다는 겁니까?"

"내부 범행?"이라는 말과 함께 모두가 충격에 휩싸였다.

"그 상품개발부 영업팀의 야근 문제일 겁니다."

"아니, 사이타마 지점의 술 강요 때문 아닐까요?"

"경리부 차장이 여자 직원에게 속옷 색깔을 물어봤다는 일 때문일 듯한데."

"그건 성희롱이잖아요?"

각양각색의, 더구나 말도 안 되는 억측이 난무하는 가운데 와키타 상무가 마코토에게 물었다.

"컴플라이언스실로 뭔가 짚이는 파워하라 건이 들어온 게 있습니까?"

"파워하라 건은 몇 가지 있습니다만 이거다 싶은 건 없습니다."

대화를 듣고 있던 마루오 사장의 눈이 붉게 충혈되었다.

"역시, 상무는 이런 때도 상당히 냉정하군요."

마루오 사장이 빈정대지 않고는 배길 수 없을 만큼 궁지에 몰려 있는 이유는 시나가와 역 앞의 새 지점 오픈일이 얼마 남지 않았기 때문이다.

마루오 슈퍼 시나가와 인터내셔널점. 매장의 설계며 상품의 진열부터 직원 채용까지, 지금까지의 마루오 슈퍼와는 상당히 다른 형태를 띠고 있었다. 이벤트를 좋아하는 마루오 사장이 2020년 도쿄 올림픽을 앞두고 외국 관광객의 지갑을 열기 위해 본인이 직접 이끌어온 대형 프로젝트였다. 그 오픈이 이번 주 금요일로 다가와 있었던 것이다.

와키타 상무는 3대 사장을 구슬리듯 고개를 저었다.

"전혀 그렇지 않습니다. 점포 총괄 담당으로서 내심 당황하고 있습니다. 아무튼 서둘러 경찰과 보건소에 상담을 요청해야 할 것 같습니다."

와키타의 발언에 줄곧 고개를 끄덕이고 있던 미즈타니가 더욱 크게 주억거렸다.

"상무님 말씀대로입니다. 이런 일은 선수를 빼앗기면 좋지 않아요. 자네, 당장 렌마점에 연락하게. 지금 당장 말이야."

갑작스러운 큰 목소리에 떠밀려 마코토는 "네" 하고 몸을 돌렸다.

"기다리세요." 마루오 사장이 새된 목소리로 외쳤다.

"경찰에 알리면 매스컴이 눈치 채게 돼. 지금 공표하면 시나가와점 오픈에 큰 타격을 받는다고."

와키타 상무가 불쌍하다는 듯 바라보았다.

"제가 잘못 들은 게 아니라면, 지금 사장님께서는 은폐하자고 말씀하시는 겁니까?"

"은폐라고는 말하지 않았어요. 굳이 공개할 필요가 없다고 말했을 뿐이지."

마코토는 반쯤 어이없어하며 "그게 그건데" 하고 몰래 중얼거렸다.

와키타가 재빨리 알아듣고는 "뭔가 하고 싶은 말이 있으면 해보세요" 하며 미소를 보내온다. 진지하게 받아들일지 어떨지는 모르겠지만 마코토는 용기를 내보기로 했다.

"외람되지만 불상사는 신속히 공표하는 게 현재의 위기관리 철칙입니다."

하지만 마루오 사장은 완강하게 고개를 끄덕여주지 않았다.

"시나가와점이 실패하면 회사 자체가 위기에 빠져요. 여러분은 그래도 좋습니까?"

임원들 몇 명이 천장을 올려다본다. 시나가와점에는 30억 엔의 자금을 쏟아부었다. 10년 안에 변제할 계획이다. 출발 시점부터 전력을 다해 궤도에 올려놓지 못하면 확실히 경영에도 영향을 미칠 것이다.

"그렇다면 사장님은 어떻게 하고 싶으십니까?"

"사태의 추이를 지켜봐도 될 만한 사안은 아닙니다."

궁지에 몰린 3대 사장은 눈을 감았다.

1분, 2분, 3분……. 소중한 시간을 잃어간다.

마코토가 더 참지 못하고 시계를 보았을 때 비로소 마루오 사장이 일어섰다.

"새로운 컴플라이언스실 실장을 임명하도록 하죠. 신속하게 조사를 시켜 누가 이런 말도 안 되는 짓을 했는지 찾아내도록 말이오."

인사 담당인 아오키 이사는 자신의 귀를 의심했다.

"이럴 때 긴급 인사이동을 하겠다는 말씀입니까?"

"컴플라이언스실은 사장실 직속이오. 나한테 임명권이 있어요."

"물론 규정상으로는 그렇습니다만⋯⋯. 대체 누가 이런 화급한 시점에⋯⋯."

"마루오 전 직원 천팔백 명, 그중 이 궁지를 헤쳐나갈 인물이 반드시 있을 겁니다."

그런 인물을 어디에서 찾을 수 있을까.

생각지도 못한 전개에 어리둥절해 있는 마코토를 보며 마루오 사장이 의미심장한 말을 던졌다.

"안심하게. 반드시 최강의 상사를 보내줄 테니."

"⋯⋯최강."

마코토는 자신도 모르게 중얼거렸다. 최강의 상사라는 말이 무슨 뜻인지는 알고 있는데, 왠지 '최악'이라는 한자가 머릿속에 떠올랐던 것이다('최강最強'과 '최흉最凶'의 일본식 발음은 '사이쿄さいきょう'로 똑같다. 여기에서는 '최흉'이라는 일본식 한자어를 우리 실정에 맞는 '최악'으로 바꾸었다—옮긴이).

불길하다. 마코토는 마음속에 떠오른 불안을 필사적으로 지워버렸다.

그리고 또 한 사람, 와키타 상무도 안 좋은 예감에 휩싸여 있었다. 하지만 묵묵히 진행 과정을 지켜보는 와키타의 감정 변화를 눈치 챈 사람은 아무도 없었다.

마코토는 계단을 뛰다시피 내려와 11층의 컴플라이언스실로 돌아왔다.

언제든 사장에게 보고하러 갈 수 있도록 컴플라이언스실은 사장실 바로 아래에 위치하고 있었지만 사장을 지탱해주고 있다고 말할 수 있을 만큼 거창한 존재는 아니었다. 실장과 그 아래인 마코토, 둘뿐인 아주 작은 부서였다. 실내도 책상 둘에 회의용 공간이 덩그러니 놓여 있을 뿐이다.

3년 전, 마침 마코토가 입사한 그해에 마루오 홀딩스는 컴플라이언스실을 설치했다. 당시 가족 경영 회사였던 마루오는 컴플라이언스 대책이 늦다고 대내외적으로 많은 지적을 받았기 때문에 마루오 사장이 설치를 결심했다.

법학을 전공했다는 이유로 컴플라이언스실로 배치된 마코토는 실장인 구리하라 다이치를 보좌하며 법무 변호사와 의논하여 법령 준수에 대한 규범을 만드는 일을 해왔다. 이번 같은 불상사나 파워하라, 성희롱 등 각종 해러스먼트에 대응할 수 있는 사내 규범 만들기가 겨우 정비된 시점에 구리하라 실장이 쓰러졌다. 심근경색이었다.

그로부터 2주 동안 입사 4년차인 마코토가 홀로 컴플라이언스실을 책임져왔던 것이다.

"자요, 인사부에서 준 거."

실장용 컴퓨터를 세팅하고 있는데 비서인 미나코가 들어왔다. 이미 완성된 신임 실장용 명함 상자를 들고 있다. 이른 아침부터 불려 나왔는데도 완벽한 화장과 손톱이었다. 누구도 그녀에게 나이를 물어본 적은 없었지만 서른을 갓 넘긴 정도가 아닐까. 파견 비서로서 여러 회사를 거쳐 경력을 쌓아왔다고 들었던 만큼 업무뿐만 아니라 행동거지에도 빈틈이 없다. 업무 처리만으로도 허덕거리는 마코토로서는 그런 미나코 앞에만 서면 왠지 모르게 자신감이 흔들리고 만다.

"이것 때문에 일부러 오다니, 고생이 많네요."

"오는 김에 한마디 주의사항도 말해줄 겸해서."

"주의사항?"

"평판이 그다지 좋은 사람은 아닌 것 같아요. 조심하세요."

미나코는 재미있다는 듯 그렇게 말하고는 완벽히 말린 머리카락을 휘날리며 컴플라이언스실에서 나갔다.

마코토는 서둘러 명함 상자를 열어보았다. 갓 만든 명함에는 '컴플라이언스실 실장 아키쓰 와타루'라고 적혀 있었다. 컴퓨터로 사원 정보를 띄워보았다.

〈아키쓰 와타루. 1965년 4월 1일 출생. 메이세이 대학 법학부 졸업〉

만우절에 태어난 쉰셋의 남자. 대학은 별 볼 일 없지만 그래도 어쨌든 법학부를 나온 건가.

선임자의 특권으로 미리 품평해보던 마코토는 이동 전 직책을 보고 깜짝 놀랐다.

〈도야마 추오점 점장〉

"도야마…… 어? 점장?"

'최강'의 신임 실장은 틀림없이 본사 경영기획실이나 홍보실 같은 부서에서 차출되어 올 것이라고 생각했기 때문이다. 이 비상시국에 왜 굳이 지방의 점장을 부른 것일까. 게다가 요코하마나 나고야 같은 주요 점포도 아니다. 마코토로서는 어떻게 해석해야 할지 알 수 없었다.

그 무렵 신임 실장 아키쓰는 도야마 역에서 도쿄행 호쿠리쿠 신칸센에 탑승해 있었다. 창가에 앉은 갓 스무 살 정도 돼 보이는 젊은이에게 "실례합니다" 하고 말하고 가방을 선반에 올려놓은 후 통로 쪽 좌석에 앉았다. 어쨌거나 갑작스러운 전근이었으므로 집을 나설 때 아내 에이코의 기분은 몹시 안 좋았다.

"뭐야, 이게. 어떻게 된 건데?"

에이코는 노골적으로 불만스러운 목소리로 물었다. 일단 갈아입을 옷 몇 개만 서둘러 준비하면서 아키쓰는 사실 그대로 대답했다.

"글쎄. 나도 아직은 잘 모르겠어. 그게, 원래 있던 사람이 병으로 입원을 해서, 대신 일해달라는 것 같아."

"정말? 잘 알지도 못하면서 시키는 대로 해야 돼?"

"어쨌거나 월급을 받는 몸이니까."

"일해주니까 월급을 받는 건 당연하잖아. 아니, 일하는 걸로만 치면 더 받아야 할 정도지. 아주 혹사당하고 있으니까, 훨씬 더 많이."

대학 동창인 에이코는 작은 몸집에 시원시원한 성격으로 남학생들의 인기를 독차지했었다. 하지만 결혼하고 딸을 낳은 후부터 그 시원스러운 성격은 뻔뻔스러운 방향으로 발휘되었다. 최근 들어서는 고등학생이 된 딸 나쓰미와 한편이 되어 맹공을 퍼부어왔다. 아키쓰는 늘 꽁무니만 뺐다. 여자 두 명을 상대로는 승산이 없다는 걸 잘 알고 있었다.

"미안해. 기차 늦겠어. 나쓰미한테는 잘 이야기해줄 거지?"

"잠깐만! 어떻게 이야기하라고? 7년 전에 갑자기 아버지를 좌천시킨 이기적이기 짝이 없는 회사가 이번에는 갑자기 도쿄로 다시 불러들였다고 이야기하면 돼?"

"정확한 설명이네. 역시."

가방을 들고 나가는 아키쓰의 등에 대고 에이코가 말했다.

"잠깐, 정말! 나쓰미 학교는 어쩌고? 내 아르바이트는? 자기만 일하고 있었다고 생각하는 건 아니겠지?"

제대로 에이코에게 말해두지 않은 게 훗날의 불씨가 되지 않았으면 좋겠는데.

후회했지만 이미 늦었다. 아키쓰는 비닐봉지에서 크림빵을 꺼냈다. 문제가 된 그 크림빵과 같은 것이었다. 도야마 추오점의 파트타임 직원들의 배웅을 받으며 마지막으로 자신의 돈을 헐어 사 왔다.

세금을 포함해 230엔. 봉지에 인쇄된 '완전 안심'이라는 글씨를 발견하고 봉투를 확인한 후 슬쩍 포장을 뜯었다. 크림빵을 반으로 갈라 꼼꼼하게 크림을 살펴보기도 하고 냄새도 맡아 보았다. 그러는 아키쓰를 옆에 앉은 젊은이가 이상하다는 듯 바라본다. 아키쓰는 젊은이의 시선을 눈치 채고 미소 지었다.

"아, 이건…… 사정이 좀 있어서."

"아, 네."

젊은이는 말 걸지 말라는 듯이 눈을 감았다. 산 지 얼마 안 된 최신 유행의 양복을 걸치고 경제신문을 손에 쥐고 있었다.

"아, 혹시 구직 중인가요? 잘해봐요."

순간적으로 그렇게 말을 건넸지만 대답은 없었다. 무릎 위 에 놓인 신문에는 경제경영서 광고가 실려 있었다.

〈열심히 하지 않아도 된다고 말하자―파워하라 상사가 되 지 않기 위해〉

그것을 보며 쓴웃음을 짓는 순간 기차는 터널 속으로 빨려 들어갔다.

어두운 차창에 비친 쉰 줄 남자의 얼굴에는 어렴풋이나마 야심이 남아 있는 것처럼 보였다.

7년 만에 온 도쿄는 변해 있었다. 아키쓰가 있던 무렵에는 아직 건설 중이던 도쿄 스카이트리도 완성되어 있었다. 대형 종합 건설회사에 임대로 들어가 있던 마루오 홀딩스 본사도 현재의 자사 건물로 자리를 옮겼다.

무엇보다 많이 변한 것은 아키쓰 자신일지도 몰랐다. 7년 전에는 온몸으로 바람을 가르며 본사 안을 누비고 다녔지만 지금 아키쓰를 돌아보는 자는 아무도 없다. 접수처에서 이름을 대고 ID카드와 신사옥 안내도를 받아 든 후 곧바로 사장실로 향했다.

아키쓰가 사장실로 가자 마루오 사장은 접대용 소파에 앉아 기다리고 있었다.

"도야마 추오점에서 점장으로 일하고 있던 아키쓰 와타루라고 합니다."

"빈정거리지 마세요. 당신 얼굴은 잊지 않았어요."

"영광입니다."

아키쓰는 점포개발부 부장이었던 시절, 마루오 사장에게 따돌림당했던 것을 똑똑히 기억하고 있었다. 이유를 물어본 적은 없었지만 앞뒤 따지지 않고 당당히 의견을 제시하던 그 무람없던 태도가 마음에 들지 않았으리라. 그런 점이 선대 사장의 눈에 들어 중용되었던 것 역시 기분 나빴을 것이다.

어쨌거나 7년 전, 어느 사건에 휘말린 아키쓰를 본사에서 쫓아낸 것은 마루오 사장이었다.

그런데 왜? 이런 타이밍에 나를 다시 불러들인 것일까?

만약 십 년만 젊었더라도 '드디어 내 실력을 알아주는 건가' 하고 우쭐했을지 모르지만 쉰이 넘어 지방을 돌던 남자는 조심성이 많을 수밖에 없다. 자신에게 도취되는 데도 젊음이 필요한 것이다.

"사정은 인사부에서 들었습니다. 저로…… 괜찮으시겠습니까?"

"호오, 그 자신만만함은 다 어디로 가고."

"완전히 이빨 빠진 호랑이 다 됐습니다. 게다가 컴플라이언스 업무에 대한 경험도 없습니다."

아키쓰는 콧잔등에 주름을 모으며 미소를 지어 보였다. 커다란 눈이 가늘어지며 급속히 친밀함을 강조해준다. 마루오 사장은 테이블 위의 커피를 홀짝이며 말했다.

"식품회사에서 이물질 혼입은 치명적이에요. 더 나아가 파워하라 관련 내부 범행이라면 그 영향은 지대하기 이를 데 없죠. 이 중대한 위기엔 본사 온실 밖으로 나가본 적이 없는 자들보다 지방과 실제 점포에서 온갖 경험을 쌓아온 사람이 더 적당할 거라고 판단했어요."

아키쓰는 커피를 마시지 않고 듣고 있었다.

"지금 당장 처리할 임무는 이번 주말로 다가온 시나가와점의 오픈 전까지 이물질을 넣은 범인을 찾아내는 거요. 어떻게든 새로운 범행을 막아야만 하오. 부탁해도 되겠죠?"

"사장님, 딱 하나만 여쭤도 될까요? 제가 임명된 이유가 뭐죠?"

"방금 말했잖소. 당신의 경험을 중시했다고……."

"아니, 진짜 이유 말입니다."

마루오 사장이 창백한 얼굴로 반문한다.

"내가 거짓말이라도 하고 있단 말이오?"

아키쓰는 쓴웃음을 지었다.

"다른 곳도 아닌 컴플라이언스실 실장입니다. 파워하라 문제예요. 경험을 중시한다면 저한테 맡길 리가 없잖습니까."

마루오 사장은 꼰 다리의 위치를 바꿨다. 사실대로 말해야 할까. 아니, 아직 이르다. 하지만……

자문자답하는 마루오에게 아키쓰는 의외의 화제를 꺼냈다.

"사장님, 저 말이죠, 저쪽에서 낚시를 배웠습니다."

"……낚시? 무슨 말이죠?"

"미끼를 걸고 그걸 먹으러 온 물고기를 낚아 올린다, 산 채로 가지고 돌아가 회를 떠서 먹는다. 잔혹한 유희입니다. 하지만 거기에서 회사원의 인생을 느꼈고, 그래서 푹 빠져버렸습니다."

부드러운 말투였지만 아키쓰는 꼼짝도 하지 않고 마루오 사장을 응시했다. 마루오 사장도 지지 않고 아키쓰를 가만히 마주 보다가 말했다.

"이번 건을 무사히 처리하고 나서 다시 이야기하죠."

아키쓰는 침묵했다.

"불만인가요?"

"아뇨. 좋은 미끼입니다. 덥석 물 마음이 들었습니다."

아키쓰는 그렇게 말하고 다시 사람 좋은 웃음을 지어 보였다. 이 미소에 방심하면 안 된다는 것을 마루오 사장은 비로소 떠올렸다.

스미다강변으로 저녁 해가 기울기 시작했다. 컴플라이언스실에서는 마코토가 동기인 총무부 직원에게 전화를 걸고 있었다. 오늘 밤은 여자들끼리만 고수 요리 전문점에 가기로 되어 있었다. 하지만 이런 상황에서는 참가하는 게 어려울 것 같다. 물론 극비사항인 1엔짜리 동전 혼입 사건에 대해서는 말할 수 없다.

"미안해. 오늘 야근해야 될 것 같아. 이제 곧 실장님도 새로 오시고. 아, 전 실장님이 입원하셨잖아. 응, 좀 갑작스럽게 그렇게 됐어. 만약 빨리 나갈 수 있을 것 같으면……."

이야기 도중에 문이 열리고 아키쓰가 들어왔다.

"아, 오셨다. 끊을게."

마코토는 서둘러 전화를 끊고 일어섰다. 아키쓰가 지체 없이 말했다.

"데이트 약속 취소?"

"네……?"

"사적인 전화는 컴플라이언스 위반 아닌가?"

아키쓰는 실장용 책상으로 가서 가방을 내려놓았다. 왠지 무서워 보이는 이 남자가 새 상사인 걸까. 마코토의 대답보다 먼저 아키쓰가 말했다.

"왜 아무 말 못하는 거지? 인사과에 물어봤는데 자네는 4년

차인 모양이던데. 스물다섯이 넘어서도 요령 있게 대답 못하는 여자는 필요 없어."

귀를 의심하게 하는 말의 연속에 마코토는 할 말을 잃었다. 그런 마코토를 보면서 아키쓰는 씨익 웃으며 말했다.

"방금 한 말들, 성희롱인가? 아니면 파워하라? 컴플라이언스에 대해서는 잘 모르니까 잘 좀 가르쳐줘요. 이제 막 실장이 된 아키쓰라고 해요."

마코토는 비로소 새로 온 실장의 장난인 것을 깨달았다.

"센스 없는 농담이시네요……. 저는 다카무라 마코토라고 합니다."

"마코토 짱, 잘 부탁해요."

아키쓰는 진지하게 손을 내밀었지만 마코토는 악수하려 들지 않았다.

"그런 호칭은 컴플라이언스실 실장으로서 어울리지 않습니다. 그리고 방금 하신 실장님 말씀, 스물다섯을 넘어서도 운운하신 것은 연령 차별, 그리고 여자라는 표현은 성희롱에 해당합니다. 또한 필요 없다는 말은 협박, 악수를 강요하는 행위는 인사권을 가진 상급자의 파워 해러스먼트에 해당합니다. 컴플라이언스실에 신고했을 경우에는 감봉, 견책에 해당하는 처분을 받을 겁니다."

마코토의 재빠른 설명에 아키쓰는 감탄하며 말했다.

"딱 하나 있는 부하 직원이 아주 똑똑해서 다행이네요. 많이 가르쳐주세요, 선배."

"선배……?"

"컴플라이언스 업무에 있어서는 자네 쪽이 선배잖아?"

"죄송합니다. 그런 말씀은 참 썰렁하네요."

"지금처럼 스스럼없이 대해주면 좋겠군. 자, 인사는 이쯤 해 두고, 크림빵으로 넘어가지."

아키쓰는 사온 크림빵을 가방에서 꺼냈다.

"빵 안에 1엔짜리를 넣는 건 상당히 힘들어, 선배. 장난이나 우발적인 치기가 아냐. 상당히 주도면밀하게 계획된 범죄라고."

들어오자마자 바로 업무에 몰두하는 모습을 보여주는 '후배'에게 마코토는 살짝 놀랐다.

"오시기 전에 미리 확인해두었습니다."

아침 임원 회의부터 여섯 시간 동안 있었던 일들을 마코토는 순서대로 보고했다.

우선 공장 모습을 컴퓨터 화면으로 보여주었다. 크림빵이 적외선 검사 시스템을 통과하는 동영상이 비친다.

"반출할 때까지 일관된 체크 시스템을 거치기 때문에 바퀴벌레는 물론이고 머리카락 한 올이 섞여 들어가도 바로 알 수 있어요."

이어서 마코토는 운송회사의 홈페이지를 보여주었다.

"또한 빵 운송은 컨테이너째 운반하기 때문에 도중에 이물질을 넣을 시간적 여유가 없습니다. 그리고……."

마지막으로 마코토는 마루오 슈퍼 렌마점의 홈페이지를 열었다.

"렌마점의 점장에게 극비를 전제로 방범 카메라를 체크해보도록 했습니다만 누군가가 1엔짜리 동전을 넣는 듯한 모습은 찍히지 않았습니다."

"그거 참 이상하군. 1엔짜리가 스스로 걸어서 크림빵 속으로 들어갔거나 아니면……. 선배 추리로는 어떠신가?"

"추리? 무슨 놀이하는 것도 아니고" 하고 중얼거리는 마코토를 보며 아키쓰는 미소를 지었다.

"이런 말도 안 되는 사건일수록 즐거운 마음으로 임해야 하지 않을까, 선배."

"아키쓰라면 그 아키쓰 말인가요? 정말이지 사장은 무슨 생각을 하시는 건지."

상무실에서는 전무인 시라이시, 이사인 미즈타니, 아오키가 모여 사장의 결정을 비판하고 있었다. 와키타 상무는 창가에 서서 그런 말들을 듣고 있었다.

"애당초 컴플라이언스실 실장을 바꾼다고 뭘 할 수 있느냔 말입니다."

"이래서 3대 사장이 구설수에 오르는 거예요."

"경찰에 알리지 않고 있다가 다음 범행이 벌어지면 사회적인 책임까지 져야 할 겁니다."

"아무 생각이 없어요. 사장은 와키타 상무님처럼 시대를 읽는 힘이 없습니다."

와키타 이외의 세 사람은 선대 사장을 모셔온 임원들이지만 현재 사장이 자리를 물려받은 이후 손바닥 뒤집듯 불만을 입에 담기 시작했다. 시내 점포 경영으로 압도적인 성과를 올림으로써 상무에 취임한 와키타를 추대하면 주주들의 표를 얻어 관련 회사 임원을 독차지하고 있는 마루오 일가를 단숨에 쓸어버릴 수 있으리라 생각하고 있었다. 그리고 그런 움직임이 마루오 사장에게 눈엣가시라는 것을 잘 알고 있는 와키타는 여론에 편승하지도, 그렇다고 사장의 말에 순순히 따르지도 않는 태도를 유지했다. 그것이 또 와키타를 거물처럼 보이게 만드는 이유이기도 했다. 물론 와키타가 거기까지 다 내다보고 있었다는 것은 두말할 필요도 없다.

"그래서 어쩌자고요? 사장은 사장이라고요."

"아뇨. 이번 일로 다시 확인했습니다. 그분에게 맡겨놓으면 회사가 위기에 처하게 됩니다."

"원래부터 시나가와점도 사장이 막무가내로 밀어붙였죠."

"2020년을 내다본 국제적인 점포? 그림의 떡입니다. 여행자는 슈퍼에 가지 않아요. 차라리 이번 이물질 혼입 사건으로 시나가와점이 실패하는 편이 더 눈을 뜨게 만들지 않을까요."

"고작 1엔짜리 동전으로 자기 무덤을 파지 않았으면 좋겠는데."

와키타가 헛된 시간 낭비를 끝내려는 듯 입을 열었다.

"슈퍼에서는 고작 1엔의 가격 결정 실수가 운명을 좌우하는 경우도 있습니다."

지극히 당연한 와키타의 그 말에 세 사람은 어색하게 서로의 얼굴만 쳐다보았다.

오후 4시. 아키쓰와 마코토는 고객상담실로 향하고 있었다. 실장인 가지와라와 클레임 전화를 받은 노부코가 녹음된 전화 내용을 들려주었다. 젊은 여자의 날 선 목소리가 방 안에 울려 퍼진다.

"우리 아이가 죽었으면 어쩔 뻔했어요!"

"손님? 여보세요?"

"당신네 슈퍼에서 산 빵에 1엔짜리가 들어 있었어요!"

"손님, 그게 어느 점포였나요?"

"렌마요! 자주 샀는데. 망해버려! 바보! 죽어!"

노부코는 재생 볼륨을 낮추며 말했다.

"아무튼 어찌나 화가 나 있던지, 이름과 연락처를 묻는 데도 아주 애먹었어요."

노부코가 내민 클레임 카드에는 '오가와 마이, 렌마 구 사쿠라다이 7번지'라고 적혀 있었다. 아키쓰는 가지와라에게 "전화한 당사자에게는?" 하고 물었다.

"당연히 바로 뛰어갔죠. 문제가 된 크림빵도 회수하고 싶었거든요……. 그런데 어물쩍 넘어가지 않겠다며 주지 않았습니다. 인터넷이나 SNS에 글을 올리는 일만은 하지 말아달라고 고개를 숙이는 게 고작이었어요."

이번에는 마코토가, "요구 조건은 뭐였나요?" 하고 몸을 앞으로 내밀며 물었다.

"돈은 필요 없다, 두 번 다시 이런 일이 생기지 않도록 회사 차원에서 약속해달라고 했습니다만……. 진심인지는 확인할 길이 없었죠."

"진심일 리 없죠."

어느샌가 남자가 들어와 있었다. 마루오 홀딩스의 법무를 담당하는 변호사 야자와 고타로였다. 규범집을 만들면서 그와 함께 일했던 마코토가 곧바로, "새로 오신 아키쓰 실장님이세요" 하며 소개했다.

"B&Y법률사무소의 야자와입니다. 2년 전부터 귀사를 담당하고 있습니다."

정중한 말투와는 달리 야자와는 한 손으로 명함을 내밀었다. 변호사답지 않은 캐주얼한 재킷 소매 사이로 값비싸 보이는 손목시계가 얼핏 보인다. 아키쓰는 두 손으로 공손히 명함을 받으며 장신의 야자와를 올려다보았다.

"변호사 선생이시군. 젊으시네. 게다가 멋지시고."

야자와는 '뭐야, 이자는?' 하고 생각하는 듯 이맛살을 찌푸렸다. 하지만 기분 나쁜 표정은 아니었다. 아키쓰는 더욱 친밀하게 말을 건넸다.

"아무튼 각설하고, 선생의 판단은 어떠신가요?"

"처음에는 돈이 목적이 아닌 척하다가 나중에 금전을 요구하는 진상 고객의 전형적인 수법입니다. 돈은 필요 없다고 말하면서도 증거품을 주지 않는 게 바로 그 증거죠."

"알았습니다. 내가 그 증거를 받아 오도록 하죠."

아키쓰는 노부코와 가지와라에게 인사를 하고 재빨리 출입문 쪽으로 향했다.

내려가는 엘리베이터에 올라탄 아키쓰를 마코토와 야자와 변호사가 쫓아왔다.

"잠깐만요. 무턱대고 만나러 가면 제대로 조사도 하지 않은 채 입막음부터 하러 온 거라고 생각해서 역효과만 날 겁니다."

"하지만 선생, 증거품인 크림빵이 없으면 정말 1엔짜리 동전이 들어가 있었는지 알 수가 없잖아요."

아키쓰는 의외의 말을 꺼냈다. 마코토는 점점 더 혼란스러워졌다.

"실장님은 손님이 거짓말을 하고 있다는 건가요?"

"난 오늘 아침까지 점장을 하고 있었네. 반찬 속에 자기가 직접 머리카락이나 벌레를 집어넣고 클레임을 거는 손님이 제법 많았다고."

"하지만 파워하라에 원한을 가진 여자로부터 협박 전화가 왔었어요."

"그 전화를 건 사람은?"

"젊은 여자였나 보던데요."

"빵을 구입한 피해자는?"

"젊은 여자…… 설마, 동일인물이라는 건가요?"

"요즘은 파워하라니, 성희롱이니 하면 세상이 들끓잖아. 협박 소재로 딱 맞지 않아?"

머릿속을 정리하려고 입을 다문 마코토와 야자와에게 아키쓰는 "그런데 말이야" 하며 더욱 묘한 질문을 던졌다.

"왜 하필 1엔짜리일까?"

"왜라뇨?"

"아니……. 내가 범인이라면 바늘이나 칼이나, 좀 더 위험한 걸로 했을 거야. 뭔가 1엔짜리에 이유나…… 의미 같은 게 있지 않을까?"

마코토는 "무슨 의미 말이죠?" 하고 반문할 수밖에 없었다. 아키쓰는 "글쎄" 하고 고개를 갸웃거리며 "전문가의 의견은?" 하며 야자와에게로 얼굴을 돌렸다. 갑자기 의견을 묻는 바람에 야자와 변호사는 당황스러웠다.

"어, 제게 그걸 물어보셔도…… 정보가 너무 빈약합니다. 무책임하게 함부로 말할 수 있는 처지도 아니고요."

"뭐 어떻소. 대답한대도 꼭 책임지라는 것도 아닌데."

"그런 문제가 아니라."

1엔짜리 동전에 대해 의견을 주고받는 사이에 엘리베이터는 1층에 도착했다. 마침 로비 쪽에서 와키타 상무와 미나코가 다가왔다. 마코토와 야자와 변호사는 한 걸음 뒤로 물러서며 와키타 상무에게 인사했다. 지나가던 다른 사원들도 인사를 했다. 와키타 상무는 의젓하게 마주 인사했다.

하지만 아키쓰 한 사람만은 그대로 터벅터벅 와키타 상무 바로 옆을 지나쳐 갔다. 그 거리가 고작 30센티미터. 양복 소매가 희미하게 맞닿았다.

와키타 상무는 멈춰 서서 아키쓰를 돌아보았다. 마코토와 야자와 변호사도 아키쓰의 생각지 못한 행동에 서로의 얼굴만 쳐다볼 뿐이었다.

현관문을 통해 밖으로 나간 아키쓰는 멈춰 서서 오른편에 흐르는 스미다강을 바라보았다. 가을의 석양이 군데군데 오렌지 무늬를 만들고 있었다.

그날도 저녁 무렵이었다. 이렇게 스미다강을 보았다. 강물에 모습이 비친 사람들 모두가 적으로 보였다.

생생히 되살아난 그 기억에 아키쓰는 스스로도 놀랐다. 다시는 떠올리는 일조차 없을 거라고 생각했는데.

"실장님!" 누군가 부른다. 하지만 적은 아니다. 딱 하나 있는 부하 직원이다.

마코토가, "방금 지나치신 분, 와키타 상무님이세요" 하며 어이없다는 듯 쫓아왔다.

"……그래."

"모르세요, 와키타 상무님을?"

자신과는 상관없다는 표정으로 다가온 야자와 변호사도 와키타 상무에 대해 보충 설명을 한다.

"실적이 저조한 마루오 슈퍼는 가족 경영을 중단하고 와키타 상무에게 경영권을 넘겨야 한다고, 비우호적인 재계 잡지에선 자주 그런 기사를 썼어요. 제가 그렇게 생각한다는 건 아닙니다만."

야자와의 변명을 부정하듯 아키쓰가 말했다.

"알고 있어요, 그에 대해서는, 잘."

지금까지와는 다른 조용한 목소리로 그렇게 말하더니 아키쓰는 역 쪽으로 향했다. 마코토의 가슴속이 술렁거렸다. 그것이 어떤 술렁임인지는 아직 알 수 없었다.

선로를 따라 세워진 2층짜리 아파트는 바깥 복도에 세탁기가 놓여 있었다. 연식이 오래된 듯 보이는 초인종을 누르자 문이 살짝 열리고 오가와 마이가 얼굴을 내밀었다. 나이는 마코토와 별 차이 없어 보인다. 화려하게 물들인 갈색 머리칼의 아랫부분이 검은색을 띠고 있었다. 어떻게 보든 젊은 엄마 같은 외모다.

"몇 번씩이나 찾아오지 않아도 돼요. 다른 사람들한테는 말

안 한다니까요."

야자와 변호사가 제일 먼저 명함을 내밀었다.

"저는 변호사인 야자와라고 합니다."

"그러니까 왜 오셨느냐고요?"

마이가 쌀쌀맞게 명함을 되돌려주자 야자와 변호사는 그 자리에 우뚝 멈춰 서고 말았다. 누군가에게 거절당하는 것이 익숙하지 않은 모양새다.

"돌아가세요. 회사 차원에서 약속만 확실히 해주면 그걸로 충분해요."

마이는 문을 닫으려 했지만 아키쓰가 그 사이로 손을 끼워 넣었다.

"오가와 님, 불쾌한 일을 겪게 해드려 정말 죄송합니다."

방으로 안내된 아키쓰는 다시 한 번 정중히 사과한 후 찾아온 목적을 밝혔다.

"부탁드립니다. 1엔짜리 동전이 들어간 크림빵을 저희에게 맡겨주실 수 없으신지요."

"싫어요."

마코토와 야자와는 좁은 개수대 쪽에 서서 그 모습을 지켜보았다. 식탁에서는 다섯 살짜리 아들인 사토시(1엔짜리 동전의 최초 발견자)가 슈퍼의 반찬 세트와 식빵으로 저녁식사를 하고 있었다. 시간제 할인을 기다렸다가 구입했을 반찬 세트에는

"계산대에서 30% 할인"이라는 안내문이 붙어 있다. 창가의 세탁 건조대에 걸린 아이 옷은 찢긴 자리를 기운 흔적이 보였다. 이 모자에게 한 개에 230엔 하는 크림빵은 너무 비싼 것이었을지도 모른다고 마코토는 생각했다.

하지만 아키쓰는 거침없이 결론을 서둘렀다.

"실제 물건이 없으면 조사를 진행할 수가 없습니다. 혼입이 사실인지 아닌지도 모르고 말이죠."

역시나 마이는 얼굴을 갸웃거리며 아키쓰를 노려보았다.

"잠깐만요. 그거, 무슨 뜻이죠? 제가 거짓말이라도 했다는 건가요?"

마코토는 서둘러 아키쓰 옆에 정좌했다. 하지만 아키쓰는 태연히, "그렇게 말한 것은 아니지만 가능성이 아주 없지도 않거든요" 하고 덧붙인다.

"그 말, 저를 돈이나 뜯어내려는 진상 고객으로 본다는 거죠? 가난한 싱글맘이 거액의 돈을 뜯어내기 위해 자작극이라도 벌인 것 같나요?"

마코토는 야자와에게 도움을 요청하듯 돌아보았다. 하지만 야자와는 꼼짝도 하지 않았다.

마코토는 할 수 없이 마이에게 고개를 조아렸다.

"고객님, 아닙니다. 무례를 용서해주십시오. 그럴 가능성을 하나하나 제거해가는 게 조사이기도 하고……."

아키쓰가 자리와는 어울리지 않게 느긋한 목소리로 천천히 말을 이었다.

"맞아요, 맞아. 진심으로 사과하기 위해서라도 조사를 제대로 하고 싶습니다."

마이는 화를 억누를 수가 없는지, 성큼성큼 개수대 쪽으로 가서 "좀 비켜요" 하고 야자와를 쫓아냈다. 그리고는 냉장고에서 봉지에 들어 있는 크림빵을 가지고 오더니 식탁에 턱 하니 놓는다. 1엔짜리 동전도 함께였다. 구입했을 당시에 봉지에 이상이 있어 보이지는 않았다고 한다.

"이 크림빵, 우리 애가 정말 좋아하는 거예요. 하지만 비싸서 포인트가 쌓였을 때만 사죠. 그래서 우리 애는 크림빵 먹는 날을 얼마나 기다리는지 몰라요. 그런데! 안에서 1엔짜리가 나왔어요. 아시겠어요? 1엔짜리 동전이요. '너흰 돈도 없는 주제에, 먹지 마' 하고 말하는 듯한 기분이 들었다고요."

상상도 하지 못했던 마이의 호소에 마코토는 그저 침묵할 수밖에 없었다.

하지만 아키쓰는 마이에게 꾸벅 인사를 한 후 사토시 쪽을 돌아보았다.

"꼬마야, 이름이 뭐니?"

"오가와 사토시입니다. 다섯 살입니다."

"오, 목소리 한번 우렁차구나. 아저씨가 사과를 해도 될까. 오가와 사토시 군, 잘못했어. 그렇게 좋아하는 크림빵인데, 정말 미안하구나."

사토시는 부끄러운 듯 마이의 등뒤로 가서 숨었다. 아키쓰는 모자에게 다시 한 번 고개를 숙였다.

"오가와 님, 솔직한 심정을 들려주셔서 정말 고맙습니다. 반드시 성심성의껏 처리하도록 하겠습니다."

마이는 대답하지 않았다. 하지만 크림빵을 아키쓰 쪽으로 밀어주었다.

세 사람이 나왔을 때 밖은 완전히 해가 저문 상태였다.

"정말, 가슴 조이게 좀 하지 말아주세요" 하고 마코토가 불만을 털어놓았고, 야자와 변호사도 "고객에 대한 태도는 다시 고려해볼 필요가 있겠습니다. 컴플라이언스실은 회사의 윤리 의식을 대표하는 자리거든요" 하고 충고했다.

아키쓰는 듣는 둥 마는 둥 "아무튼 원하던 걸 손에 넣었잖아" 하며 크림빵을 보인 후 스마트폰을 들었다. 뭐하는 거지, 하며 바라보는 마코토와 야자와 앞에서 아키쓰는 녹음기를 재생했다.

아까 나눈 마이와의 대화가 들려왔다. 아키쓰는 그것을 녹음했던 것이다.

"이걸 가지고 렌마점에 가서 협박 전화를 받은 직원에게 들려주자고. 동일인물인지 아닌지 확인할 수 있을 거야."

"아직도 의심하는 건가요? 저는 오가와 님의 자작극이라고는 생각하지 않는데."

"나도 그렇게 생각해. 그러니까 가능성을 하나하나 제거해 가자고."

야자와 변호사가 나무라듯 끼어들었다.

"그보다, 멋대로 녹음하신 건가요? 먼저 허락을 구했어야 죠. 전 따를 수 없습니다……."

아키쓰는 키가 큰 야자와 변호사의 불만 가득한 얼굴을 올려다보았다.

"아, 그럼 먼저 돌아가도 돼요, 선생."

야자와는 의미를 알 수 없다는 몸짓을 해 보였다.

"그러니까 선생은 뒤에서 그냥 지켜보기만 했잖아요. 우리 소중한 선배가 곤란해하는데도."

"그건…… 정보가 적은 상황에서 개입할 수도 없고 해 서……."

"흑백을 가리지 못하는 문제를 해결하는 게 선생의 일 아닌 가요?"

"무례하시군요……. 친절하게 같이 동행해주었더니."

"나더러 무례하다고 한 거요, 선생? 당신 몇 살이오? 혹시 아버님이 유명한 변호사신가? 그래서 자주 집에서 '저 녀석 참 무례하군' 하는 말을 듣고 자라, 자신보다 나이 많은 사람한테 도 무례하다는 말을 사용하는 거 아니오?"

정곡을 찔린 야자와는 더 이상 냉정함을 유지할 수 없었다. 평소에는 고객들로부터 '젊은 나이에 정말 냉정하고 침착하다'는 평가를 듣는데, 도저히 참을 수가 없었다.

"마루오도 볼 장 다 봤군요. 이런 비상식적인 사람을 컴플라이언스실 실장 자리에 앉히다니."

화를 못 이겨 발걸음을 돌리는 야자와를 마코토가 "선생님!" 하며 불렀다.

"실장님, 안 돼요. 변호사 선생님과 친하게 지내지 않으면 컴플라이언스실은 업무를 볼 수가 없다고요."

아키쓰는 전혀 신경 쓰는 기색 없이 "가자, 선배. 시간 없어" 하며 반대 방향으로 걸음을 옮겼다.

아키쓰를 따라가야 할지, 아니면 야자와 변호사를 잡으러 달려가야 할지. 망설이던 끝에 마코토는 어쩔 수 없이 아키쓰 뒤를 쫓아갔다. 일단은 새 상사를 따르는 수밖에 없다. 하지만 이런 상사와 일을 잘 처리해나갈 수 있을까. '최강의 상사'라는 말을 듣고 '최악의 상사'를 연상했던 게 단순한 예감 정도로 그치지 않을 것 같았다.

시내의 수선스러움과는 약간 동떨어진 가구라자카 뒷골목에 마루오 사장이 단골로 다니는 가이세키(懷石, 작은 그릇에 다양한 음식이 조금씩 순차적으로 담겨 나오는 일본의 연회용 코스 요리―옮긴이) 요리점이 있다. 할아버지인 초대 사장 때부터 오랫동안 알고 지내 여주인과는 흉허물 없는 사이다. 특히 중요한 손님을 대접해야 할 때는 반드시 이 가게에서 하는 것으로 옛날부터 정해져 있었다.

　오늘 밤엔 와키타 상무와 둘이 도의회 간부 의원인 마스오카 유조, 그리고 젊은 의원인 고토 고지를 접대할 예정이었다. 주말에 오픈하는 시나가와 인터내셔널점의 동네 주민 대책에 힘을 실어준 것에 대한 사례였다.

　이물질 혼입 사건이 벌어졌던 만큼 약속 취소도 검토되었지만 와키타 상무가 '사건을 공표할 생각이 없다면 주위 사람들이 수상하게 여길 만한 행동은 삼가야 한다'고 간언했다.

　"사장님이 회식을 취소하면 무슨 일인가 하고 아프지도 않은 뱃속을 뒤집어 보려 할 겁니다. 뭐, 이번 경우에는 정말 배가 아프긴 하지만요."

　빈정거림이 담긴 와키타의 말에는 화가 났지만 마루오 사장은 그 의견을 받아들였다.

　혈당 수치에 민감한 마스오카를 위해 특별한 채소 요리를 대접한 후, 다실로 옮겨 마루오 사장이 직접 차를 따라주었다. 벼락부자 소리 듣는 걸 싫어했던 어머니의 권유로 어린 시절부터 억지로 다도교실에 다닌 게 이렇게 도움이 되고 있는 것이다.

　"오, 차 맛이 훌륭하군."

　격식을 무시하고 진한 차를 다 비운 마스오카가 역시나 격식에 어긋나게 찻잔을 돌려준다. 만족스럽게 고개를 숙인 마루오 사장은 뜨거운 물로 찻잔을 헹궈내고 다건(茶巾)으로 훔친 후 두 잔째 차를 따라주었다.

"이거, 정말 좋은데요."

마스오카에 이어 고토도 따라 한다.

"프랑스 요리 같은 것보다 분위기가 있어요."

마루오 사장은 자랑스러운 듯 등을 곧게 폈다.

"조부의 가르침이었습니다. 장사의 기본은 일본인의 마음. 진정으로 소중한 고객은 정성을 다해 대접하라는 말씀을 들으며 자랐죠."

마루오 사장의 독무대가 되려는 참에 와키타 상무가 끼어들었다.

"이번 저희 시나가와 인터내셔널점 개점에 맞춰 힘써주신 점, 정말 고맙게 생각합니다."

"하긴, 반대파 때문에 애도 먹었지만 무사히 개점할 수 있게 돼서 다행이지 않소."

마루오 사장은 순간 할 말을 잃었다. 와키타 상무가 여유 있게 구원의 손길을 내밀어주었다.

"마스오카 선생이 상인회를 잘 다독여주신 덕분입니다."

"아니, 상무 본인이 직접 주민들 대화에 나서줬으니까."

"그들도 모두 감탄하더군요. 높으신 양반이 몇 번씩이나 찾아와줬다고 말입니다. 그렇게 하기가 어디 쉬운가요."

마스오카도, 고토도 와키타 상무만 칭찬하는 바람에 마루오 사장은 떨떠름했다.

"제가 지시한 겁니다. 아무튼 주민 여러분의 이해가 가장 우선이니까요."

태연히 거짓말하는 마루오 사장에게 와키타 상무가 미소로 대응한다. 마스오카 일행은 그 정도야 다 안다는 듯 마루오 사장을 추켜세웠다.

"역시 3대 사장님이오! 조부님이나 선친께서도 기뻐하실 거요."

"뭐, 경영의 피는 그분들에게서 물려받은 것이니까요."

마루오 사장은 그렇게 말하고 새로 따른 차를 와키타 상무에게 내밀었다.

"드세요."

와키타 상무는 우아하게 인사하고 나서 차를 받아 들었다. 벼락출세한 상무라고만 생각했는데, 제법 격식을 갖춘 당당한 그 모습에, "호오……" 하고 손님들이 감탄한다.

마루오 사장이 다도를 아는 사람답지 않게 멋쩍은 표정을 지어 보이는 한편에서 와키타 상무는 눈앞의 의원들에게 준비해둔 과자 선물봉투에 현금을 숨겨야 할지 말지를 가늠해보고 있었다. 사건에 대한 말이 새어 나갈 때를 미리 대비해두는 편이 좋을지 모른다. 준비를 게을리하는 자는 반드시 망한다는 게 와키타의 신조였다.

1엔짜리 동전 혼입 사건의 무대가 된 마루오 슈퍼 렌마점은 세이부 이케부쿠로센 렌마 역 앞에 있다. 가와사키와 요코하마를 중심으로 가나가와에서 점포를 시작했던 마루오가 단숨에 수도권으로 점포를 확대하는 계기가 되었던 핵심 점포다. 개점은 1995년. 막 서른이 된 아키쓰가 개발부원으로서 구상 점가의 용지를 매수해 통합하여 만든 점포였다. 지금은 전국의 소비자 동향을 파악하는 모델 점포가 되었지만 처음에는 아키쓰 혼자만 뛰어들었다. 모두가 불가능하다고 상대도 해주지 않았고, 상사 역시 무모하다며 비웃었다. 하지만 아키쓰는 집요하게 교섭을 진행했고, 응원해주던 후배와 둘이서 상대하기 벅찬 상인회 회장을 매일 찾아가 마침내 함락시켰다.

그 기념비적인 점포에 아키쓰는 마코토와 서 있었다. 아키쓰는 과거 이야기는 마코토에게 한마디도 하지 않았다.

"우선은 손님인 척하고 매장 안을 확인해보자고, 선배."

"어…… 왠지 스파이 같은데요."

"컴플라이언스실 자체가 스파이 같은 거잖아."

매장 안은 하나같이 초록색 앞치마를 두른 점원과 손님들로 붐비고 있었다. 이미 한창 붐빌 시간은 지나 있었지만 주부며 회사에서 돌아가는 길에 들른 독신자들이며, 손님들은 여전히 많았다.

아키쓰와 마코토는 빵 매장으로 갔다. 문제의 크림빵도 "인기 있는 오리지널 브랜드! 크림빵!"이라는 광고 문구를 써 붙여놓고 대대적으로 판매하고 있었다. 아이와 함께 온 손님이

"이거야!" 하며 세 개를 장바구니에 넣었다. 그러자 하나밖에 남지 않았다. 그것을 보고 마코토가 작은 목소리로 말했다.

"정말 인기 많네요."

"230엔이라는 가격은 비싸지만 어느 점포나 할 것 없이 확실히 잘 팔리는 상품이야."

아키쓰는 주위를 둘러보다 방범 카메라를 발견했다. 각도를 확인해본 결과 빵을 구입한 손님은 반드시 찍힐 수밖에 없었다. 그러나 마코토가 오전에 점포에 확인했을 때 수상한 점은 없었다고 했는데?

아키쓰와 마코토는 매장 주임인 사사베 유키히로에게 이름을 밝히고 뒤쪽의 직원 휴게실로 안내되었다. 잠시 후 점장인 무토 유즈루도 나타났다. 점원용 초록색 앞치마를 걸친 무토 점장은 마흔여섯 살의 중견 사원으로, 점장 경험은 이번이 두 번째였다. 협박 전화를 받았다는 사사베는 서른한 살, 앞치마 없이 하얀 폴로셔츠 차림에 검게 그을린 얼굴이었다.

아키쓰는 인사도 하는 둥 마는 둥 하고 스마트폰을 꺼내 회의용 테이블에 내려놓았다.

"이건데요."

곧바로 녹음기를 재생시켰다. 마이의 "싫어요" 하는 목소리가 흘러나온다.

"사사베 주임, 협박 전화 목소리와 비슷한가요?"

사사베가 귀를 기울였다. 그리고 의외다 싶을 정도로 바로 대답했다.

"아니에요. 좀 더 차분한 목소리였습니다."

"잘 들어보세요. 젊은 여자였죠?"

"20대 학생 같은 느낌이었어요. 이 사람은 아닙니다."

아키쓰는 감탄한 듯 사사베를 보았다.

"20대 학생에 차분한 목소리라. 구체적이라 좋네요. 점장님, 만일을 위해 방범 카메라 영상도 좀 주시겠어요?"

무토가 갑자기 입을 다물어버린다.

"뭔가 문제라도?"

"컴플라이언스실은 제가 확인한 걸 믿지 못하시는 겁니까?"

마코토가 "아뇨" 하며 고개를 가로저었다.

"하나하나 가능성을 제거해나갈 수밖에 없어서……"

"그러니까 우리의 상품 관리가 허술하다고 말씀하시는 거잖습니까."

아키쓰는 갑자기 친밀하게 무람없는 말투로 말했다.

"어떤 심정인지는 잘 알아요, 점장. 본사 사람들에게 꼬투리 잡히고 싶지 않은 거잖소."

그 말대로였지만 무토는 대답하지 않았다.

"좋은 매장이에요. 청결하고 진열도 알차게 되어 있고, 아르바이트 직원에 대한 지도도 세심하고 말이오. 이 휴게실만 해도 활용도가 좋아요. 직원 휴게실이 좋은 매장은 직원도 소중히 생각하는 법이죠."

의외의 소리를 다 하네 싶은지 무토가 아키쓰를 보았다.

"나도 아키타 역 앞 매장에서 4년, 도야마 추오점에서 점장을 3년 했거든요."

"그래서…… 뭡니까."

"이런 사건은 빨리 해결해야 해요. 괜히 트집 잡히면 큰일이라고요, 점장."

아키쓰의 격려에 대답한 것은 사사베 쪽이었다.

"맞아요, 점장님. 제가 경비실에 가서 가져올게요."

아키쓰가 "그래주겠소?" 하며 가슴 앞에서 부탁하듯 손을 모으자 사사베는 "어려운 일도 아닌걸요" 하며 밖으로 나갔다.

오후 7시 45분. 피해자 마이의 자택에 갔다가 렌마점까지 들러야 했던 아키쓰와 마코토는 이제야 컴플라이언스실로 돌아왔다.

마코토가 증거품인 크림빵을 냉장고에 보관하자, 아키쓰는 회의용 의자에 다리를 뻗으며 앉았다.

"아아, 피곤하다. 선배, 현재까지의 상황 좀 정리해줘. 난 건망증이 심하거든. 시간대별로 알기 쉽게 해주면 좋겠는데. 덧붙여 손으로 직접 써주면 더 좋고. 연식이 오래된 인간이라 그러는 편이 머릿속에 더 잘 들어와."

마코토는 저도 피곤하다고요, 하고 말하고 싶었지만 재빨리 시간대별로 메모를 작성했다.

어제

오전 8시 45분 : 렌마점에 크림빵 반입.

오후 5시경 : 오가와 마이 씨가 크림빵을 구입.

오후 10시 40분 : 렌마점에 협박 전화. 사사베 주임이 받음. 젊은 여자 목소리로 '파워하라를 그만두지 않으면 모든 점포에 제재를 가하겠다'라고.

오늘

오전 7시경 : 사토시 군이 크림빵을 먹다 → 1엔짜리 동전을 뱉어내다.

오전 8시 1분 : 오가와 마이 씨가 고객상담실로 항의 전화.

오전 9시 : 임원 회의 소집.

오전 10시 5분 : 다카무라, 렌마점에 전화. 무토 점장에게 방범 카메라 확인 의뢰.

오전 10시 반경 : 고객상담실 직원이 오가와 씨 댁에 가서 사죄.

오전 11시~정오 : 다카무라, 공장 및 운송업자에게 확인 → 수상한 점 없었음.

오후 1시 25분 : 무토 점장으로부터 방범 카메라에 수상한 자는 찍히지 않았다고 연락받음.

(오후 3시 : 아키쓰 실장님 임명)

오후 5시 10분 : 실장님, 다카무라, 야자와 선생이 오가와 씨 댁 방문 → 크림빵 회수.

오후 6시 20분 : 실장님, 다카무라가 렌마점 방문 → 오가와 씨와 협박 전화 인물이 같은 사람일지 모른다는 가능성 부정.

방범 카메라 영상 입수. ←지금은 여기!

"수고했어" 하며 아키쓰가 커피를 따라 건네주었다.

흐음, 조금쯤은 배려심도 있었네. 마코토가 후욱 하고 한숨을 내쉬며 커피를 마시기 시작하는데, "좋았어. 그럼 해볼까" 하며 등뒤에서 가차 없는 목소리가 들려왔다.

아키쓰는 곧바로 방범 카메라 영상이 들어 있는 DVD를 컴퓨터에 집어넣었다. 모니터에 비치는 빵 매장의 영상 위쪽에 시간이 표시돼 있고, 사람들의 움직임도 잘 보였다.

"빵이 반입된 건 어제…… 아침 8시 45분."

시간을 검색하자 빵이 진열대에 놓인 영상이 비쳤다.

"젊은 엄마가 구입하기 전까지의 여덟 시간을 확인해야 해. 시간과의 싸움이 되겠군."

팔짱을 끼고 모니터 앞에 다시 앉는 아키쓰를 보며 마코토가 조심스럽게 말을 꺼냈다.

"저기…… 벌써 8시가 지났는데요."

"응? 그래서?"

"그냥, 알려드리는 거예요. 여자 직원의 야근은 오후 9시를 넘기지 않도록 하라고 인사부에서 지침을 내렸거든요."

"이거 미안하게 됐네. 여자한테 늦게까지 일을 시키면 안 되지. 지금 바로 퇴근해."

이건 또 너무 빠르네, 하고 마코토는 생각했지만 아키쓰의 말은 다 끝나지 않았다.

"……라고 말하면 합격일지 모르겠지만, 이건 회사에 있어서 중요하고도 긴급한 업무야. 가능하다면 야근 좀 해주면 좋겠어, 선배."

마코토는 슬쩍 스마트폰을 보았다. 동기들로부터 '빨리 와', '배 아프다고 거짓말하고 오지?' 하는 메시지가 들어와 있었다. 하지만 신기하게도 망설임은 없었다.

"알겠습니다. 할게요."

"정말? 괜찮겠어? 파워하라라고 제소할 거면 미리 말해줘."

아키쓰는 분위기를 바꿔 심약한 표정을 지어 보였다. 마코토는 웃음을 터뜨릴 뻔했다.

"확실히 지시해주시는 편이 저도 거절하기 쉬워요. 게다가…… 전 슈퍼를 좋아하거든요."

아키쓰는 묵묵히 마코토의 다음 말을 기다렸다.

"어렸을 때 슈퍼에 가면 뭐든지 다 팔아서 신이 났어요……. 낭만이 있는 곳이라고 생각했는데……. 그래서 마루오에 들어왔죠. 이런 사건은 용서할 수 없어요."

시간 경과.

방범 카메라의 전과 다를 바 없는 영상을 뚫어져라 보면서 아키쓰는 미처 물어보지 못했던 것을 물었다.

"이전 실장이, 구리하라 씨라고 했나? 어떤 사람이었지?"

심근경색으로 입원 중이라고는 하지만 인수인계 없는 인사 이동은 처음이었다. 전임자가 어떻게 일 처리를 했는지 아키쓰도 신경이 쓰였다.

마코토는 모니터에 눈길을 박은 채 대답했다.

"구리하라 실장님이요? 완벽하셨죠."

"완벽? 그 정도였어?"

"뭐, 약간 섬세한 면은 있으셨지만 전에 경영기획실에 계셨던 만큼 법에 대해 해박하셨고, 상담자의 이야기도 상대방이 됐다고 말할 때까지 친절히 다 들어주셨는데……."

거기까지 말하다가 마코토는 입을 다물었다.

"너무 무리하신 거예요……."

"의외로 선배가 괴롭혀서 쫓아낸 건 아니고?"

아키쓰가 큰일 났다 싶었을 때는 이미 늦었다. 마코토는 모니터에서 눈길을 떼며 날카로운 시선을 아키쓰에게 보냈다.

"미안! 실언했어!" 아키쓰는 곧바로 솔직히 사과했지만 마코토는 아무런 대답도 하지 않았다.

지난 몇 년, 만나는 여자 직원이 모두 점포의 파트타이머 주부들뿐이었던 터라 농담으로 분위기를 띄우는 버릇이 생겼다. 그러나 본사의 여자 직원에게는 방법을 바꾸는 게 좋을 듯했다. 아니, 방법이고 뭐고 생각할 때가 아니었다. 일터 괴롭힘을 농담으로 삼다니 방금 그건 너무 심했다.

하지만 옆에서 모니터를 노려보는 마코토는 아키쓰의 상상과는 전혀 다른 생각을 하고 있었다.

─왜 구리하라 실장님은 그런 말을 했을까?

구리하라는 심근경색으로 쓰러지기 전날, 퇴근하면서 "내일, 잘 부탁해" 하고 마코토에게 말했다. "내일도 잘 부탁해"가 아니라 "내일, 잘 부탁해"였다. 지나친 생각일지도 모르겠지만 마치 내일은 지금까지와는 다른 사태가 벌어지리란 걸 예감한 듯했다. 그 말이 마음속에 걸렸기 때문에 마코토는 아키쓰의 말에 화가 났던 것이다.

이윽고 화면이 회색으로 바뀌었다. 그런 사실은 알 턱도 없이 모니터를 응시하고 있던 아키쓰는 "끝나버렸는데, 선배" 하며 아무 일도 없었다는 듯이 마코토를 바라보았다. 함부로 기분을 맞추려 들다가는 사태만 더욱 악화시킬 뿐이라는 건 경험상 잘 알고 있었다.

"역시 수상한 점은 없네요."

마코토는 다시 태연하게 대답했다.

"아니……. 이상해."

"네? 이상한 움직임은 보지 못했는데요."

"수상한 사람도 찍히지 않았지만 젊은 엄마가 빵을 사려는 모습도 찍히지 않았어."

"그러고 보니⋯⋯."

"그 크림빵은 틀림없이 어제 오후, 렌마점에서 팔았던 거야. 구입한 순간이 찍히지 않았다는 건 이상해."

마코토는 깜짝 놀란 듯 눈을 휘둥그레 떴다.

"혹시⋯⋯ 편집된 건지도 모르겠네요! 방금 3배속으로 봐서 눈치 채지 못했나."

마코토는 컴퓨터를 조작하여 시간 표시가 되어 있는 부분을 탐색했다.

"여기예요. 17:10:12부터 17:10:56까지, 44초가 잘렸어요!"

"젊은 엄마가 빵을 구입했다던 시간과 일치하는군."

"그 직전에 누군가가 1엔짜리 동전을 집어넣은 크림빵을 갖다 놓은 거예요⋯⋯. 대체 누가!"

"그야, 선배, 44초의 시간을 훔친 인간이겠지."

아키쓰는 경비실로 방범 카메라 영상의 복사본을 가지러 가던 사사베의 뒷모습을 떠올렸다. 그것은 마코토 역시 마찬가지였다.

"그 친구⋯⋯ 어떤 사람인지 알아?"

마코토는 "조심히 다뤄주시길 부탁드립니다" 하고 미리 양해를 구하더니 인사 정보를 불러왔다.

사사베 유키히로 1987년 7월 13일생.

고에이가쿠인 대학 경제학부 졸업.

2012년 4월~본사 상품기획부.

2018년 4월~렌마점 매장 주임.

"반년 전까지 본사에 있었네요……."

"어쩐지."

아키쓰는 의미심장하게 고개를 끄덕였다.

"그 친구만 점원용 앞치마를 걸치지 않았어. 그 초록색, 넥타이를 매던 인간에게는 거부감이 있었겠지. 나도 익숙해질 때까지…… 44초는 걸렸어."

"고작 44초요?"

마코토는 웃음이 나올 뻔한 걸 참았다.

"하지만 그것과 1엔짜리 동전을 집어넣은 게 무슨 상관이 있죠?"

"글쎄. 매장 생활이 어땠는지 조금이라도 알 수 있다면 좋을 텐데……."

팔짱을 끼며 눈을 감는 아키쓰에게, 마코토는 "큰 목소리로 말씀드릴 수는 없지만요" 하며 극비 정보에 대해 말을 꺼냈다.

"컴플라이언스실에서는 사원의 이메일을 열람할 수 있어요."

"그런 방법이 있었으면 좀 더 빨리 말해줬어야지."

"개인정보를 훔쳐보는 거라 전 실장님이 너무 자주 써먹지 말라고 하셔서……."

"걱정도 팔자네. 권한은 사용하지 않으면 썩어버려. 빨리!"

마코토는 각오를 다지고 컴퓨터를 조작했다. 비밀번호를 입력하자 사사베의 개인 메일이 추출되어 나왔다.

"상당히 많네."

"지난 10년 동안의 메일을 거슬러 올라가는 거니까요."

"그럼 검색 키워드를 1엔짜리 동전으로 입력해봐."

아키쓰가 말한 대로 하자 메일 한 통이 추출되었다.

"나왔어, 선배."

메일을 읽는 아키쓰의 표정이 진지해졌다.

마루오 홀딩스 본사 건물의 정면 현관 조명이 꺼졌다. 몇 시간 전부터 서 있던 그림자 하나가 작게 한숨을 내쉰다. 저녁 무렵 아키쓰와 말다툼을 한 야자와 변호사였다. 소속된 법률사무실로 돌아간 후 핑계를 대고 다시 찾아왔지만 컴플라이언스실로 가야 하나 말아야 하나 망설이는 동안 시간이 지나고 말았다.

오늘은 그냥 돌아가자. 나도 어떻게 됐나 보다.

야자와 변호사가 냉정을 되찾으려고 결심한 그때 직원용 문이 열렸다. 아키쓰와 마코토였다. 방금 전에 입수한 '증거'를 들고 렌마점으로 가려던 참이었다.

"선생, 무례한 자와 다시 만날 마음이라도 들었나요?"

"아닙니다."

택시를 부르려는 아키쓰에게 야자와 변호사가 다가와 차갑
게 속삭였다.

"당신은 컴플라이언스실의 실장이 될 자격이 없습니다. 더
이상은 차마 제 입으로 말씀드릴 수 없습니다만."

마코토가 있는 걸 배려해서였다. 하지만 그런 배려는 아키
쓰에게 필요 없었다.

"말해도 괜찮아요. 이번 실장은 과거에 파워하라 때문에 잘
린 남자라고."

야자와 변호사는 할 말을 잃었다. 마코토도 몹시 놀랐다.

아키쓰는 담담히 말을 이었다.

"숨길 일도 아니야. 점포개발부에 있을 때 부하 직원이 계속
출근하지 않다가 결국 그만뒀지. 내가 너무 부담을 준 게 파워
하라였다고 하더군. 그래서 책임을 졌어. 강등, 감봉, 전환 배
치……. 그런데 선생, 아직도 있었나?"

"그 정도로 심한 말을 했었나요?"

"아니. 키워주고 싶어서 열심히 하라고 말했을 뿐이야."

"아아" 하며 마코토가 안타깝다는 듯 고개를 끄덕였다. 솔직
한 아키쓰의 고백에 야자와 변호사는 숙연해졌다.

"실장님, 그거 경고예요. 열심히 하라는 말은 상대에 따라
파워하라가 되거든요. 그런데 고작 그것만으로 책임 추궁을
하다니, 그건 좀 심한 것 같은데요."

"뭐, 절대 포기하지 마, 물어뜯어, 라고도 말한 거 같은데."

"그건 완전히 퇴장감이네요."

"지도는 다음에 또 부탁할게요, 선배. 지금은 1엔짜리가 우선이야."

아키쓰는 그렇게 말하고 마침 지나가던 택시를 손짓으로 잡았다. 두 사람이 떠나고 야자와 변호사는 생각에 잠긴 채 그 자리에 서 있었다.

오후 11시가 되었다. 마루오 슈퍼 렌마점이 문 닫을 시간이었다. 마루오의 폐점 노래 'Yesterday'가 흘러나오는 동안 마지막 손님을 보내고 셔터를 내린다. 직원용 출입구에서 "수고하셨습니다" 하고 말하며 직원들이 하나둘 나왔다.

맞은편 도로에 택시가 멈춰 서고 아키쓰와 마코토가 내렸다. 겨우 시간에 맞췄다.

직원들 뒤쪽에서 무토 점장이 피곤한 얼굴로 나왔다. 아키쓰는 마코토를 데리고 천천히 찻길을 건너갔다.

무토 점장은 아키쓰를 발견하고는 체념한 듯 몸을 돌렸다. 마침 사사베 주임이 나오는 중이었다.

폐점 후의 매장 안은 어두웠다. 아키쓰는 빵 진열대 앞에서 무토와 마주했다.

"점장님, 보내주신 방범 카메라 영상을 봤는데 44초 분량이 잘려 있더군요."

무토가 눈을 내리깔았다. 등뒤의 벽에 기대어 듣고 있던 사사베가 남의 일처럼 외면하고 있었다.

"사라진 44초 사이에 무슨 일이 있었는지 대충 짐작은 갑니다."

마코토가 메일 복사본 한 통을 내밀었다.

"두 사람의 메일 내용입니다."

사사베가 처음으로 입을 열었다.

"어? 잠깐만요! 누구 마음대로 이메일을 보는 거예요!"

"평소에는 이런 짓을 하지 않으니까 안심하세요. 긴급사태일 때에 한해서 컴플라이언스실은 모든 사원의 이메일을 열람하는 게 허용되어 있습니다."

사사베는 납득할 수 없다는 듯 아키쓰 일행을 노려보았다.

"9월 30일 오후 8시 50분, 무토 점장이 사사베 주임에게 보낸 이메일입니다."

아키쓰는 이메일을 들으란 듯 천천히 읽어주었다.

"사사베 군, 또 파트타임으로 일하는 분들이 당신에 대한 불만을 보내왔어요. 근무 시간에 몇 번이나 휴게실에 가서 오지 않는다, 상품 반입 작업을 게을리한다, 캐셔의 잔금 확인에 입회하지 않는다……."

무토의 이마에 보기에도 민망한 땀이 솟고 있었다. 아키쓰는 잠시 사이를 두고 나서 계속 읽어나갔다.

"이젠 좀 정신 차리세요. 당신이 렘마점에 온 지 벌써 반년입니다. 언제까지 본사 분위기에 젖어 있을 건가요. 지금 당신의 일은 양복을 입고 상품을 기획하는 게 아닙니다. 캐셔의 잔금을 확인하고, 바닥에 떨어진 1엔짜리 동전이 있으면 엎드려서 줍는 겁니다."

무토가 긴장을 견디지 못하고 셔츠 단추를 풀었다. 떨리는 손에서 단추가 떨어져 사사베의 발밑으로 굴러갔다. 아키쓰는 그것을 줍고 나서 사사베에게로 몸을 돌렸다.

"당신은 이 메일에 화가 나서 1엔짜리 동전을 빵에 넣었어요……. 점장에게 분풀이하려고. 그리고 자신이 의심받지 않도록 방범 카메라의 영상을 편집했고, 여자 목소리로 협박 전화가 왔었다는 거짓말을 했어요……. 짧은 전화 통화만으로는 상대가 차분한 목소리의 젊은 여자라는 사실을 알 수 없습니다. 사실은 그런 전화 같은 건 애초부터 오지 않았죠. 안 그런가요?"

"사사베 군은 그런 짓을 할 사람이 아닙니다!"

의외로 반박한 것은 사사베 본인이 아니라 무토였다.

"왜 두둔하시는 겁니까? 당신은 고객상담실로부터 연락을 받은 그 시점에, 그가 1엔짜리 동전을 넣었다는 걸 알고 있었을 텐데."

무토는 "아니에요!" 하고 몇 번이고 고개를 옆으로 저었다.

"두둔하는 게 부하 직원을 위하는 길이 아닙니다, 점장님."

그때 사사베가 목구멍에서 나오는 듯한 기묘한 웃음소리를 냈다.

"부하 직원을 위해서라고? 아니야. 자기를 위해서지. 부하 직원이 1엔짜리 동전을 넣었다는 사실이 알려지면 관리자인 점장으로서는 꽤 치명적일 테니."

아키쓰는 사사베를 돌아보았다.

"그리고…… 여기서만 하는 말인데 우리 아버지, 마루오 사장하고 골프 친구예요."

"그 연줄로 입사한 건가. 부럽군."

"그런 식으로 말하지 마세요. 다만 아버지가 마루오 사장 귀에 들어갈 수 있게는 하겠죠. 아들이 바닥에 엎드려 1엔짜리 동전을 주우라는 말을 들었다고. 완전 파워하라예요, 이거. 잘려도 할 말 없는 수준이야."

무토는 더 이상 아무 말도 하지 않았다. 대신 아키쓰가 사사베에게 다가갔다.

"그렇군. 1엔짜리 동전은 단순한 분풀이가 아니라 무토 점장에 대한 협박이었어. 사장에게 고자질해서 해고시킬 수도 있다는……."

사사베는 순간 유쾌한 표정을 지어 보이고 나서 말했다.

"……글쎄요. 미안하지만 내가 했다고 한 적은 없는데."

마코토는 입을 다물고 있을 수만은 없었다.

"비겁한! 당신이 한 짓이죠? 이물질 혼입은 위력을 사용한 업무방해죄에 해당돼요. 3년 이하의 징역 또는 50만 엔 이하의 벌금형에 처해집니다!"

"잘난 체하지 마. 컴플라이언스실이 뭐 대단하다고."

무토가 마지막 힘을 쥐어짜듯 사사베 앞을 가로막고 섰다.

"사사베 군. 그만둬요. 내가 잘못했어요. 내가……."

마음이 복잡한지 차마 말을 잇지 못하는 무토 점장에게 아키쓰가 말했다.

"무토 점장님, 사과할 필요 없습니다. 이 이메일을 보면 당신이 상사로서 부하 직원을 잘 지도하고 있었다는 건 누가 봐도 확실해요."

사사베는 또다시 목구멍에서 나오는 듯한 소리로 웃으면서 아키쓰에게 반박했다.

"잠깐만요. 나, 1엔짜리 동전을 주우라는 말을 들었어요. 엎드려서 주우라고요. 명백히 파워하라라고요."

"파워하라를 한 건 사사베 주임, 당신이야."

"점장이 내 상사인데? 파워하라 피해를 입은 건 나라고."

"선배, 파워하라에 대해 정의 좀."

마코토가 지난 3년간의 공부 성과를 피력한다.

"파워 해러스먼트는 같은 직장에서, 직무상의 지위나 인간관계의 우위성을 배경으로 적정한 업무를 초과해 정신적, 신체적 고통을 주는 행위를 말합니다!"

"이번 경우는?"

"파워하라는 상사가 부하 직원에게 하는 행위뿐만 아니라, 부하 직원이 상사에게 하는 경우도 있습니다. 즉 역하라죠. 사사베 주임이 사장과의 우위적인 인간관계를 방패 삼아 해고를 언급한 것은 파워하라에 해당해요. 덧붙여 말하면 해당되는 건 파워하라뿐만이 아닙니다. 해러스먼트로 고소하겠다고 위협한 것은 해러스먼트 해러스먼트, 하라하라에도 해당되죠."

"하라하라…… 그게 뭐야? 농담 좀 그만해. 내가 피해자라고. 당신들 모두, 고소할 거야."

사사베는 그렇게 선언하더니 출구 쪽으로 향했다. 그 뒷모습을 아키쓰는 가만히 지켜보고 있었다. 마코토가 이대로 보내줘도 되느냐고 물어보려는데, 아키쓰가 사사베를 쫓아갔다. 미끄러지듯 조용한 움직임이었다.

"농담을 그만해야 하는 건 당신 쪽일 텐데요."

방금 전까지와는 다른 조용하고도 정중한 말투에 사사베가 멈춰 섰다.

"본사에서 쫓겨나자 잔뜩 위축되어선, 일도 변변히 못해 파트타이머들에게 짐짝 취급이나 받고. 그러다 주의를 준 점장에게 원한을 품고 이런 한심한 사건을 일으키다니……."

마코토가 서둘러 아키쓰에게 달려갔다. 아까까지와는 반대로 살기마저 띠고 있는 표정을 보니 가슴이 마구 뛰었다.

하지만 아키쓰는 뭔가에 홀린 듯한 표정으로 사사베 앞으로 돌아섰다.

"아십니까? 1엔짜리 동전은 뢴트겐에 찍히지 않는 경우도 있습니다. 만약 토해내지 못하고 배 속에 동전을 계속 담고 있었다면 크림빵을 먹은 아이는 죽었을지도 모릅니다. 당신은 살인범이 되겠죠."

태연한 척하던 사사베의 손가락이 가늘게 떨리고 있었다.

"내가 그랬다는 증거라도 있어요?"

"아니오. 대신 이것만은 말씀드릴 수 있습니다. 왜 점장님이 1엔짜리 동전을 주우라고 했는지 아십니까? 그건 당신을 포기하지 않고 기회를 주려고 했기 때문입니다. 기억해두세요. 잘못을 저지른 사람에게 주의 한 번 주지 않는 것을 방치라고 합니다. 그게 훨씬 더 잔혹하고 무자비한 파워하라입니다."

사사베는 마지막 발악이라도 하듯 손에 닿는 물건들을 차례차례 바닥으로 떨어뜨렸다. 무토 점장이 "사사베 군!" 하며 끌어안았다.

이른 아침 6시. 시부야 구 쇼토에 있는 한 저택에서 마루오 사장이 애완견인 토이푸들, 자신처럼 3대째인 마루를 데리고 산책하러 나왔다. 이런 시기에 산책을 즐기려는 게 목적은 아니었다. 집안사람들 모르게 누군가를 만나기 위해서였다.

나베시마 공원에 도착하자 연못가에서 아키쓰가 우유를 마시고 있었다. 주위에 아무도 없다는 것을 확인한 후 마루오 사장은 아키쓰 옆에 나란히 앉았다.

"이야기해주게."

사건의 진상이 도청기 등을 통해 회사 밖으로 새어 나가면 안 된다고 판단한 아키쓰가 직접 만나자고 제안했던 것이다.

"사사베라는 직원을 아십니까."

아키쓰는 어젯밤 렌마점에서 드러난 사실을 담담히 마루오 사장에게 보고했다.

마루오 사장의 얼굴이 놀라움에서 분노, 그리고 불안으로 사뭇 재미있게 변해갔다.

"뭐야……. 힘들게 입사시켜줬는데."

"사장님, 연줄로 들어온 사원이 이런 불상사를 일으켰다는 게 알려지면 상무파에서 가만 있지 않을 겁니다."

"……어떻게 하면 좋겠나?"

마루오는 3대째 애완견인 마루를 보며 말했다. 아키쓰에게 약한 모습을 보여주고 싶지 않은 모양이었다.

"문제는 이 사실의 발표 시기입니다. 오늘 발표하면, 금요일 시나가와점 오픈에 큰 타격을 입겠죠. 이물질 혼입 사건이 있었던 슈퍼에 누가 가고 싶겠습니까. 어머 무서워라, 하고 외면하겠죠."

아키쓰는 마루오 사장의 긴장을 풀어주듯 아줌마 말투를 흉내 내어 말했다.

"이거 큰일이군."

"그렇다고 오픈식이 끝나고 나서 발표하면 반감을 살 겁니다. '돈 벌려고 모른 체하고 있었던 악덕 슈퍼, 불매운동 합시다' 하고요."

"그건 더 큰일인데."

좋을 때는 분위기에 맞춰 잘 흘러가지만 위기에 몰리면 한없이 약한. 3대 경영자의 전형 같은 마루오 사장에게 명쾌한 해답은 없는 듯했다. 아키쓰는 신경질적으로 애완견을 쓰다듬는 마루오를 바라보며, "신임 컴플라이언스실 실장으로서 방안을 생각해봤습니다" 하고 말했다.

"뭔가? 어떤 방안인데?"

"진실을 공개하는 겁니다."

아키쓰는 콧잔등에 주름을 모으며 득의양양한 웃음을 지어 보였다. 마루오 사장은 아키쓰가 말하는 진실이 단순한 진실이 아니라는 것을 이해했다.

그로부터 약 네 시간 후인 오전 10시. 본사 홍보실 스튜디오에 하얀 조명이 켜졌다. 모여든 기자들 앞에 마루오 사장이 나타나 머리를 깊이 숙였다.

"마루오 홀딩스 CEO인 마루오 다카후미입니다. 당사 렌마점에서 판매하고 있던 크림빵에 이물질이 혼입된 사건에 대해 한시라도 빨리 소비자 여러분에게 진실을 알려드리고자 합니다."

마루오 사장은 이물질 혼입 사건을 공표하기로 결심했던 것이다. 하지만 아키쓰의 권고에 따라 작성된 원고는 마루오의 손에서 나온 땀으로 흠뻑 젖어 있었다. 마루오는 꼼꼼하게 몇 번이고 손수건으로 땀을 닦아내며 마이크 앞에 섰다.

"엄중한 조사를 실시했습니다만 어떤 경로로 이물질이 혼입됐는지는 현재 판명되지 않았습니다. 하지만 만전을 기하기 위해 오늘, 제조된 빵 모두를 마루오 전 지점에서 회수하도록 지시했습니다. 제 사명은 범인 색출보다 재발을 방지하는 것이라고 생각합니다. 앞으로는 모든 점포에서 종업원이 계산할 때 더욱 확실히 체크할 것입니다. 고객 여러분께서는 조금이라도 불안한 점이 있으면 기탄없이 말씀해주십시오."

단숨에 여기까지 말하고 나서 마루오 사장은 일단 심호흡을 했다. 이제부터가 중요하다고 스스로를 북돋웠다.

"마루오 슈퍼는 이번 주 금요일, 시나가와 인터내셔널점 오픈을 앞두고 있습니다. 그 직전에 이러한 말씀을 드리는 것은 상당히 안타까운 일입니다만 숨김없이 알려드리는 게 고객의 신뢰와도 직결된다고 생각합니다. 마지막으로, 무엇보다 빵을 기쁜 마음으로 구입해주신 고객분들께 이 자리를 빌려 사죄 말씀드립니다. 정말 죄송합니다. 두 번 다시 이와 같은 일이 벌어지지 않도록 노력하겠습니다."

그날 오후, 마코토와 야자와 변호사는 마이의 아파트를 방문했다. 일하는 시간대가 일렀던 관계로 마이는 직장 텔레비전을 통해 마루오 사장의 사과 회견을 보았다고 했다.

"이제 됐어요. 사장님이 약속해주셨으니까. 우리 아이한테 무슨 일이 생긴 것도 아니고요."

낮잠 자고 있던 아들의 이불을 다시 덮어주러 갔던 마이가 돌아오기를 기다렸다가 마코토는 종이 꾸러미를 내밀었다.

"회사에서 드리는 겁니다. 받아주세요."

마이는, "괜찮아요" 하며 다시 밀었다.

"가난하다고 해서, 돈을 노리고 그랬다는 말은 듣고 싶지 않아요. 큰 회사에서 근무하는 사람들은 잘 모를 테지만요."

마코토는 잠시 망설였지만 "알겠습니다" 하고 말했다.

"제 말이 좀 심했나요."

"아뇨. 제 어머니도 싱글맘이셨어요. 수시로, 동정받고 싶지 않다고, 누구의 도움도 없이 보란 듯이 저를 잘 키우겠다고 말씀하셨죠."

마이는 의외라는 듯이 마코토의 얼굴을 보았다. 문 앞에서 기다리고 있던 야자와 변호사도 마코토의 옆얼굴을 슬쩍 들여다보았다. 처음 듣는 이야기였다.

마이는 부끄러운 듯 눈을 내리떴다. "죄송해요. 저도 모르게, 마치 저만 고생하고 있다고 생각했나 봐요."

마코토는 다시 한 번, 꾸러미를 마이 쪽으로 밀었다.

"이건 저희 실수에 대한 사과입니다. 그리고…… 돈이 아닙니다. 상사와 의논해서 저희 회사 상품권으로 드리기로 했습니다."

"또 마루오에서 뭘 사라는 거네요?" 마이가 웃었다.

"오가와 님, 부디 이걸로 화 푸시고 앞으로도 계속 마루오 슈퍼를 애용해주십시오."

마코토는 마이에게 고개를 숙였다. 야자와 변호사도 오늘은 옆으로 와서 함께 머리를 조아렸다.

마코토가 중요한 임무를 마쳤을 무렵, 아키쓰는 렌마점의 직원용 휴게실에서 무토 점장과 사사베 주임을 만나고 있었다. 본사 컴플라이언스실의 면담이라고 해서 다른 직원들은 누구도 들어오지 못하게 단속해두었다.

"아키쓰 씨, 사실대로 말하지 않아도 괜찮을까요? 이러면 세상 사람들에게 거짓말을 한 꼴이 되잖아요."

무토 점장은 지난 며칠간의 피로가 정점에 도달한 듯 흙빛 얼굴을 하고 있었다. 아키쓰는 컴플라이언스실 실장으로서 선택한 '진실'을 설명했다.

"네. 사장님을 비롯해 상층부에는 사사베 주임이 1엔짜리 동전을 넣었다는 사실을 보고하지 않았어요."

아까부터 한마디도 하지 않고 있던 사사베의 눈이 휘둥그레진다. 그 역시 수면 부족인 얼굴이었다.

"그게, 보고를 올리면 회사로서는 내부 범행인 걸 발표하지 않을 수 없게 돼요. 무토 점장님은 인사이동, 사사베 주임은 징계해고. 이 점포 역시 어떻게 될지 모르죠. 아니, 시나가와점에 미칠 영향을 생각하면 마루오 슈퍼 전체가 위험해질 겁니다."

새삼 사안의 중대함 앞에서 어떤 말도 못하는 두 사람을 보며 아키쓰는 가슴이 아팠다. 하지만 이제 돌이킬 수는 없다.

"이번에는 피해가 발생하지 않았어요. 내가 입 다물고 있으면 회사는 지킬 수 있습니다. 그리고 두 분도……."

아키쓰는 마루오 사장에게만은 모든 것을 보고했다는 사실을 숨겼다. 만에 하나 무토 점장이나 사사베가 내부고발을 했을 때, 마루오 사장이 범인을 알면서도 거짓 회견을 했다는 사실이 알려지면 사회적 책임까지 떠안게 된다. 하지만 일개 사원인 아키쓰 자신만 알고 있었던 것으로 해두면 마루오 사장에게는 아무런 책임 전가 없이 그저 아키쓰만 처분되고 끝날 수 있을 것이다.

그런 '진실'은 상상조차 하지 못하는 무토가 눈시울을 붉히며 말했다.

"죄송합니다……. 아키쓰 씨에게 무거운 짐을 떠안겨드렸네요……. 사사베 군, 당신은 뭐 할 말 없나요?"

사사베는 기어들어 가는 목소리로 겨우 "죄송합니다" 하고 말했다.

"그게 다예요? 아키쓰 씨는 당신을 구해주셨어요. 경찰에 알렸어야 했는데도요."

"죄송합니다……. 제가…… 잘못했어요."

사사베는 몇 번이고 "죄송합니다" 하고 되뇌었다. 누군가를 혼내줄 말은 많이 알고 있어도 각오와 반성을 위해 해야 할 말은 모르는 것이다. 아키쓰는 벽에 걸린 앞치마를 들고 어쩔 줄 몰라 하는 사사베에게 건네주었다.

"나도 처음 이걸 걸쳤을 땐 왠지 싫었어요. 하지만 나쁘지 않았어요. 이걸 걸치면 누구나 다 가볍게 말을 걸죠. 양복을 입었을 때는 말 한 번 걸지 않았을 것 같은, 온갖 손님들이 말이에요……."

사사베는 체념한 듯 쭈뼛쭈뼛 앞치마를 걸쳤다. 하지만 과거 아키쓰가 그랬듯 등뒤로 쉽게 끈을 묶을 수 없는 모양이었다. 아키쓰가 요령을 가르쳐주면서 묶어주었다.

"고맙습니다." 사사베는 인사를 하고 나서 직원 휴게실에서 나갔다.

"저 친구 혼자만 잘못한 게 아니에요. 저도 책임이 있어요."

"자책하는 건 쉬워요."

무토 점장은 입을 다물고 있다가, "이 점포를 지켜나가겠습니다, 최선을 다해서" 하고 짧게 자신의 결심을 밝혔다.

아키쓰는 그런 무토 점장을 바라보았다.

"저기…… 열심히 해보라고 말해도 될까요?"

무토는 무슨 말인가 싶어서 아키쓰를 같이 쳐다보았다.

"요즘엔 열심히 하라는 말도 파워하라가 되는 경우가 있거든요."

"아아, 그렇군요." 무토는 비로소 쓰게 웃음 지었다. "말씀해 주십시오."

"점장님, 열심히 해주십시오."

아키쓰는 마음을 담아 그렇게 말하고는 렌마점을 떠났다.

렌마 역에 도착해서 시계를 보니 오후 3시가 되어 있었다. 어제 컴플라이언스실 실장으로 부임한 이후로 정확히 24시간이 지났다. 여러 사정으로 급히 업무에 임했지만 이렇게까지 지독한 24시간은 처음이었다.

벤치에 앉아 맑은 가을 하늘을 올려다보았다.

이렇게 파란 하늘을 본 적이 있었던가. 언제였을까.

떠올려보려 했지만 나이 때문인지, 피로 때문인지 좀처럼 떠오르지 않았다.

때마침 품속에 넣어둔 스마트폰이 울렸다. 등록되어 있지 않은 번호였다. 평소 같았으면 모르는 번호는 받지 않았지만 아키쓰는 누군지 대충 짐작이 갔다.

"여보세요."

"와키타입니다."

예감은 적중했다.

"그러고도 컴플라이언스실 실장입니까."

와키타 상무는 암묵적으로 '진실'을 다 알고 있다는 듯이 말했다. 그렇다고 해서 순순히 인정할 수는 없다. 아키쓰는 "무슨 말씀이신지요" 하고 시치미를 뗐다.

"아무리 숨기려고 해도 언젠가는 드러날 겁니다."

"흔히 그렇게들 말하지만 어느 회사나 결코 드러낼 수 없는 비밀 정도는 무수히 가지고 있지 않나요?"

"컴플라이언스실의 일은 줄타기가 아닙니다."

"하지만 바보처럼 솔직해야 하는 것도 아니죠. 중요한 건 회사를 지키는 겁니다. 애당초 이번 사건으로 제일 조마조마했던 건 점포 총괄인 상무님 아니었나요?"

상대가 어떻게 나올지 가늠해보려는 듯 몰아세웠다. 하지만 적은 의도대로 넘어오지 않았다.

와키타는 냉정한 말투로 "제게 보복이라도 하고 싶은 겁니까? 수지타산이 맞지 않는 일은 그만두시는 게 좋을 겁니다" 하고 말했다.

아키쓰는 "잊었나요? 난 수지타산이 맞지 않는 일일수록 더 필사적으로 덤벼든다는 걸" 하고 대답했다.

하지만 '과거의 부하 직원'은 더 이상 반박하지 않고 전화를 끊었다.

아키쓰는 다시 한 번 빨려 들어갈 듯 파란 하늘을 올려다보았다. 언제 본 파란색이었는지 생각났다. 하늘이 아니라 바다였다.

7년 전, 믿었던 사람에게 배신당하고 모든 것에 자신감을 잃은 채 바닷속에 몸을 던졌을 때, 그때의 파란색이었다.

그것은 절망으로부터 기어 올라와 간절히 살고 싶었을 때의 파란색이기도 했다.

제2장

"잘됐다고 해야 하나."

마루오 사장은 의외로 기분이 좋았다.

렌마점의 이물질 혼입 사건이 무사히 해결되어 아키쓰 와타루는 사장실로 불려갔다.

"사장님이야말로 연기가 훌륭했습니다."

무사히 끝났다고는 하지만 말끔히 해결되었다고는 말하기 어렵다. 어쨌거나 회사 최고 책임자로 하여금 거짓말을 하도록 만들었으니까.

하지만 시나가와점 오픈 직전에 불상사를 발표한 덕분에 호의적인 여론을 얻게 되었다. 오늘 인터넷 뉴스에는 상당히 높은 평가를 담은 기사들이 쏟아졌다.

〈마루오 슈퍼, 이물질 혼입으로 사장이 사과 회견〉

〈신규 점포 오픈 직전에 불상사를 공표함으로써 인터넷에

서는 호감도 상승〉

〈마루오의 자진 회수에서 컴플라이언스 대책의 이상적인 모습을 보았다!〉

이것들은 의외가 아니었다. 어차피 위험한 다리를 건널 거라면 최대한 활용하자. 아키쓰는 그런 생각으로 승부수를 던졌다.

'위기는 곧 기회다!' 입사한 지 얼마 안 되었을 때부터 점포 개발부의 상사로부터 귀에 못이 박히게 들어온 초보 중의 초보 비즈니스 룰에 입각한 것이었다.

이후 '진실'이 드러나게 된다면 아키쓰는 틀림없이 회사에서 쫓겨나게 될 것이다. 하지만 이번 일을 통해 아키쓰는 컴플라이언스실의 역할을 나름대로 파악했다.

"컴플라이언스실은 회사를 지키기 위해 최선을 다하겠습니다. 그를 위해서 어떤 수단을 선택하든 상관없이 말입니다."

아키쓰가 위험한 사명감을 터득했다는 것도 모르고 마루오 사장은 3대 후계자로서의 면모를 드러냈다.

"아무튼 시나가와점 오픈을 선전한 셈이 되기도 했어. 이번에는 당신을 컴플라이언스실 실장으로 임명한 게 옳았다고 말해두지. 깨끗한 일 처리만으로는 회사를 경영할 수 없으니까 말이야."

"사장님 미끼에 걸려 애먹었습니다."

"그랬겠지."

이물질 혼입 사건을 해결하면 본사로 불러들인 진짜 이유를 말해주겠다. 마루오 사장은 아키쓰에게 그렇게 약속했었다.

"실은 말이지, 당신에게 부탁하고 싶은 게 있어."

"메모는 안 하는 편이 좋겠군요."

마루오 사장의 표정으로 보아 겉으로 드러낼 수 없는 사안인 것만은 분명해 보였다.

"와키타 상무의 해러스먼트에 대해 조사해줬으면 좋겠어."

어지간한 일에는 쉽게 놀라지 않는 아키쓰인데도 이것은 생각지도 못한 임무였다.

"파워하라 관련 소송이라도 들어온 건가요?"

"아니, 전혀."

마루오 사장은 그렇게 말하고 창가로 간 뒤 몸을 돌렸다.

"파워하라든, 성희롱이든 뭐든 좋아."

아키쓰는 이제야 말의 의미를 이해했다.

"그러면…… 와키타 상무의 흠을 들춰내 해러스먼트를 조작하라는 말씀이십니까?"

"조작이라니, 그런 품위 없는 짓을 내가 어떻게 부탁하겠나. 그저, 누구든 털어서 먼지 안 나올 사람은 없으니, 해러스먼트 하나둘쯤은 나오지 않을까. 그걸 조사해서 내게 보고해달라는 거야."

"이유를 물어봐도 되겠습니까?"

"와키타는 임원들을 장악해서 나를, 마루오 일가를 축출하려고 하네. 만일의 사태에 대비해 비장의 카드 하나 정도는 쥐고 있고 싶어서 말이야."

아키쓰는 뻔히 대답의 내용을 알 수 있는 질문을 했다.

"괜찮으시겠습니까, 사장님? 그런 중요한 임무를 나 같은 경박한 놈에게 맡기셔도."

"당신이라면 거절할 수 없을 테니."

아키쓰는 대답 대신 작게 웃었다. 웃을 수밖에 없었다.

와키타 상무는 과거 아키쓰의 부하 직원이었다. 단순한 부하 직원이 아니었다. 점포개발부의 황금 콤비라고 불리던 사이였다. 슈퍼의 신규 점포 개설을 위해서는 용지 매수, 지역 주민 설득 같은 어려운 관문이 있다. 앞장서서 뛰어들어 상대의 안방까지 파고드는 게 장기인 아키쓰와 신중하게 옆을 지키며 팀의 역할 분담을 치밀하게 조직하는 와키타는 서로의 장점을 살려 수많은 유력 지역에 점포를 개설했다. 쓰키지, 아키하바라, 가사이, 산겐자야. 마루오를 상장기업으로 성장시킨 것이 두 사람이었다 해도 과언은 아니다.

하지만 7년 전, 아키쓰가 부하 직원을 괴롭혀 퇴직으로까지 몰아넣었다고 임원 회의에 보고한 게 다름 아닌 와키타였다. 당시 사장에 취임한 지 얼마 안 되었던 마루오는 일에 대한 자신감으로 상부에도 기탄없이 의견을 개진하는 아키쓰가 마음에 들지 않았다. '아키쓰 제거'는 놀라우리만치 확실하고 신속하게 진행되었다. 그 결과 아키쓰는 지방 소규모 지점의 점장이 되었고 와키타는 이사, 상무로 승진을 거듭했다. 왜 와키타가 아키쓰를 팔아넘겼는지는 당시에도 그렇고 지금 역시도 알수 없다.

그래서 내가 와키타를 원망하고 있을 테니, 놈을 끌어내리는 임무를 거절할 수 없을 것이라고 생각한 건가. 그렇게까지 타락하지는 않았다고 말하고 싶었지만…….

아키쓰는 마루오 사장의 잔인한 '밀명'에 어떻게 대답해야 할지 생각했다. 받아들이는 것도 내키지 않았지만 거절하는 것도 능사는 아니다.

그런 아키쓰에게 생각할 시간을 주듯이 스마트폰이 울렸다. 상대는 현재 단 하나뿐인 부하 직원, 다카무라 마코토였다. 아키쓰는 마루오 사장에게 양해를 구하고 전화를 받았다.

"실장님, 지금 어디세요?"

"잠깐 농땡이 부리면서 커피 마시고 있는데."

사장실에 있다는 것은 밝히지 않았다.

"그럼 바로 좀 돌아와주세요. 새로 오픈하는 시나가와점에 큰 문제가 생겼어요."

마코토는 감정적으로 과장된 표현을 하는 사람이 아니다. 안 지는 얼마 안 됐지만 그 정도는 알 수 있다. 아키쓰는 '밀명'에 대한 답변은 보류한 채 사장실을 나왔다.

"그만두겠습니다."

점장인 마쓰모토 고타는 파트타임 직원으로부터 그 말을 듣고 심상치 않을 만큼 크게 동요하고 있었다. 쓸데없이 훈남이라는 말을 듣는 윤곽이 뚜렷한 얼굴은 붉게 변했고, 한결같이 고집하는 버튼다운 셔츠의 등은 땀으로 찰싹 달라붙어 있었다. 파트타이머 아주머니들이 그만두는 정도로 허둥댈 남자로는 보이지 않았지만 이 경우는 손을 쓸 수가 없었다. 어쨌거나 열여덟 명의 베테랑 파트타이머들이 일제히 그만두겠다고 말했던 것이다.

마쓰모토가 점장을 맡고 있는 시나가와 인터내셔널점은 오픈을 3일 앞둔 신규 점포다. 마루오 사장의 주도로 2020년 도쿄 올림픽을 염두에 두고, 지금까지의 마루오 슈퍼와는 완전히 다르게, 세련되게 만들었다. 회사의 사활을 걸고 진행되어온 대형 점포의 개발 사안이었다. 예의 열여덟 명의 파트타이머들도 특별한 점포의 오픈을 위해 다른 점포에서 끌어 모았다. 반찬 조리 경력 20년 선수부터 선전 문구 쓰기의 달인, 계산 대회 입상자까지 모두 뛰어난 정예들이었다.

서른다섯 살이라는 젊은 나이에 점장으로 발탁된 마쓰모토는 반드시 시나가와점을 성공시키고 싶다며, 반년 전부터 잠자는 시간까지 아껴가며 동분서주해왔다. 직원들 교육부터 고객들에게 어필하는 방식, 새로운 부식(주로 먹는 음식에 함께 곁들여 먹는 음식—옮긴이) 메뉴 선정, 홈페이지와 트위터 개설 등 숨 가쁘게 돌아가는 매일에 몸이 상할 틈도 없을 정도였다. 그런 보람이 있어서 비공개 오픈식도 무사히 끝났고, 사장으로부터 칭찬의 말도 들었다. 이제는 금요일 아침 10시의 개점만을 남겨두고 있었다.

그런데 오픈까지 3일밖에 남지 않은 이 시점에 터무니없는 사태가 벌어지고 만 것이다. 지금부터 새로운 인재를 열여덟 명이나 확보하는 건 불가능하다. 어떻게 칭찬받을 것인가만 생각하며 살아온 마쓰모토 점장에게 눈앞의 중년 여성들은 자신의 성공을 저해하는, 용서할 수 없는 아마조네스(그리스 로마 신화에 등장하는 사냥과 전쟁을 즐기는 호전적인 여성 집단. 남자아이가 태어나면 죽이고 여자아이만 길렀다고 한다―옮긴이)처럼 보였다.

"다시 생각해주세요. 개점은 금요일이에요. 이건 정말 너무해요."

열여덟 명의 한복판에 서 있던 관록 넘치는 오타케 마스코가 한 걸음, 두 걸음 앞으로 나섰다. 심한 파마머리, 지나치게 파란 아이섀도와 빨간 립스틱. 현재 쉰여섯 살의 그녀가 젊었을 때쯤이나 유행하던 스타일이 아닐까. 소바주(sauvage. 머리털 끝 쪽에서 가늘고 약한 파마를 하여 자연스럽게 웨이브를 살린 야성적인 여자 머리 모양―옮긴이) 머리에 검게 그을린 피부로 사람들을 선동하던 과거가 있지 않았을까 상상하게 만드는 강력함이 있었다.

"그럴 수는 없어요. 우리 파트타임 직원 열여덟 명, 모두 그만두겠습니다."

마스코의 말을 잇듯이 다른 열일곱 명도 "그만두겠습니다!"

하고 일제히 소리쳤다. 열여덟 명의 아주머니 군단의 습격에 마쓰모토 점장은 현기증이 일어 비틀거렸다. 옆에서 그 모습을 지켜보던 매장 주임 구도가 "점장님!" 하고 외치며, 금방이라도 쓰러질 듯한 마쓰모토 점장을 잡아주려고 달려왔다.

시간은 오후 6시. 가게 밖에는 소식을 들은 아키쓰와 마코토가 막 도착한 참이었다.

밖에 붙인 〈금요일 아침 10:00 오픈!!〉 포스터가 눈길을 끌었다. 포스터 안에서는 마치 점포 안으로 이끌 듯이 여섯 명의 미인 직원들이 생긋 미소를 짓고 있었다.

〈어디에도 없는 미식가의 반찬!〉 포스터 속의, 맛있어 보이는 주먹밥 사진이 아침부터 바삐 움직이고 있는 두 사람의 공복을 자극했다.

아키쓰와 마코토가 고객용 치료실로 안내되었을 때 물을 마시고 겨우 안정을 되찾은 마쓰모토 점장이 침대에서 일어났다. 마루오 슈퍼에서 가장 시설이 잘 되어 있는 최신 치료실을 설마 자신이 제일 먼저 이용하게 될 줄은 마쓰모토 점장도 상상하지 못했으리라. 무엇보다 지금까지 컴플라이언스실의 신세를 질 만한 불상사를 일으킨 적이 한 번도 없었다. 하지만 이번엔 혼자 처리할 수 없다고 판단하여 핫라인으로 호소 전화를 넣은 것이었다.

"오픈까지 앞으로 3일밖에 안 남았어요. 지금부터 새 직원을 확보하는 것도 불가능하고요. 이 일을 어떻게 하면 좋을지……."

어제 아침까지 도야마 추오점에서 같은 점장 일을 하던 아키쓰가, "자네도 참 힘들겠군" 하고 마쓰모토 점장을 동정하며 말했다.

"한두 명이면 또 몰라도 열여덟 명이 다 그러니 말이야."

입사하고 나서부터 본사 컴플라이언스실에서만 지내 그들의 노고를 전혀 모르는 마코토는 조심하는 기색도 없이 바로 물었다.

"대체 이유가 뭔가요?"

"그걸 말하지 않아요. 그만두고 싶다고만 말할 뿐……. 대체 어떻게 하면 좋을까요."

마쓰모토 점장으로서는 이것이 너무나 기분 나빴다.

"아마 곰곰이 다시 생각해줬으면 하는 이유가 있을 텐데."

아키쓰의 그 말에 마코토는 이런저런 이유를 생각해보았다.

"급여라든가, 근무 체계라든가, 파워하라라든가……."

"무슨 말씀이세요. 신규 오픈이라 시급은 다른 지점보다 더 높게 책정했고, 근무 시간도 일하는 분들 의견을 반영했어요. 파워하라도 지나치다 싶을 만큼 조심했습니다!"

이 두 사람은 정말 구세주가 되어줄 수 있을까. 불안에 사로잡혀 마쓰모토 점장은 머리를 쥐어뜯었다.

아키쓰와 마코토는 아직도 건축자재 냄새가 남아 있는 창고를 지나 직원 휴게실로 향했다. 뒤에서 마쓰모토 점장도 힘없이 따라왔다.

마코토가 목소리를 낮추며, "실장님, 말씀하실 때는 호칭에 신경 써주세요" 하고 경고했다.

"호칭? 그거 뭐에 쓰는 건데? 후추하고 비슷한 건가?"

이럴 때 아저씨 개그를 하는 아키쓰를 마코토는 곁눈질로 노려보았다.

"아까 마쓰모토 점장님에게 '자네도 힘들겠다'고 말씀하셨잖아요. 그거, 옐로카드감이에요."

"자네라는 호칭도 안 되는 거야? 일일이 마쓰모토 점장님, 마쓰모토 점장님 하면 너무 힘든데."

"그러면 그냥 성으로 불러주세요."

"마쓰모토 군이라고?"

"아웃." 마코토는 가차 없이 단죄했다. "'군'이라는 호칭은 남녀 불문하고 쓰지 않는 편이 좋아요. 지위를 과시하는 파워하라가 되기 십상이에요. 덧붙여 '너'나 '야' 같은 호칭은 당연히 말도 안 되지만 '당신'도 피하는 편이 좋습니다. 정확히 성에 '씨'를 붙여서 부르는 편이 무난해요. 요즘에는 학교에서도 남녀 모두 '씨'를 붙입니다. 실장님이 초등학교에 입학한다 해도 아키쓰 군이라고 부르는 경우는 없어요."

"힘든 시대를 살고 있군."

엄격한 지도를 받는 가운데 직원 휴게실에 도착했다. 가을인데도 후끈한 열기가 몰려왔다. 자동판매기 앞의 휴식 공간에 열여덟 명이 자리 잡고 있었다.

"실례합니다. 본사 컴플라이언스실의 다카무라라고 합니다."

"안녕하세요. 실장인 아키쓰입니다."

우두머리 격인 마스코의 지시로 중간급인 니카와 가즈코와 히구치 히로미가 자리에서 일어섰다. 이름표의 색깔로 보아, 마스코는 부식, 가즈코는 생선, 히로미는 매장 담당인 것을 알 수 있었다.

"본사 높으신 분들에게 할 이야기는 없어요."

"높지 않아요, 전혀. 보면 알잖아요."

"어차피 회사에서 보낸 스파이잖아요."

"그럼 이참에 스파이한테 고자질 좀 해보지 않을래요? 그만두고 싶다는 건 뭔가 불만이 있다는 거죠?"

아키쓰의 스스럼없는 말투에 파트타이머들은 기세가 한풀 꺾인 듯 서로의 얼굴을 쳐다보았다. 누가 먼저랄 것도 없이 "말해?" 하고 눈짓을 한다. 하지만 마스코는 그것을 제지하듯 히로미로 하여금 말하게 했다.

"모른다는 게 문제예요."

우두머리의 목소리를 대변하는 히로미에 이어서 파트타이머들이 하나둘 목소리를 높였다.

"그래요."

"둔감해요."

"외부인은 돌아가요."

"뭐하러 온 거람!"

집단의 흥분으로 점점 목소리가 커져갔다.

"여러분, 진정하세요. 부탁입니다."

하지만 파트타이머들을 진정시키려는 마코토를 아키쓰가 막아섰다.

"좋아요, 좋아. 여러분의 울분을 제게 터뜨려주세요. 이야기하다 보면 해결의 실마리가 보일 거예요! 그럴 수도 있어요."

정신없이 소리치며 쓴웃음을 짓던 파트타이머들이 서서히 안정을 되찾아갔다.

"이유는, 성희롱이에요."

생선 담당인 거구의 가즈코가 드디어 이유를 밝혔다.

마코토가 확인하듯 되묻는다.

"······섹슈얼 해러스먼트, 말인가요?"

"앗! 말도 안 돼!"

마쓰모토 점장이 터무니없다는 듯 소리친 것도 무리는 아니었다. 파트타이머들은 대부분이 50대와 60대였고 젊다고 해도 40대가 고작인 그야말로 아줌마 군단이었다. 요즘 유행하는 미녀상과는 너무 동떨어졌을 뿐만 아니라 마스코를 필두로 훌륭한 체격의 소유자가 태반이었다. 실례인 줄 알면서도 굳이 말한다면 성희롱을 할 만한 성적 매력이 도저히 있을 것 같지 않았다.

열여덟 명의 파트타이머들은 일제히 마쓰모토 점장을 바라보았다. 마쓰모토 점장은 말 없는 시선에 몸을 떨었다.

하지만 마코토는 성희롱이라는 말을 듣고도 놀라지 않았다. 성희롱은 성적인 매력을 느껴 희롱하는 유형만 있는 게 아니다. 컴플라이언스실에서 수많은 해러스먼트 상담을 해온 마코토는 그것을 잘 명심하고 있었다.

"자세히 말씀해주셔서 고맙습니다. 그래서, 누구한테 성희롱을 당하신 건가요?"

핵심을 찌르는 질문에 선전 문구 쓰기의 달인인 히로미가 군이 느릿느릿 대답했다.

"마루오, 사장님, 입니다."

"앗. 사장님이 성희롱을?" 놀란 아키쓰는, "이건 그야말로 스캔들인데요" 하며 콘크리트가 그대로 드러나 있는 천장을 올려다보았다. 이번에는 마코토 역시 아연실색했다. 마쓰모토 점장에 이르러서는 거의 할 말을 잃은 상태였다.

터무니없는 그 말을 믿을 수가 없어서 마코토는 다시 한 번 확인했다.

"저기, 잘못 들은 거 아니죠? 마루오 다카후미, 현 CEO가 여러분을 성희롱했다는 말씀이신가요?"

마코토의 질문에 파트타이머들은 일부러 맞추기라도 한 듯 고개를 끄덕였다. 가즈코가 말을 이었다.

"거기요, 컴플라이언스인가 뭔가에서 왔다는 분, 사장님이 1엔짜리 동전 사건으로 머리를 굽실굽실하는 거 봤죠?"

"굽실굽실했다니……. 뭐, 네."

"그런 사건으로 굽실거릴 정도면 우리한테도 숙여줬으면 좋 겠어요."

"정말이에요!"

"사과하라고 해요!"

"용서 못 해요!"

다시 파트타이머들이 시끄럽게 외쳐댔다.

"잠깐만요! 대체 어떤 성희롱이었는데 이러시는 거죠?"

마코토가 이렇게 말해도 흥분은 좀처럼 가라앉지 않았는데, 마스코가 헛기침을 한 번 하자 열일곱 명은 썰물이 빠지듯 입 을 다물었다.

드디어 마스코가 입을 열었다.

"그건 마루오 사장님이 자기 가슴에 손을 얹고 물어보라고 하세요. 우리는 사장님이 직접 사과하길 요구합니다."

쉰 목소리에 박력이 있었다. 마스코는 차분한 모습으로 아 키쓰와 마코토에게 인사를 한 후 종업원 출입문으로 향했다. 열일곱 명이 질서정연하게 뒤를 따른다.

아키쓰는 파트타이머들의 퇴장을 감탄한 듯 지켜보았다.

"파트타이머 봉기, 발발인가."

"봉기요……?"

"적은 사장! 죽음도 불사한다! 멋지잖아."

"멋지다고요? 실장님, 너무 무책임하시네요!"

소동을 즐기는 듯한 아키쓰에게 마코토는 어이없다는 시선을 보냈다.

그 무렵 당사자인 마루오 사장은 자신이 터무니없는 의혹에 휩싸인 것도 모르고 긴자의 고급 중화요리점에서 30년 된 사오싱주(紹興酒, 저장 사오싱에서 생산되는 술로서, 중국의 특산품인 황주 가운데서도 최고로 꼽히는 술―옮긴이)를 마시고 있었다. 와키타 상무도 동석하여 시나가와 인터내셔널점의 설계를 담당했던 다케오카 건설의 간부인 바바 일행의 접대를 받고 있었다.

외국인들도 이용할 수 있는 슈퍼마켓. 자신이 내세운 콘셉트를 실현한 점포가 오픈 직전인 만큼 마루오 사장은 새삼 기분이 좋았다. 생선을 파는 점포치고는 너무 참신한 설계와 고급 부식의 판매를 부정적으로 생각하는 목소리도 적지 않았지만 비공개 오픈식에서 나온 반응은 괜찮은 편이었다. 이물질 혼입 사건의 공표가 긍정적으로 작용한 것도 컸다. 다음번 출점 공사도 노리는 바바 일행은 마루오 사장을 과하다 싶을 만큼 띄워주었다.

"사장님, 드디어 시작입니다."

"업계 평판도 굉장히 좋던데요!"

"지금까지의 슈퍼마켓 이미지를 바꿀 수 있는 점포가 되도록 온갖 시도를 다 했습니다."

"대단한 경영 센스이십니다."

잔뜩 추켜세우자 마루오 사장 역시 내심 싫지 않은 모양이었다.

"우리 와키타 상무한테도 말해주세요. 그는 별로 마음에 들지 않는 모양이니까."

"아닙니다. 점포 총괄을 맡고 있는 사람으로서 오픈 때까지 방심할 수 없을 뿐입니다."

와키타 상무는 마루오 사장의 빈정거림에 요령 있게 대답했다. 그때 가게의 마담이 찾아왔다. 마담이 마루오 사장에게 뭔가 귓속말을 했다.

"잠깐 실례……."

마루오 사장은 괴이한 표정을 지으며 나갔다.

마루오 사장이 마담에게 안내받은 별실로 들어가자 아키쓰가 기다리고 있었다. 별실로 마루오 사장을 불러낸 것은 아키쓰 나름대로의 배려였다. 어쨌든 외부인인 바바 일행, 그리고 무엇보다 와키타 상무가 동석하고 있기 때문이었다.

"이런 곳까지 대답해주러 온 건가?"

마루오 사장은 분명 아키쓰가 밀명에 대한 대답을 하러 온 모양이라고 생각했던 것이다.

"아뇨, 사장님. 그 건에 대해서는 나중에 말씀드리기로 하고, 더 급한 일이 생겼습니다."

아키쓰는 시나가와점의 소동에 대해 보고했다.

"성희롱? 내가? 파트타이머에게?"

너무나 얼토당토않은 말에 마루오 사장은 웃음을 터뜨렸다.

"무슨 말을 하는 건지……. 난 전혀 기억에 없는데. 그보다 파트타이머와 개인적으로 이야기를 나눈 적조차 없어."

"이상하군요. 사장님이 탈의실을 몰래 훔쳐봤다고 말할 듯한 기세였는데."

"무슨 소리야."

"죄송합니다. 예를 들자면 그렇다는 말씀입니다."

마루오 사장은 한숨을 내쉬었다.

"모처럼 좋았던 기분 잡쳤네. 그런 파트타이머들, 그만두고 싶으면 그만두라고 해."

"열여덟 명이 일제히 빠져나가면 금요일 오픈은 힘들어집니다."

"다른 점포에서 데리고 와."

"그 열여덟 명은 모두 근속 5년 이상, 개중에는 20년이나 된 베테랑도 있습니다. 특히 사장님이 제안하신 고급 부식 코너에는 각 점포의 정예 멤버들을 끌어 모았기 때문에 대체할 사람이 없습니다."

아까의 술자리와는 정반대로 마루오 사장은 불쾌한 얼굴이 되었다.

"하지만 내가 사과할 수는 없네. 최고 책임자가 파트타이머들이 시키는 대로 고개를 숙이게 되면 회사 안팎의 신용을 잃을 걸세."

스스로의 지위를 지키기 위해서인지, 마루오 사장은 강경했다.

"그런가요? 의외로 말이 통하는 사장님이라고 인기가 더 올라가지 않을까요."

"무슨 말도 안 되는! 아무튼 성희롱이라는 건 뭔가 오해일 거야. 서둘러 조사를 해서 내일 안으로 해결해줘."

"네. 노력해보겠습니다."

그만두느냐 마느냐 하는 문제는 짧은 시간 안에 해결할 수 없다. 그들 대부분이 처우 문제가 아닌 감정적인 문제로 시작됐기 때문이다. 아키쓰는 그렇게 생각했지만 입장상 무리라고는 말할 수 없었다. 일단 노력해보겠다고 약속하고 나가려는데 마루오 사장이 붙잡았다.

"아, 이 일은 다른 사람에게는 말하지 말게. 근거 없는, 완전한 오해라고는 해도 성희롱은 세심한 주의가 필요하거든."

"잘 알겠습니다."

마루오 사장과의 대화를 마치고 아키쓰는 중화요리점을 나왔다. 밤바람을 즐기듯 한 남자가 우두커니 서 있었다. 와키타 상무였다. 아키쓰는 걸음을 멈췄다. 기분 나쁠 정도로 고급스러운 양복을 걸치고 있었지만 신발은 의외로 가죽 스니커즈를 신고 있었다. 그것은 과거 그가 아키쓰의 부하 직원이었을 때 걷기도 편하고 사무적인 자리에도 통한다고 가르쳐준 브랜드였다. 그때 아키쓰의 미묘한 감상을 배신하듯 와키타가 말을 건넸다.

"고생이 많습니다. 뭔가 급한 일이라도 생겼나요?"

"아뇨. 사소하게 보고드릴 게 있었습니다."

와키타 상무가 쓴웃음을 지었다.

"당신의 사소하다는 표현은 상당히 수상쩍게 들려요."

"상무님, 그거 옐로카드입니다."

의미를 알지 못해 와키타 상무는 고개를 갸웃거렸다. 그런 와키타 상무를 보면서 아키쓰는 씨익 웃었다.

"부하 직원을 당신이라고 부르면 파워하라에 해당되는 경우도 있다던데요. 씨를 붙여서 부르는 편이 무난합니다. 뭐, 나도 오늘 부하 직원에게 들은 지 얼마 안 되는 이야기이긴 합니다만."

그렇게 말하고 아키쓰는 찻길로 나갔다. 가게 주차장에 세워놓은 와키타 상무의 차에 미나코가 타고 있는 게 보였다.

"흐음."

비서가 회식이 끝나기를 기다리다니, 드문 일이군. 와키타가 억지로 명령한 거라면 파워하라 성립인데. 저 녀석이 그런 빈틈을 보일 리는 없고.

아키쓰는 미나코의 시원스러운 옆얼굴을 보면서 묵고 있는 호텔로 서둘러 돌아갔다.

다음 날 아침 아키쓰와 마코토는 개점 준비를 위한 마지막 확인 작업을 진행 중인 시나가와점으로 찾아갔다. 제복 차림의 여성 점원들은 내일에 대비해 열심히 미팅을 하고 있었다. 하지만 앞치마 차림에 삼각 모자를 쓴 파트타이머 직원들의 모습은 보이지 않았다. 마쓰모토 점장은 아키쓰 일행을 보자 바로 달려 나왔다.

"사장님은 전혀 그런 기억이 없는 모양이던데."

"그렇군요. 당연하죠. 사장님이 성희롱이라니, 아니에요. 아닐 거라고 생각은 했습니다. 네."

혼란스러움을 감추지 못해 말이 빨라진 마쓰모토 점장에게 마코토가 말했다.

"오늘 파트타이머분들은요?"

마쓰모토 점장의 말이 더욱 빨라진다.

"열여덟 명 전부 아침부터 출근하지 않았어요. 모두들 어떻게 된 건가 싶어서 불안해하고 있어요. 사실대로 말할 수도 없고, 머리 아파 죽겠습니다. 속도 안 좋고요. 여기는 사장님이 힘을 쏟은 특별한 점포인데……."

아키쓰는 매장 안을 둘러보았다. 어제는 찬찬히 둘러볼 시간이 없었지만 이렇게 다시 매장을 살펴보니, 세련된 인테리어에 돈도 많이 들어간 만큼 마루오 홀딩스가 온갖 정성을 쏟아부었다는 것을 알 수 있었다.

"확실히 서민의 편인 마루오답지 않게 화려한 매장이군. 직원들도 차원이 다른데, 아주."

아키쓰는 미팅 중인 여성 점원들 쪽을 가리켰다. 치열한 경쟁을 뚫고 선발된 컨시어지(concierge, 호텔 등에서 손님을 담당하는 접객 책임자, 혹은 안내데스크, 서비스 담당, 도어맨 들을 통칭하는 프랑스식 용어—옮긴이)가 매장을 안내해주는 것도 이 지점의 특징 중 하나이다. 마쓰모토 점장이 드디어 자랑할 만한 것을 발견하고는 웃어 보였다.

"도쿄 올림픽에 대비하여 영어와 중국어 연수를 마친 여성 사원들을 컨시어지로 배치했습니다."

"그거 놀라운데. 게다가 모두 미인들뿐이고."

아키쓰는 싱글거리며 컨시어지 쪽을 바라보았다.

"실장님!"

"그래. 미인이란 말은 금지 단어였지."

"그 눈빛도 성희롱입니다."

"이건 본능이야, 선배."

아키쓰가 승산 없는 변명을 하고 있을 때 그 유명한 컨시어지 여섯 명이 서로를 보며 고개를 끄덕이고는 시원스레 하이힐 소리를 내며 다가왔다.

아키쓰의 '성희롱' 발언이 그녀들을 화나게 한 건가 싶어서 마코토는 긴장했지만 그렇지는 않았다.

"파트타이머들, 왜 안 나오는 거죠?"

"그 문제로 컴플라이언스실분들이 오신 건가요?"

"여러분, 혹시 짐작 가는 거라도 있으십니까?"

컨시어지들이 서로의 얼굴을 흘낏 쳐다보았다.

"실은…… 저희…… 파트타이머분들과 작은 실랑이가 있었는데요."

"네? 언제요?"

어쩌면 마쓰모토 점장에게는 화들짝 놀랄 만한 이야기인 듯했다.

"엊그제 퇴근 무렵에……."

"왜 바로 보고하지 않은 겁니까!"

"여자들 문제를 일일이 보고할 필요는 없잖아요."

마코토는 마쓰모토 점장에게 꾸지람을 들을 처지에 놓인 컨시어지들 편에 서서 말했다.

"그렇죠. 별거 아니라고 생각해서 일일이……."

"우리가 원인이란 건가요?"

마코토는 공손하게 물어보았다.

"여러분에게는 불이익이 돌아가지 않도록 할 테니까 자세히 말씀해주시겠어요?"

"쓸데없이 참견하며 괴롭혔어요."

"네? 그럼 여자들끼리의 성희롱?"

놀라움을 감추지 못하는 아키쓰에게 마코토가 득의양양하게 말했다.

"아니에요. 일종의 오지랖. 이거 참견 해러스먼트…… 맞죠?"

마코토의 설명에 컨시어지들이 맞다며 고개를 끄덕였다.

그것은 엊그제 퇴근 후의 일이었다. 직원 휴게실에서 집으로 돌아갈 준비를 하던 컨시어지 미타 노조미와 하야시 마나미에게 마스코가 자신의 측근들을 데리고 찾아왔다.

"어서 오세요, 하고 말할 때, '요'는 길게 늘이지 않는 편이 좋아."

"저희가 길게 늘여서 말하나요?"

그렇게 물은 마나미에게 마스코의 측근인 가즈코가 지체 없이 핀잔을 주었다.

"봐, 지금도 길게 늘이잖아. 길게 늘여서 말하나요오, 하고."

"아줌마들 귀에는 거슬리게 들리나 보네요."

키 때문에 위에서 내려다보는 노조미에게 마스코가 말했다.

"우리 귀에 거슬려서 말하는 게 아니야. 여러분도 가벼워 보이면 싫지? 여기는 마루오의 얼굴이 될 매장이니까 어떤 사람이 보고 있을지 모른다고."

가즈코와 히로미도 마스코의 뒤를 이어 말했다.

"그래요. 아무리 영어와 중국어를 잘하더라도 모국어의 품위가 떨어지면 안 되잖아."

"일 때문만이 아니야. 앞으로 결혼해서 엄마가 될 사람들이잖아. 겉으로 보이는 것뿐만 아니라 알맹이도 충실해야해……."

아줌마들의 설교에 마나미가 진절머리를 냈다.

"뭐라는 거예요. 이런 거 참견 해러스먼트인데요!"

"참견 해러스먼트……?"

마스코에게는 익숙지 않은 말이었다. 마나미와 노조미가 미소를 지으면서 설명했다.

"참견을 너무 심하게 해서 상대방에게 불쾌감을 주는 참견해러스먼트를 말하는 거예요."

"우리는 치열한 경쟁을 뚫고 선발돼서 힘든 연수까지 다 받고 왔어요. 일일이 주의 주지 않으셔도 된다고요."

마스코의 측근들에게서 "뭐야, 그 말버릇은!", "잘난 체하기는!" 하는 분노의 목소리가 터져 나왔다.

그런 그들을 한 손으로 제지하며 마스코가 앞으로 나섰다.

"알았어요. 그럼 부디 프레시하고 아름다운 여러분끼리 이시나가와점을 잘 일으켜보세요."

마스코는 무표정하게 그 말만을 남기고 측근들과 함께 휴게실에서 나갔다.

컨시어지들에게서 들은 이야기를 아키쓰와 마코토는 직원 휴게실에서 검토해보았다.

"시기적으로 봐선 여자들끼리의 다툼이 원인이었다고 생각하면 딱 들어맞긴 하는데⋯⋯."

아키쓰의 말대로 마스코를 위시한 파트타이머들과 컨시어지들 사이의 언쟁 다음 날에 소동이 벌어졌던 것이다. 하지만 마쓰모토 점장은 아무래도 납득이 되지 않는 모양이었다.

"잠깐만요. 그게 정말 관계가 있을까요? 파트타이머들은 사장님의 성희롱이라고 말했어요, 성희롱이라고."

매장 내부의 문제가 원인이라면 점장으로서는 곤란한 것이다. 지난번 사장의 성희롱 쪽이 차라리 더 나은 입장인 마쓰모토는 '성희롱'을 강조했다. 어이없어하며 그 말을 듣던 마코토가 뭔가를 떠올렸다.

"아⋯⋯ 잠깐만요. 프레시하고 아름다운 여러분⋯⋯. 그 말 혹시!"

그 무렵 와키타 상무의 방에는 이사인 미즈타니가 찾아와 있었다.

"상무님, 어떻게 된 일인지 알았습니다."

어젯밤 회식 중이던 마루오 사장을 아키쓰가 불러낸 것에 대해 와키타 상무는 정보를 수집하고 있었다. 애당초 함부로 움직이는 편은 아니었지만 아키쓰가 돌아온 후 사장의 판단력이 흐려진 게 마음에 걸렸던 것이다.

"정보가 빠르시네요."

미즈타니가 득의양양하게 고개를 끄덕였다. "시나가와점은 홍보 담당으로 몇 번 가본 적이 있기 때문에 사건의 전모를 금방 파악할 수 있었습니다."

"사건이요? 경찰이 개입한 겁니까?"

모든 점포를 총괄하는 와키타 입장에서는 형사 사건으로 소비자의 평판을 떨어뜨리는 것만은 어떻게든 피하고 싶었다.

"아뇨. 상무님 심기를 어지럽힐 정도는 아닙니다."

미즈타니는 열여덟 명의 파트타이머들이 사의를 표명한 소동에 대해 보고했다. 묵묵히 듣고 있던 와키타 상무는 진심으로 곤혹스러운 듯 한숨을 내쉬었다.

"미즈타니 씨, 제정신이십니까?"

"네?"

"이건 어느 의미에선 형사 사건보다도 우리 회사에 중대한 손해를 끼칠 가능성이 있습니다."

미즈타니는 즉시 안색이 변했다. "죄송합니다."

"경우에 따라서는 점포 총괄인 저도 책임을 져야만 하는 사태로 발전할지 몰라요."

"죄송합니다. 생각이 짧았습니다." 다섯 살 아래인 와키타에게 미즈타니는 깊이 고개를 숙였다. 마루오 사장에 대한 불신 때문에 와키타 상무를 따르기로 결정했지만 그렇더라도 다소 지나친 감이 있었다.

와키타 상무는 테이블 위에서 조용히 두 손의 깍지를 꼈다. 어려운 국면에 처하면 그가 이렇게 생각을 정리한다는 건 잘 알고 있었다. 미즈타니는 윗사람이 먼저 말하기를 기다렸다.

몇 분 후 지시가 내려졌다.

"아무튼 무슨 짓을 하든 파트타이머들을 확보해야만 합니다. 쉽지 않을 테지만요."

"그렇다면…… 제게 생각이 있습니다."

와키타 상무는 의외라는 듯 미즈타니의 얼굴을 보았다. 이 사람에게 '생각'이 있었던 적이 과연 얼마나 있었을까. 하지만 미즈타니는 힘껏 고개를 주억거렸다. 와키타는 이야기를 들어 보기로 했다.

"많이 기다리셨죠."

야자와 변호사가 컴플라이언스실로 찾아왔다. 손에는 서류 봉투를 소중하게 들고 있었다.

"일부러 와주셔서 고맙습니다." 마코토가 평소보다 더 정중하게 맞아주었다.

"역시, 이건 메일로 보낼 수가 없더군요. 만에 하나 유출되기라도 하면 큰일 나니까요."

야자와 변호사는 봉투 안에서 천천히 DVD를 꺼냈다. 마코토는 그것을 받아 곧바로 컴퓨터에서 작동시켰다.

"지난달 사장님이 시나가와점 오픈 홍보용 인터뷰를 하면서 대답한 내용입니다."

야자와 변호사가 덧붙였다.

"홍보실 의뢰로 저도 참석했기 때문에 만일을 위해 기록으로 남겨뒀어요."

영상이 흘러나왔다. 그것은 마루오 사장이 시나가와점 포스터 앞에서 인터뷰에 대답하는 모습을 야자와 변호사가 자신의 카메라로 촬영한 것이었다. 그래서 촬영에 입회한 마코토나 홍보 담당 임원인 미즈타니, 그리고 몇 명의 촬영 스태프도 찍혀 있었다.

화면 속의 마루오 사장이 자신만만하게 말했다.

"고객의 입장에서 그저 일상적으로 쇼핑만 하는 장소가 아니라, 슈퍼에 가는 것 자체를 즐기도록 만들고 싶었습니다. 모두의 휴식 공간이자 문화 체험 공간을 자처함으로써 통신판매나 인터넷 유통에도 대항했으면 합니다."

마지막까지 인터뷰를 본 아키쓰가 "뭐가 이상하지? 좋은 말만 했잖아, 보기 드물게" 하며 고개를 갸웃거렸다.

"이건 완성본입니다. 실은 편집한 인터뷰가 있는데……."

야자와 변호사가 영상을 빨리 감았다. 해당 부분을 찾아내자 다시 화면 속의 마루오 사장이 말을 했다.

"……슈퍼에 가는 것 자체를 즐기도록 만들고 싶었습니다. 지금까지의 마루오 슈퍼는 서민들의 편, 굳이 말하자면 구닥

다리 이미지가 있었습니다. 하지만 새로 오픈하는 시나가와 인터내셔널점에서는 기존의 이미지를 쇄신하기 위해 프레시하고 아름다운 컨시어지를 안내원으로 배치했습니다."

마루오 사장은 말을 마치고는 포스터의 젊고 아름다운 컨시어지를 가리켰다. 그 순간 화면 속의 야자와 변호사가 멈추라는 신호를 보냈다.

"아, 사장님…… 방금 그 말씀은 좀."

"어, 안 되나?"

"젊고 아름답지 않으면 무능하다는 오해를 불러올 소지가 있습니다."

"알겠소. 나도 모르게 곧이곧대로 말했군. 난 우리 점포에 갔을 때 생활에 찌든 파트타이머 아줌마들이 주먹밥 같은 걸 파는 모습을 보면 실망스럽소. 슈퍼에는 낭만이 있어야 하는데……. 아, 아니, 아니, 누가 들으면 큰일 나겠군."

일제히 터뜨리는 스태프들의 웃음소리가 들려왔다. 화면 속 야자와 변호사가 서둘러 카메라 전원을 끄면서 영상은 종료됐다.

아키쓰는 비로소 이해가 되었다. 아웃이다. 완전히 성희롱이다.

"이거군……. 사장도 참, 문제가 있어."

마코토는 아키쓰에게 동감했지만 그래도 마루오 사장을 두둔했다.

"회사 사람들밖에 없어서 방심하셨던 모양인데요."

그나저나…… 아키쓰는 야자와 변호사에게 물었다.

"누가 이걸 가져가서, 들고일어난 열여덟 명의 파트타이머들에게 보여주었을 가능성은?"

"제 쪽에서는 단단히 단속했습니다. 홍보실에서 유출한 것도 아닐 테고요."

아키쓰는 서서히 진지한 표정으로 변해갔다.

"……이건 단순한 성희롱이 아닐지도 모르겠는데."

"어떤 의미죠?"

아키쓰는 거기에는 대답하지 않고 자리에서 일어났다.

아키쓰 일행이 분주히 뛰어다니는 동안 마루오 사장은 사장실에 틀어박혀 혼자 이런저런 생각을 하고 있었다.

"성희롱……. 잠깐…… 설마!"

성희롱이라는 말을 듣고도 기억나지 않았지만, 혹시 그것을 말하는 것일까?

점포 시찰을 갔을 때 여성 속옷 매장의 파트타임 점원에게 "좀 더 이렇게, 화려하다고 해야 하나. 섹시한 쪽이 더 눈길을 끌지 않겠어?" 하고 의견을 말한 적이 있었다.

"아니……그건 어디까지나 매장 이야기였어……. 아……!"

스커트 사이로 드러난 파트타임 점원의 장딴지를 봤나? 나이치고는 제법 탄력이 있기에 육상이라도 했나 하고 생각했을 뿐인데. 그때의 눈빛이 음흉하다고 오해를 산 건지도 모른다.

"아니…… 보기만 한 거야……. 보기만…… 했는데……."

생각하면 생각할수록 마루오 사장의 마음속으로 불안감이 덮쳐왔다.

그럴 때 사장실을 찾아온 사람이 하필 와키타 상무였다.

"뭔가요? 다음 분기 예산에 대해 생각 중이었는데."

마루오 사장은 컴퓨터를 가리켜 보였다.

"시나가와점 파트타이머에 대한 겁니다."

와키타 상무의 말투는 가차 없었다.

"이런 문제는 숨기려고 해도 퍼지는 법입니다."

"……지금 아키쓰 쪽에 처리를 부탁해뒀어요. 괜히 소동을 더 크게 만들고 싶지 않았을 뿐이오."

"미룰 시간이 없습니다. 대신할 파트타이머들을 수배해야 합니다."

"잠깐만. 그렇게 하면…… 왜 열여덟 명이나 그래야 하느냐는 말이 나올 거요. 아키쓰의 보고를 기다리고 싶소."

"안타깝게도 저는, 아키쓰 실장을 그다지 믿지 않습니다."

마루오 사장은 강렬한 분노를 느꼈다. 또냐. 조용한 말투로 모든 것에 반대하고 든다.

"한번 물어보고 싶었는데, 기억하오? 당신을 임원으로 뽑은 게 누구였는지."

와키타는 미소조차 띠지 않았다.

"물론 기억합니다. 사장님이 끌어올려주셨죠. 그럴 수밖에 없었으리라는 것도요."

"무슨 소리요?"

"잊으셨으면 됐습니다. 다만 이해해주십시오. 시나가와점의 오픈이 실패하면 사장님은 지켜온 것들 전부를 잃게 됩니다."

아키쓰 일행이 찾아간 곳은 마스코의 집이었다. 아무리 장삿속으로 지었다 해도 거의 20년은 되어 보였다. 문 옆으로 '오타케'라는 문패가 걸려 있었다.

마코토는 태블릿으로 인사 자료를 열었다.

"남편은 지방에 홀로 부임. 두 자녀는 성인이 되어 독립. 극히 일반적인 가정입니다."

아키쓰는 마코토를 재촉했다.

"가자, 선배."

"부하 직원을 방패로 삼으시는 건가요?"

마코토는 투덜거리면서도 인터폰을 눌렀다. 문이 살짝 열렸다. 그 틈새로 보인 것은 관록 있는 마스코의 얼굴이 아니었다. 파트타이머 중에서 가장 어린 우메자와 사야카였다.

"어머? 어떻게?"

사야카의 안내로 아키쓰 일행이 거실로 들어간 순간 눈이 휘둥그레졌다. 다다미 여덟 장 넓이(다다미 한 장의 넓이는 약 1.66 제곱미터. 즉 다다미 두 장이 한 평 넓이이므로 여덟 장은 네 평 정도 된다—옮긴이)의 실내에 열여덟 명의 파트타이머 전원이 모여 있었기 때문이다. 테이블에는 페트병에 든 차며 과자까지 나와 있어 마치 아지트 같았다. 할 말을 잃은 마코토와 야자와 변호사는 아랑곳하지 않고 아키쓰는 열여덟 명 사이를 뚫고 들어갔다.

"총궐기 집회인가요? 모두 드시게 주먹밥이라도 사 왔으면 좋았을걸."

마스코는 아키쓰 일행의 갑작스러운 방문을 경계하듯 동료들의 옆구리를 찔러댔다.

"무슨 볼일이시죠? 본사에서 오신 분들이 형식적으로 고개를 숙여봤자 우리 뜻은 변함이 없어요."

"자자, 그렇게 말씀하지 마시고. 화난 이유를 들려주지 않으실래요?"

"역시 사장님은 모르시는군요."

마스코는 경멸하듯 콧방귀를 뀌었다.

"경영자란 게 다 그렇지" 하고 소리쳤다.

마코토가 조심스럽게 끼어들었다.

"저기…… 어린 컨시어지들을 프레시하고 아름답다고 치켜세운 게 거슬렸던 거죠?"

마스코가 마코토를 보았다. 다른 파트타이머들의 눈꼬리도 치켜 올라갔다.

"역시 그랬군……. 그건 심했어. 나라도 화났을걸. 여자의 자존심을 갈기갈기 찢어놨으니."

아키쓰가 동정을 표하자 파트타이머들이 이야기하기 시작했다.

"프레시하고 아름답다는 말에 화난 게 아니에요."

"생활에 찌든 파트타이머 아줌마라고 했어요."

"실망스럽다니, 너무하잖아요."

역시 파트타이머들은 그 인터뷰 영상을 본 게 분명하다고 아키쓰 일행은 확신했다.

"요즘은 고객분들도 좀처럼 아줌마라고 하지 않아요."

"열심히 일해서 피곤한 거잖아요."

파트타이머들의 이야기가 점점 고조되어가는 순간 마스코가 모두를 제지했다.

"거기까지는 알아내셨군요."

"그게, 저희도 필사적이라서요."

야자와 변호사가 이때다 싶었는지 끼어들었다.

"변호사인 야자와라고 합니다. 어떻게 사장님의 발언을 아셨습니까? 밖으로 공개된 게 아니었을 텐데요."

"그건…… 마스코 씨에게 알려준 사람이 있었어요."

아키쓰의 눈이 움직였다. 그 말을 듣고 싶어서 여기까지 온 것이다.

"그게 누구죠?"

마스코가 쌀쌀맞게 "말씀드릴 수 없습니다" 하고 말했다.

마코토도 어떻게든 캐내려 했다. "컴플라이언스실은 비밀을 엄수합니다."

하지만 마스코는 완강히 고개만 저을 뿐이었다.

야자와 변호사도 합세했다.

"하지만 출처를 모르면 성희롱으로 확정 지을 수 없습니다."

"그런 거창한 건 바라지도 않아요. 사장님 본인이, 진심으로, 우리에게 사과만 하면 넘어갈 거예요."

아키쓰는 열여덟 명을 관찰했다. 완강히 입을 다문 마스코와 마찬가지로 그녀 뒤의 열일곱 명도 입을 열지 않았다. 하지만 개중에는 불안해 보이는 사람과 아예 눈을 질끈 감고 있는 사람도 있었다.

"다들 '도야마의 마누라 폭동'을 알고 있나요?"

갑자기 의미를 알 수 없는 말을 꺼낸 아키쓰를 마스코가 의아하다는 듯 바라보았다.

"나는 바로 얼마 전까지 도야마 추오점에서 점장으로 일했는데요."

파트타이머들은 아키쓰가 무슨 말을 하려는지 알지 못해 당혹스러운 듯했다.

"어, 모르셨어요? 마누라 폭동이라는 건 말이죠, 지금으로부터 정확히 백 년 전에 일어난 쌀 소동이에요."

"무슨 말씀이시죠?"

"그게, 도야마의 주부 20여 명이 우물가 쑥덕공론으로 쌀값

이 너무 비싸다, 도매상으로 몰려가 항의하자고 했던 게 시초였대요. 그러다가 전국적인 폭동으로 번진 거죠. 그 수가 백만 명이나 됐답니다."

열여덟 명의 가정주부들은 어느샌가 아키쓰의 이야기를 조용히 듣고 있었다.

"역사에 주부들의 이름은 남아 있지 않지만 굉장하죠. 아직 여성들에게 발언권이 없던, 성희롱이 한창이던 시대에 목소리를 높인 여성들이 있었고, 그게 나라 전체를 움직였어요. 총리대신까지 바뀌었으니까요."

마코토도 아키쓰의 이야기에 귀를 기울이고 있었다.

"최고 우두머리를 움직이고 싶다면 제 속까지 다 뒤집어 까고 싸우는 편이 좋다."

가즈코와 히로미가 마스코의 눈치를 살폈다.

"마스코 씨……."

"실은 우리도 알고 싶어요."

다른 열다섯 명도 고개를 끄덕였다. 그래도 마스코는 고개를 위아래로 끄덕이지 않았다.

"비밀을 지키겠다고 약속했어요."

그 말을 들은 순간 아키쓰는 눈을 감았다.

"알겠습니다. 그렇다면 사표를 수리하는 수밖에는 없겠군요."

마스코가 얼굴을 찌푸렸다. 아키쓰는 더 이상 물러서지 않았다.

"앞으로 하루밖에 없습니다만 여러분을 대신할 분들을 찾겠습니다."

"무리일걸요. 우리는 5년 이상 마루오에서 일해왔어요. 게다가 새 점포 연수도 받았어요. 고작 하루만으로는 할 수 없을 텐데요."

"그래도 시나가와점은 오픈할 수밖에 없습니다. 그게 회사예요. 더 이상 여러분이 돌아갈 곳은 없습니다. 괜찮겠어요?"

마코토는 아키쓰의 지나친 말에도 참견할 수가 없었다. 아키쓰는 더욱 사무적인 말투로 이어갔다.

"야자와 선생, 이건 자의에 의한 퇴직이 되겠죠?"

"네⋯⋯. 실업 급여 대상이 아닙니다."

파트타이머들의 얼굴에 불안이 스쳤다.

"내 판단으로는 이분들의 행위가 회사에 손해를 끼치는 거라고 생각됩니다만⋯⋯."

"네. 고의 또는 과실에 의해 손해를 끼친 경우, 사측에서 그 피해 전부 또는 일부의 보상을 요구할 수 있습니다."

"그렇답니다. 실례했습니다."

아키쓰는 인사를 하고 일어섰다. 누구도, 어떤 말도 하지 않았다.

종종걸음으로 앞서가는 아키쓰를 마코토와 야자와 변호사

가 쫓아갔다. 마코토가 불신감을 고스란히 드러낸 채 아키쓰에게 말했다.

"어떻게 하시려고요! 사표를 수리하겠다니!"

"괜찮아."

아키쓰는 걸음의 속도를 줄이려 하지 않았다. 야자와 변호사도 아키쓰를 쫓아가며 말했다.

"괜찮지 않습니다. 그 발언은 리스하라…… 리스트릭션 해러스먼트(restriction harassment, 법률·규칙에 의거해 악의적으로 상대방을 구속하는 괴롭힘을 뜻한다—옮긴이)에 해당합니다."

"이젠 리스하라든 카스하라든 상관없어."

이윽고 골목의 모퉁이를 돌자마자 아키쓰는 멈춰 섰다. 무슨 일이냐고 마코토가 물으려는데 아키쓰가 "쉿!" 하며 손가락을 입에 갖다댔다.

뒤에서 쫓아오는 발소리가 들려왔다. 젊은 사야카와 구도 마사에였다.

마스코의 집에서 약간 떨어진 역 앞 카페로 아키쓰 일행은 사야카와 마사에를 데리고 갔다.

"사실은 그만두고 싶지 않다고요?!"

두 사람의 이야기를 듣던 마코토는 놀라서 소리쳤다. 사야카와 마사에는 미안한 듯 서로의 얼굴을 마주 보았다. 그런 두 사람에게 아키쓰가 말했다.

"알고 있었어요. 두 분, 차도 마시지 않았더군요."

사야카는 고개를 숙였다.

"저는…… 남편이 직장을 옮긴 지 얼마 되지 않아서……. 제가 그만두면 안 돼요."

마사에도 힘든 가정 사정을 말했다.

"우리도 아이 학원비 정도는 제가 벌지 않으면 안 돼요."

"모두들, 솔직히 그만두고 싶지 않을 거예요."

"그럼 왜 그만두겠다는 거죠? 오타케 씨가 그렇게 하라고 시켰나요?"

"그런 건 아니지만……."

마스코는 초창기 때 열일곱 명을 모아놓고 이렇게 말했다고 한다.

―"나는 불만이 있는데 그냥 참고 넘어가면 안 된다고 생각해. 정직원과 마찬가지로 우리도 열심히 일하고 있어. 아니, 더 열심히 하는지도 모르지. 그걸 인정받을 좋은 기회야. 다만, 찬성하지 않는 사람을 나무랄 마음은 없어. 따라올 사람만 따라와."

열일곱 명은 묵묵히 고개를 끄덕일 수밖에 없었다.

"싫으면 그냥 따라가지 않겠다고 말하면 되잖아요."

야자와 변호사의 단순 무식한 발언에 사야카와 마사에, 그리고 마코토가 동시에 말했다.

"어떻게 말해요!"

야자와 변호사의 큰 키가 잔뜩 움츠러들었다.

"……거부할 수 없다는 건가요?"

아키쓰가 점장 때의 경험을 이야기했다.

"파트타이머는 정직원과 달리 전근이 없어. 계속 같은 직장에서 함께 일하기 때문에 잘 어울리지 못하면 큰일이라고."

마사에가 그렇다며 고개를 끄덕였다.

"반항하면 나중에 일하기가 어려워져요……."

"오타케 씨가 정말 못된 사람이라면 차라리 다신 안 볼 생각으로 따르지 않을 수도 있겠지만……."

그렇게 말하며 사야카는 마스코의 일 처리 솜씨에 대해 이야기하기 시작했다.

"오타케 씨는 누구보다 일을 열심히 하는 사람이라, 전에 있던 지점에서는 점장까지 다 휘어잡았어요. 시나가와점에 지명된 후에는 특히 더 의욕이 넘쳐서……. 마쓰모토 점장님이나 본사에서 오시는 높은 분들에게 반찬 메뉴에 대해 제안한 적도 있어요. 점장님이 젊어서 파트타이머들의 목소리엔 전혀 귀 기울일 생각을 안 했지만요……."

"솔직히 모두들 께름칙해하긴 했어요. 아무리 열심히 해봤자 파트타이머는 파트타이머인데. 아, 이거, 우리가 말했다고 하지 말아주세요."

마사에가 마지막으로 못을 박았다.

"물론이죠. 피해가 가지 않도록 할게요."

아키쓰는 그렇게 말하며 웃었다. 마코토와 야자와 변호사는 불안한 듯 그런 아키쓰를 보았다.

"실장님, 너무 경솔하게 대답하신 거 아니에요?"

컴플라이언스실로 돌아온 마코토가 아키쓰에게 물었다.

"그렇게 말할 수밖에 없었잖아."

"그런 말을 하는 사람일수록 제일 믿을 수 없다고 하던데."

"무섭네. 파워하라야, 그 표정."

"타고난 겁니다."

그때 아키쓰가 뭔가 생각났다는 듯이 이제 그만 사무실로 돌아가려던 야자와 변호사를 불러 세웠다.

"선생…… 오타케 마스코는 따를 마음도 없는 다른 파트타이머들을 끌어들였어. 이거, 파워하라에 해당되지 않나?"

"음…… 뭐, 그렇게 볼 수도 있습니다. 오타케 씨는 나이도 위고, 경력도 오래돼서 거절하기 어려운 상황이었던 것 같더군요. 파워 해러스먼트 중에서 배임 행위 강요에 해당한다고 생각합니다."

그 말을 듣고 아키쓰는 "써먹을 수 있겠는걸" 하며 고개를 끄덕였다.

그때 노크 소리가 들리고 미나코가 들어왔다.

"실례합니다. 와키타 상무님이 아키쓰 실장님을 부르십니다. 시나가와점 문제로요."

상무가 부른다는 말을 듣고 마코토는 긴장했지만 아키쓰는 의외로 밝게 대답했다.

"지금 가죠."

아키쓰는 미나코의 안내로 임원 회의실로 향했다. 엘리베이터 안에서 아키쓰는 미나코에게 말을 건넸다.

"와키타 상무의 비서로 일한 지 오래됐나요?"

"파견된 지 곧 반년이 됩니다."

"모시기 힘들죠, 그 사람? 무슨 생각을 하는지 도통 알 수도 없고."

"아뇨. 저는 진심으로 존경하고 있습니다."

"그래요? 괜히 잘난 체나 하고 농담 한마디 못 하는데. 파워하라 피해 입은 거 있으면 언제든지 의논해요. 물론 성희롱도."

"상무님은 그러실 분이 아닙니다."

마루오 사장의 밀명을 해결할 생각은 아니었지만 미나코가 와키타를 비호하는 모습이 아키쓰는 마음에 들지 않았다.

아키쓰가 임원 회의실에 들어가자 마루오 사장을 비롯해 이와무라 부사장, 시라이시 전무, 와키타 상무, 이사인 미즈타니, 아오키가 기다리고 있었다.

미즈타니가 아키쓰에게 서류를 보여주었다. 표지에는 '긴급

시의 직원 이동 계획'이라고 적혀 있었다.

"시나가와점의 파트타이머 문제 말인데, 사장님께서 긴급 직원 이동 명령을 내릴까 생각 중이시네."

아키쓰도 그 계획에 대해서는 알고 있었다. 지진이나 신형 인플루엔자 감염 같은 비상시에 인원을 확보하기 위해 직원 명단을 작성한다. 정부의 지시로 작성되는 것이다.

"그건 비상시에만 발령되는 거 아닙니까?"

미즈타니가 와키타 상무에게 고개를 끄덕여 보였다.

"열여덟 명의 파트타이머가 그만둔다. 이런 비상시국이 또 어디 있겠습니까. 안 그렇습니까, 사장님?"

마루오 사장의 표정이 즉시 창백해졌다. 미즈타니는 성희롱에 대한 내용을 알면서도 사장에게 수치심을 안기려는 건가. 아키쓰는 반박했다.

"잠시만요. 시나가와점의 파트타이머들은 특별히 모아들인 인재들뿐입니다. 대신할 수 있는 사람이 없어요."

"대를 위해서는 소를 희생해야지. 아니면 그만두겠다고 한 파트타이머들을 다시 불러들일 수 있다는 건가?"

"네."

마루오 사장이 몸을 앞으로 기울였다.

"정말인가, 아키쓰?"

미즈타니가 아키쓰를 깔보듯 말했다.

"오픈이 바로 목전이야."

아키쓰는 꿋꿋하게 말을 이었다.

"열여덟 명이 반기를 든 것은 리더 격인 오타케 마스코가 진두지휘를 했기 때문입니다."

와키타 상무가 냉정하게 물었다.

"……그래서요?"

"오타케 마스코를 파워하라와 배임 행위 강요로 계약해지, 즉시 해고하는 겁니다."

아키쓰의 대담한 말을 듣고 회의실이 술렁였다.

"그리고 다른 열일곱 명은 징계 없이. 그러면 고개를 숙이고 돌아올 겁니다. 원래 정말로 그만두고 싶었던 것도 아니고, 파트타이머들끼리의 관계상 거부할 수 없었을 뿐입니다."

와키타 상무가 말했다.

"그 말은…… 오타케 마스코 한 명에게 모든 책임을 전가하겠다는 말인가요?"

"네. 알기 쉽게 말하면 스케이프고트. 희생양이죠."

그렇게 말하며 아키쓰는 와키타 상무를 가만히 바라보았다. 와키타 상무도 아키쓰를 마주 보았다.

"원한을 품을 사람이 아니라면 좋겠는데……."

"욕은 제가 얻어먹겠습니다."

임원 회의실을 나온 아키쓰의 머릿속에 7년 전의 정경이 스쳤다.

그날 지방의 지점으로 좌천돼버린 나는 혼자 쓸쓸히 도쿄 본사 사무실을 떠났다. 그 모습을 묵묵히 지켜보았던 게 와키타였다.

컴플라이언스실로 돌아온 아키쓰는 곧바로 파트타이머 명부를 마코토 앞에 놓았다. 야자와 변호사는 무슨 일인가 싶었는지 두 사람이 하는 양을 지켜보았다.

"오타케 마스코 말고 다른 열일곱 명에게 러브콜을 보내. 내용은 이렇게. 오타케 씨는 해고합니다. 하지만 다른 분들의 책임은 묻지 않겠습니다. 안심하고 일터로 복귀해주세요."

아키쓰의 지시를 들은 마코토는 아연실색했다.

"너무한 거 아닌가요? 아무리 오타케 씨가 주도했다고는 해도 혼자한테만 책임을 떠맡기는 것 같잖아요."

"같은 게 아니라 맞아. 그 정도도 하지 않으면 이 상황을 타개할 수 없거든. 선생은 시나가와점에 가서 사정 설명 좀 해주시고."

야자와 변호사는 대답을 망설였지만 아키쓰는 개의치 않고 말을 이었다.

"이럴 때 파워하라나 성희롱은 편리해. 그만두게 만들 대의명분이 되니까. 해러스먼트도 참 각양각색이야."

마코토는 움직이려고 하지 않았다.

"뭐하는 거야, 선배, 빨리. 열일곱 명이나 된다고. 시간이 없어."

"전······ 할 수 없습니다. 오타케 씨가 불쌍해요."

"정작 냉정해야 할 때 그렇지 못하군, 선배."

아키쓰는 명부를 들고 직접 전화를 걸기 시작했다.

"아, 여보세요? 저는 마루오 홀딩스 본사 컴플라이언스실의 아키쓰라고 합니다. 아아, 니카와 가즈코 씨세요? 다름이 아니라, 오타케 씨가 해고되셔서요······."

그런 아키쓰를 보고 어이없어하던 마코토는 가방을 챙겨 들고 방을 나갔다.

회사에서 뛰쳐나온 마코토는 와인바에서 한잔하고 있었다. 함께 나온 야자와 변호사가 마코토를 쫓아와 함께 술잔을 기울였다. 마코토는 아키쓰에 대한 불만을 터뜨렸다.

"믿을 수가 없어요. 그렇게 아무렇지 않게 사람을 자르는 분인 줄은 몰랐어요."

"음······."

"자기도 과거에 파워하라 오해를 사고 좌천됐잖아요. 그렇다면 잘린 사람의 심정을 누구보다 잘 헤아려야 하는 거 아닌가요."

"음······."

"제가 잘못한 건가요?"

"아뇨, 잘못한 거 없습니다. 다만······ 시나가와점의 오픈이 임박했으니 경영에 영향을 미치겠죠. 거액의 자금 조달은 5년

이내에 반환할 계획이라고 발표도 했고……."

"어쩔 수 없다는 말씀이세요?"

"그렇게는 말하지 않았습니다만……. 회사가 기울면 그야 말로 수백 명 규모의 해고 사태도 발생할 수 있지 않을까 싶어서……."

"냉정하시네요! 그 역시 대를 위해 한 사람쯤 희생돼도 상관 없다는 사고방식이잖아요."

"너무 극단적이십니다. 남자는 본능적으로 먼 훗날에 대한 전망까지 생각하는 동물이거든요."

"남자가 더 사려 깊다는 말씀은 젠더 해러스먼트예요. 변호 사면서 부끄럽지도 않으세요!"

야자와 변호사는 발끈하여 대꾸했다.

"그, 그거야말로 직업 차별이죠. 변호사 해러스먼트예요!"

"변호사 해러스먼트? 그런 말은 들어본 적 없습니다."

아키쓰가 열일곱 명에게 대충 다 전화를 돌렸을 때는 6시가 지나 있었다. 전화 통화를 하지 못한 상대도 있어서 메시지를 남긴 후 전화가 오기만을 기다렸다. 오후 10시가 지난 시간, 아키쓰는 회사를 나와 택시를 탔다. 출발하고 얼마 뒤, 마침내 마지막 한 사람이었던 사야카로부터 전화가 왔다.

"아아, 아까는 저녁식사 시간에 전화를 걸어 죄송합니다. 다 름이 아니라 시나가와점 문제에 대한 겁니다."

목적지인 호텔에 도착했으므로 아키쓰는 통화하면서 택시에서 내렸다. 도야마에서 나온 지 얼마 되지 않은 아키쓰는 그동안 정신없이 바빴던 탓에 주거지를 정하지 못한 채 호텔에서 지내고 있었다.

"예정대로 출근해주실 수 없을까요? 오타케 씨라면 걱정하실 필요 없습니다. 해고하기로 결정됐거든요. 여러분에 대한 파워하라 행위로 말이죠……."

전화로 이야기를 하는 동안 어느새 객실에 도착했다.

"우메자와 씨는 제일 처음 속마음을 털어놓아주셔서 감사하게 생각하고 있습니다. 네, 더 이상 걱정하지 마십시오. 그럼 이만."

전화를 끊고 한숨을 쉬며 재킷을 벗는데 인기척이 났다. 거기에는 아내인 에이코가 서 있었다.

"늦었네."

"놀랐잖아!"

"몇 번이나 전화했는데."

아키쓰가 스마트폰을 확인해보니 에이코로부터 온 부재중 전화가 남아 있었다. 방 안으로 들어서면서 아키쓰가 말했다.

"못 들었어. 오늘은 정신없이 뛰어다녔거든."

"늘 그렇잖아. 자."

따라 들어온 에이코가 맨션 팸플릿과 방 배치도를 테이블 위에 내려놓았다.

"뭐야?"

"언제까지 호텔에 있을 수는 없잖아. 집 구하러 온 거야."

"응?"

"료코쿠에서 세 역 떨어진 히라이 역에서 6분. 내부 수리 다 됐고 임대료는 13만 엔. 회사에서 보조해줄 테니까 어떻게든 되겠지. 나는 내일 돌아가서 짐 싸놓고 다음 주 일요일에 이사 올 거야. 전학 수속도 끝냈거든."

"빠르네."

"당신이 느려터진 거야, 뭐든 다."

"미안해."

오늘의 피로가 한꺼번에 몰려온 아키쓰가 소파에 앉으려 하자 에이코가 황급히 아키쓰를 밀쳤다.

"아아, 안 돼! 망가져!"

무슨 일인가 싶어 아키쓰가 돌아보자 소파 위에 선물용 과자 종이봉투 몇 개가 놓여 있었다.

"선물? 상당히 많은데?"

"뻔하잖아, 학부모 모임에 줄 거. 인사 제대로 안 하고 오면 우리 떠난 후에 이러쿵저러쿵 떠들어댈 테니까."

그렇게 말하면서 에이코는 선물이 찌그러지진 않았는지 확인했다.

"아, 그래……. 힘들구먼. 샤워 좀 할게."

아키쓰는 세면실로 가다가 문득 멈춰 섰다.

"애들 엄마 모임에도 우두머리는 있겠지?"

"어…… 그야 당연하지. 여자가 네 명 이상 모이면 자연스럽게 우두머리와 부하가 생겨."

"흐음…… 우두머리는 어떤 사람이야?"

"음…… 무슨 일에든 자신이 앞장서고 싶어 한다고 할까. 소름 끼친다고 말하는 사람도 있을 거야."

"그래도 그 사람을 따르나?"

"그리 나쁜 사람은 아니거든. 자존심은 세지만……. 어쩌면 정에 제일 약할지도 모르고."

"흐음…… 어디나 우두머리는 고독한 건가."

에이코는 아키쓰를 바라보았다. 아키쓰는 평소 아내의 친구 관계 따위는 신경도 쓰지 않는 남편이었던 것이다.

"……왜 그런 걸 물어?"

다음 날 시나가와점의 직원 휴게실에는 마스코를 제외한 열일곱 명이 모여 있었다. 마코토와 마쓰모토 점장의 입회 아래 야자와 변호사가 입을 열었다.

"다시 소개드립니다만, 본사 고문변호사인 야자와입니다. 오타케 마스코 씨가 중심이 되어 벌어진 소동 말인데요……. 여러분의 행동에 대해서는 모든 것을 불문에 붙이기로 했습니다."

열일곱 명은 야자와 변호사의 이야기를 얌전히 듣고 있었다. 마쓰모토 점장이 싱글거리며 말했다.

"여러분, 돌아와줘서 정말 다행이에요. 내일이 오픈입니다. 다 같이 잘해보자고요. '미식가의 부식 코너'는 한 명이 줄었지만 곧바로 오타케 씨를 대신할 사람을 구해줄게요!"

그 말을 들으면서 마코토는 복잡한 심정이었다.

그 무렵 아키쓰는 시나가와점에 가지 않고 혼자 무사시코야마 역에 내렸다. 아키쓰가 찾아간 곳은 마스코의 집이었다. 마스코는 마당에서 꽃에 물을 주고 있었다. 손에 든 물뿌리개의 물이 다 떨어졌는데도 그대로 우두커니 서 있었다. 아키쓰를 보더니 계면쩍은 듯 웃는다. 그 표정에 어제까지의 강경함은 없었다. 아키쓰는 그런 마스코에게 손을 들어 보이며 들고 온 마루오 봉투를 내 보였다.

"지난번에는 빈손으로 와서요."

안으로 안내된 아키쓰가 봉투에서 선물을 꺼내려 하자, 마스코가 굳은 표정으로 제지했다.

"괜찮습니다. 신경 쓰지 않으셔도 돼요."

강경한 태도에 아키쓰는 선물은 그만두고 설명에 들어갔다.

"만약 계약 파기가 불만이시면 이의 신청을 하세요."

마스코는 고개를 저었다.

"이제 와서 발버둥 칠 생각은 없어요."

"너무 간단한데요. 20년이나 마루오에 있었는데."

"그게…… 사실은 모두가 억지로 따르고 있었고…… 나를 어려워했다니…….""

마스코는 눈물로 목이 메어오는데도 꾹 참았다.

"오타케 씨, 한 가지 제안이 있습니다."

마스코는 얼굴을 들고 아키쓰를 보았다.

"사장의 실언을 누구한테 들었는지 가르쳐주지 않으실래요? 그러면 어디든 다른 점포에 남을 수 있도록 위쪽과 얘기해보겠습니다."

마스코는 역시 고개를 저으며 거부했다.

"해고되고도 비호하는 건가요?"

"……약속은 깨트릴 수 없습니다."

"그게 작별 선물인가요."

아키쓰는 한숨을 내쉬며 아까 꺼내지 못한 선물을 마루오 봉투에서 꺼냈다. 아키쓰의 간단한 선물은 '무스부상('무스부結ぶ'는 '맺다, 잇다'라는 뜻의 동사인데, 캐릭터화하면서 '상'이라는 접미사를 붙였다. '무스비'는 '무스부'의 명사형—옮긴이)'이라는 이름의 주먹밥 세트였다. 주먹밥 세 개가 귀여운 패키지 안에 들어 있었다.

"이케부쿠로점에서 사 왔어요. 오타케 씨가 고안한 대박 판매 주먹밥 세트, 무스부상."

마스코는 가만히 '무스부상'을 바라보았다.

"인연을 맺는다는 뜻의 엔무스비(한자로는 '塩むすび', '소금과 인연을 맺다'라는 중의적인 뜻도 가지고 있다—옮긴이), 승리와 인연을 맺는다는 가쓰오무스비('한자인 '이길 승勝'은 '가쓰かつ'로 읽는데 '가다랑어'를 뜻하는 '가쓰오'와 음이 같다—옮긴이), 행운과 인연을 맺는다는 절임무스비('행운과 인연을 맺는다'는 일본어로 하면 '쓰키오무스부', '절임무스비'는 '쓰케모노무스비'로 발음이 비슷하다—옮긴이). 잘 만들었어요. 시나가와점에서도 파나요?"

마스코는 눈을 빛내며 말했다.

"시나가와점에서는 그때그때 재료를 바꾸라고 제안했어요. 수험 시즌에는 합격을 맺어주는 조림무스비('합격'의 음은 '고카쿠'이고 '조림'은 '가쿠니'이다—옮긴이)! 재해가 생겼을 때는 따듯한 인정을 베풀도록 사람들 사이를 맺어주는 참치무스비('인정絆'의 음은 '기즈나'이고 '참치'는 '쓰나'이며 동시에 '밧줄綱의 의미도 있다—옮긴이)!"

"재미있네요! 틀림없이 잘 팔릴 겁니다!"

"그렇죠?"

아키쓰와의 대화에 신이 났던 마스코가 퍼뜩 놀라며 쓸쓸히 웃었다.

"이젠…… 상관없는 일인데."

"안타깝네요. 당신처럼 열심히 일해온 분이 오해를 산 채 그만두다니."

속마음을 들키지 않으려는 듯 눈을 감는 마스코를 보고 아키쓰는 몰아붙였다.

"알고 있긴 한가요? 오타케 씨는 단순히 젊은 컨시어지를 질투해 사장에게 성희롱으로 트집이나 잡는 착각 심한 아줌마로 오해받고 있어요."

그때 아키쓰의 스마트폰이 울렸다. 마코토에게서 온 전화였지만 받지 않고 계속 말했다.

"왜 이렇게 돼버렸을까요……. 혹시나 누가 부추긴 건 아닌가요? 사장의 실언을 밀고한 누군가가."

"그만두세요. 이제 됐어요."

마스코는 성가신 생각은 더 이상 하고 싶지 않다는 듯 자리에서 일어섰다. 아키쓰는 도발하듯이 그 등뒤에 대고 말했다.

"잘난 척해봤자 어차피 파트타이머, 임시 고용직입니다."

친근하게 다가왔던 아키쓰의 말투가 갑자기 냉정해지자 마스코가 뒤를 돌아보았다.

"그러니까 당신은 20년의 세월을 내팽개치려는 겁니다. 일에 대한 긍지도, 동료도, 꿈도……."

"쉽지 않았어요! 생각하고 또 생각했다고요!"

마스코는 처음으로 진지하게 반박했다. 아키쓰가 원하던 바였다.

"호오…… 그럼 오해를 살 것도 각오하고 있었다는 건가요?"

"저는 그냥 불평만 늘어놓고 싶진 않았어요. 사장님이 알아주셨으면 했어요. 고객을 마주하는 파트타이머를 소중히 여기지 않는 슈퍼는, 매장만 깔끔해봤자 이런 시대에 살아남을 수 없다고요."

아키쓰는 묵묵히 마스코가 모든 말을 뱉어내기를 기다렸다.

"이케부쿠로점에서 일하기 시작했을 때는 우리 아이가 아직 어려서…… 파트타이머 동료들과 서로 도우면서 열심히 일했어요. 즐거웠죠. 일이 좋아졌어요. 그래서 난, 마루오를 위해……."

"굳이 악역을 자처했다고요? 누군가 부추기고 있다는 걸 알면서도?"

마스코의 눈에서 눈물이 떨어졌다.

"아키쓰 씨…… 나, 20년을, 마루오에서 일했어요."

아키쓰는 크게 한숨을 들이마셨다. 자, 마무리다…….

"용서할 수 없습니다. 마루오를 사랑하는 당신의 마음을 이용하려 들다니. 왜 그런 놈을 감싸는 겁니까!"

"……."

"최악 아닙니까. 아직도 그걸 모르다니, 어쩌자고."

"아니에요. 적어도 제가 말한 반찬 제안을 열심히 들어주셨어요!"

서슴없이 그렇게 말하던 마스코는 제풀에 놀랐다.

"당신의 제안을 들어준 사람이겠군요. 시나가와점의 동료에게 물어보면 누구인지 알겠네요."

마스코가 얼굴을 감쌌다. 줄곧 굳세게 참아온 오열을 터뜨렸다.

마스코의 집에서 나온 아키쓰는 마코토에게 전화를 걸었다.

"이쪽은 끝났어. 선배, 그쪽은 어때?"

마코토는 아직 시나가와점의 직원 휴게실에 있었다.

"네에…… . 그게 일이 이상하게 흘러가서…… ."

마코토가 고개를 돌려 보니 마쓰모토 점장이 파트타이머들에 둘러싸여 궁지에 몰려 있었다. 보다 못한 야자와 변호사가 그 둘 사이에 끼어들었다.

파트타이머들이 마쓰모토 점장에게 따져 물었다.

"왜 오타케 씨만 해고된 건가요?"

"너무 냉정해요."

왜 이러는지 알 수 없다는 듯 마쓰모토 점장은 쭈뼛쭈뼛 말했다.

"어…… 그 사람한테 휘둘리는 게 싫었던 거 아니었어요?"

"그래도 그런 사람이 있어주길 바랐어요."

"오타케 씨가 없으면 부식 코너는 망할 거예요."

마코토에게서 시나가와점의 상황을 전해 들은 아키쓰가 중얼거렸다.

"그렇군. 역시…… ."

"역시라니요?"

"아냐…… . 아무튼 그거 큰일이군. 어떻게 좀 해봐."

"어떻게요?"

마코토의 이야기는 아직 끝나지도 않았는데 전화가 끊겼다.

"또 너무 경솔하셔!"

그때였다. 컨시어지들도 다가오더니 마쓰모토 점장에게 따지고 들었다.

"우리도 다른 사람이 오는 것보다 오타케 씨가 좋아요."

"까다롭긴 했지만 뭘 묻든 다 가르쳐주셨어요."

여자들에게 떠밀려 야자와 변호사는 비명을 질렀다.

"잠깐만 기다려주세요."

여자들은 그 말은 들은 체도 하지 않고 마쓰모토 점장을 추궁했다.

"해고는 너무해요."

"그래도 된다고 생각하세요?"

기억도 못 하는 성희롱 소동으로 완전히 우울해진 마루오 사장은 단골 가이세키 요리점으로 도망쳤다. 제철 요리를 맛보는 동안 이와무라 부사장을 상대로 차를 따라주었다. 마루오 사장이 따라준 차를 한 모금 마신 이와무라 부사장이 말했다.

"차 맛이 썩 좋군요."

"이번엔 정말 어떻게 되는구나 생각했는데……."

"계획이 무사히 진행되어 다행입니다."

"때를 못 맞추면 실패하니까요."

마루오 사장과 이와무라 부사장은 서로를 바라보며 비밀스럽게 고개를 끄덕였다.

그때 복도에 있던 종업원이 말했다.

"일행분이 오셨습니다."

안으로 들어온 사람은 아키쓰였다.

"실례합니다."

마루오 사장이 "수고가 많네. 자네만 믿어" 하고 의미심장하게 말했다.

"그래서 부탁이 있습니다. 오타케 마스코의 계약해지를 철회해주실 수는 없을까요?"

아키쓰의 생각지 못한 제안에 이와무라 부사장의 목소리가 올라갔다.

"무슨 말도 안 되는! 파업을 선동한 불순분자 아닌가!"

"오타케 마스코는 시나가와점에서 누구도 대신할 수 없는 중요한 인재입니다. 실은…… 그녀를 해고하라고 제안했던 건 다른 파트타이머들을 돌아오게 하기 위해서였습니다. 뿐만 아니라 사장님의 실언을 폭로한 사람을 찾기 위해서였습니다."

"뭐? 그래서 상대를 뒤흔들었다 이건가?"

"그녀 역시 가슴속에 비밀을 계속 품고 있는 건 힘든 일이었을 겁니다."

마루오 사장이 더 이상 기다릴 수 없다는 듯 물었다.

"그래서 누구였는데?"

"안타깝게도 마지막까지 입을 열지 않았습니다. 입이 무거운 직원은 요즘 같은 때 아주 소중한 법이죠."

입을 열지 않았다는 게 사실일까? 마루오 사장은 수상하게 생각하면서도 최종적으로 아키쓰의 제안을 받아들였다.

드디어 시나가와점 오픈 날을 맞이했다. '오픈 기념'이라고 적힌 현수막이 화려하게 내려와 있었다. 개점 전, 시나가와점 앞에는 긴 행렬이 만들어져 있었다. 라이브 밴드가 재즈 연주를 하며 개점 분위기를 한껏 띄웠다. 이것 역시 재즈를 좋아하는 마루오 사장이 생각해낸, 기존 점포와는 차별화된 참신한 시도였다.

이윽고 10시가 되자 "어서 오세요!" 하는 목소리와 함께 문이 열렸다. 순식간에 손님들이 우르르 매장 안으로 밀려들었다. 손님들의 대부분은 시나가와점의 화려한 점포와 컨시어지를 보러 온 것이 아니었다. 오래전부터 나눠준 전단지 속 "간장 특별 판매, 한 사람당 두 병까지"를 목표로 온 손님들이었다. 하지만 그들이야말로 슈퍼의 소중한 고객이다.

입구에서는 아름다운 컨시어지들이 손님을 맞이하며 계산을 해주거나 상품을 진열하고 있었다. '미식가의 부식 코너'에서는 마스코와 사야카가 맛있어 보이는 반찬과 주먹밥을 내어놓고 있었다.

마스코가 한층 더 큰 목소리로 외쳤다.

"어서 오세요! 마루오에 잘 오셨어요!"

오픈에 맞춰 달려온 마코토와 야자와 변호사가 평화로운 매장 안을 보며 기쁜 듯이 서로의 얼굴을 보았다.

"일단은 다행이네요."

"일단이 아니라 정말 다행입니다!"

매장 안이 안정되자 마코토는 마스코에게 말을 건넸다. '무스부상'의 매상이 좋아 마스코는 추가 주문서를 작성하고 있던 참이었다.

"저기…… 맛있어 보이네요."

"다 자신 있어요."

"실은 저희 어머니도 슈퍼에서 일한 적이 있으시거든요."

"예전에 말했어요."

"다 팔렸으면 좋겠네요."

"당연하죠."

"아키쓰 실장님도 오시겠다고 했는데."

"어머, 아키쓰 씨는 일찌감치 오셨어요."

"네?"

아마도 아키쓰는 오픈하기 전 이른 시간에 얼굴만 내밀고 바로 돌아간 모양이었다.

시나가와점에서 나온 아키쓰는 본사로 돌아갔다. 시나가와

점 오픈 시간. 아키쓰는 상무실에서 와키타 상무와 대치하고
있었다.

"시나가와점이 무사히 오픈한 걸 축하드립니다."

"일부러 그 말을 하러?"

"상무님에게 알려드리고 싶은 게 있어서요. 오타케 마스코
에게 사장님의 실언 영상을 보여준 사람은 미즈타니 이사였습
니다."

보통 때는 포커페이스인 와키타 상무였지만 적지 않게 동요
하는 모습이었다.

"부식 제안서를 읽고 불러냈던 모양이더군요."

그것은 2주일 전의 일이었다.

제안서를 제출한 마스코는 미즈타니의 연락을 받고 약속된
카페로 갔다. 미즈타니는 오자마자 마스코에게 말했다.

"멋진 제안서였어요. 감동했습니다."

"정말인가요?"

"당신 같은 우수한 파트타이머가 있는데 젊고 예쁘기만 한
여성을 중용하는 건 성희롱에 해당합니다."

"아뇨, 무슨 말씀을! 저는 마루오에 도움이 되기만 한다면
아무래도 좋아요."

"사장님에게 들려주고 싶네요, 정말로."

미즈타니는 그렇게 말하고는 몹시 고민하는 듯하더니 스마

트폰을 보여주었다.

"회사의 수치라 자세히 말씀드릴 수는 없지만 누가 좀 목소리를 내줄 수 없을까요? 사장님의 눈을 뜨게 해드리고 싶어요. 슈퍼는 파트타이머가 있음으로써 존재하는 거니까요."

미즈타니는 의미심장한 표정을 지으며 스마트폰을 테이블 위에 내려놓았다.

"잠깐 화장실 좀 다녀오겠습니다. 오늘 아침부터 속이 좀 안 좋아서……."

스마트폰 화면에서는 미즈타니가 틀어놓은 마루오 사장의 홍보 원본 동영상이 재생되고 있었다. 마스코는 봐도 될지 망설였지만 자기도 모르게 어느샌가 들여다보고 있었다.

화면 속 마루오 사장이 말했다.

"생활에 찌든 파트타이머 아줌마들이 주먹밥 같은 걸 파는 모습을 보면 실망스럽소."

마스코는 말없이 그것을 보았다. 그 모습에 분노는 없었다.

"나는 처음엔 오타케 씨가 화를 내며 고소할 거라고 생각했어요. 하지만 그러지 않았죠. 그녀는 마루오를 생각해서 화살받이가 되기로 한 겁니다. 칭찬받을 일은 아니죠. 옳은 일을 한 것도 아니에요. 하지만 그렇게까지 회사를 사랑하는 정직원이 몇 명이나 있을까요?"

와키타 상무는 대답하지 않았다.

"다만, 이 사실은 사장님에게 보고하지 않았습니다."

"……빚을 만들어두고 싶은 건가요?"

"아뇨. 빚은 모든 문제의 원흉이거든요."

상무실에서 나온 아키쓰는 그 길로 도쿄 역으로 갔다.

역 안의 카페에서는 에이코가 커피를 마시며 아키쓰를 기다리고 있었다. 일단 다시 도야마로 돌아가는 것이다.

"미안, 미안."

"신칸센 놓칠 뻔했어."

에이코는 조급하게 일어섰다. 아키쓰는 에이코에게 꾸러미를 내밀었다.

"이거. 우리 부식 코너의 주먹밥이야."

"제법 신경 썼네."

"그게…… 엄마들 모임의 우두머리 이야기를 해줬잖아. 소름 끼치는 면은 있지만 나쁜 사람은 아니라고……. 어, 그러고 보니 네 이야기야?"

"무, 무슨 소리야, 그게!"

"왠지 그런 것 같은데. 아냐?"

"아니야! 바보 같긴. 그보다 당신, 아내를 너라고 부르는 건 가정 내 모라하라(모럴 해러스먼트moral harassment의 일본식 준말. 도덕적으로 문제가 되는 정신적인 괴롭힘을 뜻한다—옮긴이) 아냐?"

"당신이란 말도, 좀 미묘한 것 같은데."

"뭐?"

"아무것도 아니야."

아키쓰는 아내의 짐을 두 손에 들고 플랫폼으로 가는 계단을 올랐다.

그날 내가 제일 힘들 때 지탱해주었던 게 이 사람이었지. 세상 모든 걸 다 잊어도 그것만은 잊을 수 없다.

앞장서서 계단을 올라가는 아내의 약간 살집 잡힌 등을 바라보며 아키쓰는 생각했다.

─지난번 그 밀명을 받아들여보자. 그걸 해결해야 내가 죽지 않아.

제3장

스미다강 료코쿠 다리 옆에 일 년 내내 보름달을 볼 수 있는 장소가 있다. 바로 2015년에 준공한 마루오 홀딩스 본사 건물이다. 12층짜리 건물 중앙을 둥글게 파낸 참신한 디자인과 각 층의 창문에 켜진 조명이 보름달과 달빛처럼 보인다고 해서 인기 SNS 촬영 명소가 되었다.

3대 마루오 사장이 미국 유학 중에 친해진 신진 건축 디자이너에게 설계를 의뢰했다. 경영 수완만큼은 좀처럼 대내외적으로 좋은 평가를 받지 못하는 마루오 사장이지만 세 살 때부터 회화와 다도 같은 문화 교육을 잘 받았기 때문에 예술이나 디자인 측면에서는 하루아침에 익힐 수 없는 감각을 지니고 있었다. 서민 취향의 슈퍼 운영에는 그 센스를 발휘할 기회가 없다는 것이 마루오 사장에게도 그렇고, 마루오 슈퍼에게도 최대 비극이었다.

최근 2개월 정도 그 달빛 모양에 왜곡이 나타났다. 모든 층의 달빛이 비상용 조명으로 변하는 심야가 되어서도 9층의 서쪽 층만은 환히 불을 밝히고 있었던 것이다.

9층 서쪽에 있는 것은 마루오 슈퍼의 오리지널 브랜드 '마루마루 시리즈'를 개발한 상품개발부다. 연말 대목을 맞이하여 신상품인 가정용 세제 판매를 앞두고 연일 야근 중이었다.

상품개발부에는 하루에 두 번 업무가 집중되는 '마의 산'이라 불리는 구간이 있다. 첫 번째는 부원들이 '앞산'이라고 부르는 오전 9시부터의 한 시간. 상품 홍보와 점포, 공장 등에서 계속 들어오는 의뢰와 고충 처리에 쫓긴다. 비로소 한숨 돌릴 수 있는 것이 오전 10시. 팀마다 회의와 고객 미팅을 처리하는 동안 어느새 정오가 지나고 만다.

대부분의 부원은 책상에서 시판용 도시락이나 빵을 먹으며 오후 업무에 대비한다. 상품을 다뤄줄 언론매체나 상품을 운반하는 운송회사와의 미팅을 위해 외출한 사람, 회사 안팎으로 필요한 제안 서류 작성에 매진하는 사람 등 빡빡한 스케줄로 움직이던 직원들이 돌아오는 것이 오후 4시. 각각의 성과와 실패를 보고하고 나면 4시 반의 '뒷산'이 찾아온다.

거래처는 오후 6시까지 일을 마치는 곳이 많기 때문에 그때까지 약 한 시간 반 동안은 숨 쉴 틈도 없는 전장이다. 업무 마감을 하지 못한 작업에 대해서는 야근으로 대처한다. 여자 직원도 내규상의 제한 시간인 9시까지 일하다 돌아가는 사람이 많다. 주임 이하의 남자 직원들의 경우 퇴근이 거의 매일 11시를 넘고 있었다.

그래도 상품개발부원들은 자신들이 악덕기업에서 일한다고 생각하지 않았다. 왜냐하면 오리지널 브랜드의 상품 기획은 사내에서 기대감이 높아서, 창조적인 일과 연결되어 있다는 자부심을 가지고 있기 때문이다.

부장인 노무라 신지로를 중심으로 부서 내의 팀워크도 좋은 편이었다. 작년에 판매를 시작한 '마루마루 브레드' 중 크림빵은 오랜만의 히트 상품이라 사장상을 수상했다. 기존의 크림빵보다 두 배 가까이 비싸다는 이유로 반대하는 목소리도 있었지만 구매 의욕을 강력하게 자극하는 작전이 주효했던 것이다. 지난번 이물질 혼입 사건 때 크림빵이 주요 타깃이 되었을 때는 가슴이 철렁했지만 노무라 부장은 부하 직원들에게 '히트 상품의 숙명이다. 오히려 선전이 될 것이다' 하고 호언장담했다. 여름에도 굳이 긴팔 하얀 와이셔츠를 입고, 그 소매를 둘둘 만 채 부하 직원들을 지휘하는 모습은 스스로에게 도취된 사람처럼 보이게도 하지만 일은 잘했다. 부하 직원들도 곧잘 귀여워해주는데 사장상으로 받은 상금으로 축하파티를 간 노래방에서는 거품 경제 때의 히트곡을 열창하여 모두를 웃겼다.

바쁘면서도 즐거운 직장, 그것이 상품개발부였다. 불과 3개월 전까지는.

금요일 오후 4시. 가장 바쁜 '주말의 뒷산'을 앞두고 도쿠나가 유마가 일어섰다.

입사 10년차 중견사원으로 상품개발부를 이끌어가야 할 도쿠나가가 생각지도 못한 대사를 내뱉었다.

"먼저 실례하겠습니다."

처리가 끝나지 않은 일을 책상 위의 '미결' 쟁반 위에 놓고는 다운재킷을 걸친다. 바쁘게 일하던 부원들이 흘낏흘낏 도쿠나가에게 차가운 시선을 보냈다. 부원들을 한눈에 볼 수 있는 자리에서 그 모습을 본 노무라 부장이 더 이상 참지 못하겠다는 듯 소리쳤다.

"도쿠나가, 잠깐만. 신제품 발표까지 한 달도 남지 않았어. 홍보 스케줄을 조정할 인력이 부족해. 미안하지만 이번 달만큼은 야근 좀 해줄 수 없을까."

노무라는 파워하라가 되지 않도록 가급적 저자세로 부탁했다. 도쿠나가는 미안하다는 듯 고개를 숙였다.

"죄송합니다. 보육원으로 아이를 데리러 가는 게 제 담당이라서요……. 매번 정말로 죄송합니다."

다운재킷의 등뒤로 백팩을 메고 도쿠나가는 출구로 향했다. 백팩의 망으로 된 주머니에 유아용 작은 딸랑이가 보였다.

누군가가 "웃기지도 않는군" 하고 투덜댄다. "쉿, 함부로 말하지 마" 하고 그것을 제지하는 목소리도 들린다.

하지만 도쿠나가에게는 들리지 않는 건지 신경 쓰는 기색도 없이 출입문을 향해 걸어갔다.

딸랑딸랑. 딸랑딸랑.

방울 소리가 계속되는 야근으로 지친 모두의 화를 돋게 만든다.

"이제 회사 나오지 마! 너 같은 건 팀원도 아니야!"

마침내 노무라 부장이 거칠게 말했다.

일요일. 아키쓰의 집은 이사 중이었다. 그야말로 구름 한 점 없는 맑은 날씨였다.

마루오 홀딩스의 컴플라이언스실 실장 아키쓰 와타루는 옛날부터 날씨 복만큼은 타고났다고 생각하는 편이었다. 운동회도 그렇고 수학여행 때도, 첫 데이트 때도 마찬가지. 중요하다 싶은 날에는 좀처럼 비가 오지 않았다.

아키쓰의 새집은 아내인 에이코가 찾아낸 월 13만 엔 하는 맨션이었다. 좀 오래되긴 했지만 리모델링을 해서 방 배치 역시 효율적이었다. 가장 가까운 역인 소부센 히라이 역에서 도보로 6분, 마루오 홀딩스 본사 건물이 있는 료코쿠 역에서도 세 정거장 떨어져 출퇴근하기에 더할 나위 없이 좋았다.

"자, 그럼 이삿날이니까 소바라도 먹지 않을래? 지난번에 편의점에서 먹었던 그것도 좋고."

오전 9시부터 시작된 짐 운반이 점심이 지나서야 끝난 터라 아키쓰는 아내와 딸에게 제안해보았다. 하지만 에이코도 그렇고 나쓰미도 가구 배치와 종이상자를 푸는 데 정신이 팔려 있었다.

남자 혼자라서 허리가 아파올 때까지 힘쓰는 일을 했는데, 밥도 먹여주지 않는 거야? 항의하려다가 아니, 그만두자 싶어서 참았다. 쓸데없는 소리를 했다가는 "출세한 사람은 회사 부하 직원들이 와서 도와주기도 하고 그러던데" 하고 벌집 쑤신 꼴이 되기 십상이었다. 설마 그렇게까지 하겠어, 하는 상식이 에이코에게는 통하지 않는다. 그것이 아내의 솔직담백한 애정 표현이다. 사랑이 틀림없다. 아키쓰는 그렇게 생각하기로 했다.

"잠깐, 텔레비전은 역시 이쪽을 보도록."

지금 방향으로는 부엌에서 요리하면서 보이지 않는 모양이었다. 아키쓰는 "네네" 하며 텔레비전의 방향을 돌렸다.

"이런 식으로?"

에이코가 팔짱을 끼고 본다.

"오른쪽으로 조금만 더."

"네." 아키쓰가 명령에 따른다.

그러자 이번에는 나쓰미가 다가와 똑같이 팔짱을 꼈다.

"그러면 소파에 누웠을 때 안 보이잖아."

"그래, 그럼 역시 왼쪽으로 조금 더."

"네."

"음, 너무 갔다. 오른쪽으로."

"여보세요……. 오른쪽으로는 아까 돌렸잖아."

아키쓰는 자신도 모르게 아내에게 소심한 반항을 했다. 그게 잘못의 씨앗이었다.

"어머, 우리는 당신이 전근 갈 때마다 아키타네, 도야마네, 도쿄네, 하며 싸돌아다녔어."

"난 벌써 전학만 세 번째고."

"오래 했던 아르바이트도 그만뒀고."

에이코와 나쓰미는 눈매가 아주 닮았다. 밤비를 연상케 하는 밤색 섞인 눈동자다. 자신의 아내와 딸이지만 눈매가 참 귀엽다. 팔은 안으로 굽는다고 그렇게 생각할 수밖에 없는 아키쓰였지만…….

"이거, 잘 생각해보면 여성 차별이야. 무슨 해러스먼트에 해당되지 않으려나?"

나쓰미가 곧바로 인터넷을 검색한다. "젠더 해러스먼트인 것 같아. 여성 및 남성이라는 이유로 불이익을 당하거나 여자다움, 남자다움을 강요하는 경우에도."

에이코가 지체 없이 "그거네. 우린 젠더하라를 당한 거야. 당신, 알고 있지?" 하며 아키쓰를 보고 웃는다. 나쓰미도 옆에서 미소를 지었다.

왜 여자는 이해할 수 없는 타이밍에 웃는 것일까.

아키쓰가 궁지에 몰려 있던 그 순간에 하늘에서 도움의 손길이라도 뻗은 양 스마트폰이 울렸다. 단 한 명뿐인 부하 직원 다카무라 마코토였다.

"쉬시는데 죄송합니다. 의논하고 싶은 일이 생겨서요."

"선배, 마침 잘 전화했어. 살았다."

에이코와 나쓰미의 얼굴에서 웃음이 사라졌다. 아키쓰는 잔뜩 움츠러든 채 두 사람의 눈길이 닿지 않는 목욕탕으로 피신했다.

마코토는 자신의 아파트에서 전화 중이었다. 여자 혼자 사는 것치고는 별다른 장식 없이 수수한 집이었다.

늘 사무라이처럼 머리를 뒤로 묶고 다니는 마코토는 화장도 거의 하지 않는다. 옷도 바지뿐이다. 치장이나 귀여운 인테리어에 아주 관심이 없는 건 아니었지만 여성성을 강조하는 게 왠지 부끄럽게 느껴졌다. 자의식 과잉이라는 건 알지만 회사의 도덕성을 관리하는 컴플라이언스실 부원답게 처신해야 한다고 스스로에게 변명하며 소박하게 살아왔다.

그 때문인지는 모르겠지만 마코토는 입사한 이래 애인이라고 부를 만한 존재가 없었다. 대학 시절에는 사귀던 사람도 있었는데, 어느 날 마코토의 친구와 양다리를 걸치고 있다는 사실을 알고 한동안 사랑과는 담을 쌓고 지냈다.

그로부터 3년. 지금도 마코토는 회사와 아파트의 왕복, 이따금 여자 직원들 모임에 참가하는 정도의 생활을 하고 있다.

"아까 상품개발부 쪽에서 전화가 왔는데……. 심각한 해러스먼트를 당했다고 합니다."

아키쓰는 보기 드물게 바로 관심을 보였다.

"일요일에, 선배 휴대전화로 직접 연락을 한 거야?"

긴급을 요하는 불상사가 아닌 한 휴일에 여자 직원에게 휴대전화로 직접 연락한다는 건 좀 지나치다는 생각이 든다. 마코토는 그 이유를 밝혔다.

"그게 사정이 좀 있는데⋯⋯. 전화한 도쿠나가 씨가 대학 선배세요. 동창 모임에 참석한 이후로 많이 아껴주셨거든요."

"그렇군. 선배의 선배였구먼."

"근무 시간 중에는 시간을 내기 어렵다고 하는데, 내일 아침 출근 전에 면담을 좀 해주실 수 없을까요?"

"알았어. 그런데 대체 무슨 해러스먼트인데?"

"파타하라입니다."

"파타하라? 그게 뭐야?"

"컴플라이언스실 실장이 파타하라를 모르신단 말입니까?"

아키쓰가 여자들에게 혼쭐이 나고 있을 무렵 파란 하늘 아래서 우아하게 골프를 즐기는 사람들이 있었다.

마루오 임원들의 친목 골프 대회. 마루오 사장과 와키타 상무, 기타 임원들에 추가로 그룹 회사의 임원과 선대 사장 시절의 임원 들이 모여 1년에 한 번 대회를 열었다.

"나이스 샷!" 미즈타니 이사가 주변 사람들을 압도할 정도로 크게 외쳤다.

하지만 와키타 상무가 날린 공은 그린을 한참 벗어났다. 캐디들이 "볼—!", "볼—!" 하고 소리친다. 누가 보아도 틀림없는 OB(골프 용어로 out of bounds의 약자. 플레이 금지 구역을 뜻하며, 공이 이 구역에 들어가면 벌로 타수를 하나 더하고, 다시 치게 된다—옮긴이)라 미즈타니는 어색하게 눈을 내리떴고, 시라이시 전무와 아오키 이사는 클럽을 닦는 척했다. 니코보코 골프웨어에 체크무늬 헌팅캡, 정통파 골프웨어를 착용한 마루오 사장이 "오늘은 컨디션이 안 좋나 보군. 이런 날도 있는 거지, 뭐" 하며 여유 있게 말했다. 초등학생 때부터 클럽을 쥔 마루오 쪽은 스코어가 들쭉날쭉하는 일은 좀처럼 없었다.

하지만 당사자인 와키타 상무는 전혀 신경 쓰는 기색 없이 "부끄럽기 짝이 없네요" 하며 카트에 올라탔다. 미즈타니가 맹렬히 뛰어와 운전사를 쫓아냈다.

"저기…… 지난번에는 쓸데없는 짓을 해서 죄송했습니다."

일주일 전. 미즈타니 이사는 와키타 상무에게 호출되었다. 회사에서 멀리 떨어진 긴자의 술집이었다. "절대, 경솔한 짓은 하지 말아주십시오."

와키타 상무는 그렇게 못을 박았다. 그 한마디였다. 쌀쌀맞기 이를 데 없는 옆얼굴을 보며 미즈타니는 몸을 떨었다.

시나가와 인터내셔널점의 파트타이머 소동에 자신이 몰래 관여했다는 사실이 들통난 것을 알고 미즈타니는 경악했다.

대체 어디에서 와키타 상무의 귀로 들어간 것일까. 이미 마루오 사장도 알고 있는 게 아닐까.

불안에 휩싸인 미즈타니 이사는 정보를 쓸어 모았지만 사내로 새어 나간 것 같지는 않았다. 컴플라이언스실의 아키쓰 실장이 파트타이머인 오타케 마스코와 접촉했다는 사실이 마음에 걸렸지만 함부로 나섰다가는 수습조차 할 수 없는 사태에 이르기 십상이었다.

미즈타니 이사는 와키타 상무에게 붙는 것 말고는 앞으로 살아갈 길이 없다는 걸 새삼 깨달았다. 다섯 살이나 연하인 와키타 상무에게 꼬리를 흔드는 게 싫지 않을까. 시라이시 전무나 아오키 이사는 그런 눈으로 바라본다. 미즈타니 자신도 과거에는 이렇게까지 굽실거릴 필요가 있을까 싶어 발을 동동 구른 순간이 없었던 게 아니다. 하지만 부친이 선대 사장과 인연이 있다는 이유로 이사까지 올라온 미즈타니와 달리 와키타 상무는 실력으로 지금의 지위를 얻어낸, 말 그대로 자수성가파다. 그 타협할 줄 모르는 일 처리를 가까이에서 지켜보는 동안 질투심은 사라졌다. 와키타 상무와 나는 그릇이 다르다. 만족할 줄 아는 게 내 유일한 강점인 것이다.

"저는 상무님께서 인정받을 수 있는 계기가 됐으면 좋겠다고 생각했습니다. 변명을 좀 하자면 이번 사장님의 행동은 눈뜨고 봐줄 수가 없는 지경입니다. 서두르지 않으면 돌이킬 수 없는 사태가 벌어질 겁니다."

와키타 상무는 묵묵히 미즈타니 이사의 말을 듣고 있었다.

이 남자의 말이 맞다. 유치하고 단순한 짓만 하지 않는다면.

미즈타니 이사의 말대로 마루오 사장은 최근 혼란에 빠져 있었다. 시나가와 인터내셔널점은 마루오의 서민 노선을 부정하는 콘셉트였다. 그 외에도 육아휴직제도의 확대나 여성 관리직의 등용 등 여론에만 신경 쓰는 결정을 막무가내로 추진하고 있다. 와키타 상무는 미즈타니 이사와는 또 다른 의미에서 그렇게 느끼고 있었다.

확실히, 위험하다.

"미즈타니 씨가 말씀하시는 것을 모르는 바는 아닙니다. 하지만 이런 사태가 생길수록 신중해야 합니다."

"잘 알겠습니다. 뭔가 시키실 일이 있으시면 말씀해주십시오."

와키타 상무는 "그럴 만한 때가 오면 말씀드리죠" 하고 다섯 살이나 연상인 남자에게 의젓한 미소를 지어 보였다.

새로운 한 주가 시작되는 월요일. 약속 시간 5분 전에 도쿠나가는 컴플라이언스실로 찾아왔다.

마코토는 아키쓰에게 도쿠나가를 소개했다.

"도쿠나가 씨가 동창회 때 마루오에 대한 뜨거운 사랑을 말씀해주신 덕분에, 제가 임원 면접 때 지원 동기를 잘 말씀드릴 수 있었어요."

"아니, 다카무라의 실력이지."

도쿠나가는 겸손했다. 수줍은 미소를 지어 보인다. 마코토의 눈이 빨려 들어갔다가 거기 머물렀다.

아키쓰는 이거 보게, 하는 심정으로 미소를 띤 채 두 사람을 바라보며 도쿠나가를 미팅 테이블로 안내했다.

"걱정 말고 다 말씀해보세요. 듣는 사람은 아무도 없으니까."

아키쓰의 말에 도쿠나가는 컴플라이언스실을 찾아오게 된 상황을 이야기하기 시작했다.

"작년 여름에 첫아이가 태어났어요. 남자아이예요. 집사람은 식품회사 정직원이라 출산휴가를 받았지만 1년 만에 복귀해야만 했고……. 출산한 이후 몸도 너무 안 좋아서 솔직히 많이 고민했습니다. 그럴 때 육아휴직에 대한 노동시간 단축 확대 방침이 발표됐죠. 물론 그때까지도 아이가 세 살 때까지는 하루 여섯 시간 이내의 근무가 인정되고 있었지만 초등학교 입학 때까지로 적용 폭이 넓어졌어요. 그 발표 때 사장님이 '남자 직원도 적극적으로 노동시간 단축제도를 활용해라. 우리는 가정적인 남자를 응원한다'고 말씀하셔서 이 방법밖에 없다는 심정으로, 정말 지푸라기라도 잡고 싶은 심정으로 신청했습니다. 무사히 허가가 떨어져서 7월부터는 10시에서 오후 4시까지 단축근무를 하고 있었는데……."

쉽사리 끼어들 수 없을 만큼 논리정연하게 말을 이어가던 도쿠나가가 비로소 한숨을 내쉬었다. 아키쓰는 중요한 국면에 서는 늘 그렇듯이 상대의 말을 기다렸다.

"실은…… 한 달쯤 전부터, 업무가 바빠진 탓도 있긴 하겠 지만 부서 내에서 집단 괴롭힘을 당하게 되었습니다. 모두들 남자가 단축근무를 하는 게 마음에 들지 않는지…… 싫은 소 리를 하기도 하고 대놓고 무시하기도 합니다……. 부장님은 야근을 거부하면 더 이상 부원이 아니라면서 아예 회사에 나 오지 말라고 화를 내셨습니다."

마코토는 뒤로 묶은 머리를 이리저리 흔들며 "육아남성 집 단 괴롭힘입니다! 남자가 육아에 참여하는 그런 훌륭한 일이 어디 있다고!" 하며 분개했다. 도쿠나가는 다시 조심스럽게 미 소 지었다.

"고마워, 다카무라. 하지만 4시가 돼서 내가 자리에서 일어 서면 모두가 일제히 싫은 눈으로 나를 쳐다봐. 누구 한 사람 내 편은 없어."

아키쓰는 "그거 바늘방석에 앉은 기분이겠는데" 하며 고개 를 끄덕였다. 가정적인 남자였던 적도 없고, 될 생각도 없었지 만 사무실에서 고립되는 괴로움은 상상이 간다. 7년 전 아키쓰 가 파워하라로 좌천됐을 때, 그때까지 자신을 아껴주었던 상 사도, 좋아했던 부하 직원도 모두 차가운 시선을 보냈다. 잊을 수가 없다.

도쿠나가는 그런 아키쓰를 애원하는 시선으로 바라보았다.

"제도는 있어도 아직 이해해주지 못하는 게 현실이에요. 나는 그저 아이를 무사히 키우고 싶을 뿐인데요."

마코토도 적극적으로 동의했다.

"실장님, 이건 완벽한 파타하라, 패터니티 해러스먼트(paternity harassment, 부성父性 침해. 육아를 위한 휴가·노동시간 단축 등을 신청하는 남성을 짓궂은 언행 등으로 괴롭히는 행위를 뜻한다—옮긴이)입니다."

"머터니티(maternity, '임신부의', '출산의'의 뜻—옮긴이)도 아니고 패터니티라니. 너무 많아서 일일이 외우지도 못하겠네."

"그럼 바로 공부하세요. 컴플라이언스실 입장에서는 절대 간과할 수 없는 일입니다!"

마코토의 분개는 약간 과도한 느낌이 들었지만 아키쓰는 "좋아. 가정적인 아빠를 위해 소매 한번 걷어붙여 볼까" 하며 흔쾌히 받아들였다.

도쿠나가는 안심한 듯 "부탁드립니다. 왠지 마음이 든든하네요" 하며 고개를 숙였다. 한쪽 구석에 내려두었던 백팩을 등에 메고 문으로 향한다. 딸랑딸랑 방울 소리가 울렸다. 백팩 주머니에 들어 있던 딸랑이 소리였다.

"아아! 이 소리!"

아키쓰가 일어섰다. 도쿠나가가 이상하다는 듯 돌아보았다.

"오랜만에 듣는군. 우리 딸이 어렸을 때 좋아했는데. 울 때 그게 없으면 그치지를 않았으니까요."

도쿠나가는 "우리 아이도 그렇습니다" 하며 기쁜 듯 또 딸랑
이를 울렸다.

마코토가 평소와 달리 부드러운 눈빛으로 바라보았다.

"의외네요⋯⋯. 실장님도 자제분 클 때 많이 도와주셨나 봐
요. 따님 재워주신 적도 있으세요?"

아키쓰는 "아니, 전혀. 내가 안기만 하면 바로 울었거든" 하
고 솔직히 대답했다.

"아아⋯⋯. 그럼 우유나 기저귀를⋯⋯."

"기저귀 갈아준 건⋯⋯ 음⋯⋯ 한 번도 없었던 것 같은데."

마코토는 평소처럼 엄숙한 표정이 되어 아키쓰를 나무랐다.

"그러고도 아버지신가요!"

그날 오후. 곧 4시가 되려는 순간을 어림 계산하여 아키쓰
는 상품개발부로 찾아왔다.

해러스먼트 방지 포스터를 붙이러 왔다는 명목이었지만 실
제로는 부서를 정찰하러 온 것이었다. 미리 들었던 대로 노무
라 부장을 비롯하여 도쿠나가와 다른 부원들은 신제품 판매에
대비해 참으로 정신없이 일하고 있었다. 표면적으로 갈등 따
윈 전혀 없어 보였다.

벽시계가 4시가 되자 도쿠나가가 일어섰다.

"먼저 실례하겠습니다."

도쿠나가는 평소대로 다운재킷을 걸치고 딸랑이가 들어 있

는 백팩을 멘 후 밖으로 나갔다. 이 또한 사전에 들었던 대로, 노무라 부장을 비롯한 부원들이 일제히 도쿠나가에게 기분 나쁜 시선을 보냈다.

아키쓰는 노무라 부장에게 다가가 말을 건넸다.

"컴플라이언스실의 아키쓰라고 합니다. 노무라 부장, 잠시 시간 좀 내주시겠습니까?"

아키쓰는 노무라 부장을 회의실로 데려갔다.

"파타하라를 아십니까?"

들어본 적 없는 말에 노무라 부장이 어리둥절해했다.

"파타하라요?"

"역시 모르시는군요. 저도 그랬습니다. 패터니티 해러스먼트를 줄인 말이라더군요."

노무라 부장은 아까 아키쓰가 붙인 포스터를 떠올렸다.

"요즘에는 정말 다양한 해러스먼트가 있군요."

"파타하라라는 건, 좀 더 자세히 정의할 수도 있지만 요컨대 가정적인 남자를 괴롭히는 겁니다."

가정적인 남자라는 말을 듣고 노무라 부장은 딱 감이 온 듯했다.

"도쿠나가가 컴플라이언스실로 쪼르르 달려갔군요."

"그런 건 아닙니다." 신고자를 보호하기 위해 상담의 구체적인 내용은 밝히지 않았다.

노무라 부장은 "뭐 상관없어요" 하고 코웃음을 치더니 거꾸로 "아키쓰 씨는 몇 년도에 입사하셨습니까?" 하고 물었다.

아키쓰가 88년 입사라고 대답하자 노무라 부장은 동정을 이끌어내려는 듯 한숨을 내쉬었다.

"저보다 두 기수 위시군요……. 그럼 제가 열받는 심정을 잘 아시지 않나요? 우리 세대는 마누라에게 구박을 받으면서도 무식하게 일해왔습니다."

아키쓰는 속마음을 털어놓게 하기 위해 "맞아요. 집에 돌아가도 아이들 잠든 얼굴밖에 보지 못했던 때가 많았고요" 하며 공감을 표했다.

노무라는 고개를 크게 주억거리며, "놀러 가기로 한 약속을 지키지 못해 울린 적도 한두 번이 아니었어요" 하며 얼굴을 붉혔다.

"암요. 그 덕분에 우리 집은 마누라와 딸이 연합군을 형성해버렸어요."

"가족을 위해 일하는데 가정을 돌보지 않는다는 말을 들으면 쓸쓸하기 이를 데 없습니다."

어느새 아키쓰도 진심으로 의기투합해 있었다. 노무라는 헛기침을 한 번 하고는 "아키쓰 씨가 위쪽에 부탁해주실 수 없을까요. 도쿠나가를 좀 더 시간적 여유가 있는 부서로 보내고 우리한테는 좀 더 열심히 일할 수 있는 친구를 보내주셨으면 한다고요."

그 무렵 마코토도 상품개발부의 여자 직원 세 명을 컴플라이언스실로 불러 사정을 듣고 있었다.

40대인 주임 도쓰카 게이코는 노골적으로 불만스러운 듯 말했다.

"저는 초등학생 아이가 있어요. 저도 4시에 퇴근할 수 있으면 그러고 싶어요."

30대 중견사원인 이와세 요시미도 도쓰카 주임의 말을 이어 단숨에 쏟아냈다.

"맞아요. 가정적인 남자만 특별한 것처럼 대우하는 건 부당해요. 자녀가 있는 여자 직원은 싫어도 참고 일해왔는데 말이죠."

독신이자 젊은 사원인 기노시타 미카는 "도쿠나가 씨가 일찍 퇴근하는 만큼 우리 일이 늘어나요. 분명히 말해 완전히 민폐예요" 하고 입을 삐죽이며 말했다.

남성이나 자녀가 없는 사원뿐만 아니라 육아 경험이 있는 여자 직원들에게서도 도쿠나가에 대한 불평불만이 터져 나왔다. 마코토의 입에서 자신도 모르게 속마음이 새어 나왔다.

"여러분, 너무하시네요. 도쿠나가 씨도 놀고 있는 게 아닙니다. 필사적으로 아이를 키우고 있어요."

"우리도 놀고 있지 않아요."

"매일 우리 아이에게 밥 한 끼 변변히 먹일 시간도 없다고요."

"도쿠나가 씨가 단축근무를 시작하고 나서 저는 남자친구와 헤어졌어요."

"어차피 다른 부서 사람들은 모를 거예요. 갑시다."

세 사람은 이런 곳에서 더 이상 시간 낭비할 필요 없다는 듯 컴플라이언스실에서 나갔다. 무슨 말을 하고 싶은지는 알지만 저런 식으로 노골적인 반감을 표시하는 건 옳지 않다 싶어서 혼자 남은 마코토는 화가 났다.

그때 언제 들어왔는지 비서인 미나코가 출입문 앞에서 웃고 있었다.

"아직 젊다고 그런 표정을 맘껏 지으면 금세 주름 생겨요."

마코토가 괜한 참견이라고 생각하고 있는데 미나코가 과자 상자를 내밀었다.

"도라야키(밀가루, 계란, 설탕을 섞은 반죽을 둥글납작하게 구워 두 쪽을 맞붙인 후 그 사이에 팥소를 넣은 일본의 과자─옮긴이) 같이 안 먹을래요?"

"저하고요?"

"비서의 특권이죠. 선물 들어온 거예요. 비서과 사람들이랑 나눠 먹기에는 부족해서 가지고 왔어요."

미나코는 과자상자에서 도라야키 두 개를 꺼내 마코토와 자기 앞에 내려놓았다.

"잘 먹겠습니다."

마코토는 사양하지 않고 먹기 시작했다. 역시 상무님에게 들어오는 선물은 다르다 싶을 만큼 고급스럽게 달았다.

"맛있네요."

"방금 나간 사람들, 상품개발부 사람들이던데. 무슨 일 있어요?"

"무슨 일이 있는 건 아닌데……."

"비밀을 캐내려는 건 아니에요."

그렇게 말해서 마코토는 경계를 약간 늦췄다.

"그게 좀, 조사할 게 있어서요."

"호오, 어떤 건데요? 또 해러스먼트인가요?"

마코토가 입을 다물고 있자 미나코는 스마트폰을 꺼내 해러스먼트에 대해 재빨리 검색했다.

"아라하라(alcohol harassment, 음주와 관련한 인권 침해—옮긴이)? 에이하라(aging harassment, 연령에 따른 차별이나 학대—옮긴이)? 스모하라(smoking harassment, 담배를 못 피우는 사람에게 억지로 피우도록 강요하는 행위—옮긴이)? 마타하라(maternity harassment, 모성 침해. 직장에서 여성이 임신, 출산을 이유로 불이익을 받는 일—옮긴이)? 억지스러운 것들뿐이네. 아, 이거 아니에요? 파타하라……. 분명 상품개발부에 육아를 위해 단축근무를 하는 남자 직원이 있다고 했는데. 임원 회의에서 화제가 된 적이 있어서요."

미나코가 핵심을 파고들려는 때 아키쓰가 돌아왔다. 미나코는 마코토에게 과자상자를 밀며 "나머지는 아키쓰 실장님하고 드세요" 하고 인사한 후 나갔다. 아키쓰는 그런 미나코를 이상하다는 듯 끝까지 지켜보았다.

"와키타 상무의 비서가 무슨 일이지?"

"선물 들어온 게 남아서 가져왔대요."

"흐음, 상무님한테 들어온 진상품을 나눠주다니, 그거 고마운 일이군."

아키쓰와 마코토는 보름달 같은 도라야키를 먹으며 서로 조사 결과를 보고했다.

"상품개발부는 파타하라 천국이에요. 가정적인 남자에 대한 이해 같은 건 전혀 없습니다. 도쿠나가 씨를 완전히 악당 취급하던데요."

"노무라 부장도 대신할 사원을 보내달라고 하던데."

"이참에 이해해줄 수 있는 부서로 도쿠나가 씨를 이동시켜주는 편이 좋지 않을까요. 그러는 편이 서로를 위하는 길인 것 같습니다."

─글쎄, 어떻게 해야 할까.

아키쓰는 두 개째 도라야키를 집으며 생각했다. 이동시켜준다 해도 제법 짧은 단축근무를 하는 육아남성을 선뜻 받아줄 부서는 없을 것이다. 노무라는 구시대적인 인물이라 쳐도 다른 부서 역시 비슷하거나 그에 못지않을 것 같았다. 가령 이해해주는 부서가 있어서 받아준다 해도 그것이 도쿠나가에게 최선일까. 아키쓰는 그와 면담하면서 눈치 챈 것이 못내 마음에 걸렸다.

달이 밝아 연못을 밤새 돌았구나. 바쇼(일본 에도 시대의 하이쿠俳句 시인―옮긴이)의 시를 읊조리며 마루오 사장은 퇴근할 준비를 하고 있었다. 오늘 밤엔 달구경을 하며 차를 마시는 다도 모임이 있어서 평소보다 일찍 퇴근할 계획이었다. 재계 인사들이 모이는 다도 모임에 초대된 것이다. 그 자리에 만나고 싶었던 사람이 온다고 해서 아침부터 준비를 했었는데.

계획이 틀어진 마루오 사장은 바로 기분이 상했다. 아키쓰가 아무런 연락도 없이 찾아왔던 것이다. 게다가 아닌 밤중에 홍두깨처럼 '육아남성 단축근무제도를 폐지하라'고 말했다. 무슨 농담이야 하고 무시할 만한 성질의 것이 아니었다. 이야기를 더 들어볼 수밖에 없었다.

"사장님, 남자가 육아를 위해 일찍 퇴근하다니, 역시 빈축사기 딱 좋습니다. 남자라면 무엇보다 일이 최고 아닙니까. 단신 부임해서 분투하고 있는 사람도 있는데 우유병 냄새나 풍기면서 출근하면, 저라도 때려주고 싶을 겁니다."

마루오 사장은 어이가 없어 아키쓰의 얼굴을 쳐다보았다. 이유가 있다고는 하지만 이런 편협한 사고의 소유자를 컴플라이언스실 실장으로 임명한 게 실수였는지도 모른다.

"이제 와서 폐지하는 건 당치 않아. 육아휴직제도는 지금 한창 주목받고 있는 사안이야. 기업 이미지를 올리는 데 아주 효과적이라고."

아키쓰는 콧잔등에 주름을 모으며 웃었다. "그럼 약간의 사전 공작이 필요합니다."

마루오는 "놀리는 겐가" 하고 말했지만 더욱 불쾌해졌다. 아키쓰는 개의치 않고 "아뇨, 아뇨" 하며 고개를 저었다.

"회사 안의 분위기를 좀 더 실감 나게 전해드릴까 싶어서요. 하긴, 때려주고 싶다는 표현은 좀 과장된 겁니다만, 모두들 속으로는 많든 적든 불만을 가지고 있지 않을까요."

"어쩌란 건가."

"제게 맡겨주시면 이번 도쿠나가 유마 건을 이용해 육아남성 제도를 사내에 널리 알리도록 하겠습니다."

위험한 냄새가 나지 않는 것도 아니었지만 다도 모임 시간이 얼마 남지 않았다. 마루오 사장은 "그럼 그 건에 대해서는 맡기도록 하겠네. 업무에 지장을 주지 않도록 해주게" 하며 코트를 걸쳤다. 하지만 그때, 한 가지 더 꼭 물어봐야만 할 게 떠올랐다. 이것은 다도 모임에 늦더라도 확인해두어야 했다.

"그래서…… 그쪽 조사는 어떻게 되고 있지?"

아키쓰는 컴플라이언스실 실장으로 부임한 직후 마루오 사장으로부터 상상하지도 못했던 밀명을 받았다.

─파워하라든 성희롱이든 뭐든 좋다. 와키타 상무의 해러스먼트에 대해 조사해줬으면 한다. 누구든 털면 해러스먼트 하나둘 정도는 나오지 않겠나.

마루오 사장은 부인했지만 흠을 들춰 해러스먼트를 조작하라는 내용이었다. 와키타 상무가 임원 회의를 장악하여 마루오 일가를 몰아내려 한다는 게 이유였다. 과거 와키타 상무의 밀고로 본사에서 쫓겨난 아키쓰라면 거절하지 못할 것이라고 생각하여 내린 잔혹한 명령이었다. 잘만 되면 출세가도를 달릴 수 있게 해주겠다는 암시도 넌지시 담고 있었다. 아키쓰는 망설였다. 과거 반목한 사이라고 해도 누군가를 함정에 빠트리는 짓은 하고 싶지 않았다. 착한 척하고 싶은 것도 아니다. 누군가를 미워하는 게 얼마나 피곤한 일인지 잘 알고 있었기 때문이다.

하지만 결국 아키쓰는 "받아들이겠습니다" 하고 마루오 사장에게 대답했다. 본사로 돌아와 와키타 상무와 얼굴을 마주하자 7년 전의 분한 마음이 되살아났다. 자신이 지방 점포를 전전하는 동안 상무가 된 와키타를 목격하며 부조리하다고 생각했다.

이대로는 끝낼 수 없다. 와키타 상무의 '조사'를 받아들임으로써 아키쓰는 꼭 알고 싶었던 의문에 대한 답을 찾게 될지도 모른다고 생각했다.

―"왜 넌, 나를 판 거냐?"

그날, 가장 신뢰하던 부하 직원 와키타의 밀고로 파워하라가 인정되고 강등, 감봉, 전환 배치 처분이 내려진 아키쓰는 와키타에게 물었다. 와키타는 대답하지 않았다. 그것이 더욱 아키쓰의 자존심에 상처를 입혔다. 자신보다 높은 사람에게 두들겨 맞는 것은 분한 정도로 끝나지만 부하 직원의 배신은 아키쓰의 치를 떨게 만들었다. '도대체 왜냐?' 대답해주는 사람도 없는데 아키쓰는 묻고 또 물으며 매일 밤 스미다강변을 걸었다. 밤이 샌 것을 알아차렸을 때는 도요스 운하에 도착해 있었다. 빨려 들어가듯 바다로 뛰어들었다.

하지만 기름 냄새 나는 바다 속에서 버둥거리던 아키쓰는 몇 초 후 신발과 상의를 벗어던진 채 수면을 바라보고 있었다.

바보 자식. 넌 이 정도 일로 죽을 셈이냐.

아키쓰는 한순간이나마 죽음에 매료되었다는 사실이 부끄러웠다. 진심으로 살고 싶다고 생각했다. 아내와 딸이 보고 싶었다. 어떤 일이든 좋으니까 하고 싶다고, 목소리가 되어 나오지 않은 말을 하늘 높이 외쳐댔다.

스스로 부표를 잡고 나온 아키쓰는 지나가던 행인의 휴대전화를 빌려, "미안해. 취해서 바다에 빠졌어. 휴대전화도 지갑도, 카드와 사원증까지 다 잃어버렸어" 하고 아내에게 전화했다. 에이코는 "바보 아냐!" 하고는 바로 전화를 끊었다. 웃음이 치밀었다. 이른 아침의 도요스 대로를 걸으면서 아키쓰는 맹세했다. 언젠가 와키타의 입에서 진짜 이유를 듣자. 설령 '당신은 회사에 필요 없는 사람이었으니까'라거나 '당신이 싫었다'라는 이유일지라도 상관없었다.

"어떻게 됐느냐고? 나 급하다고." 마루오 사장이 신경질적으로 턱을 문질렀다.

아키쓰는 기억을 조심스레 다시 접으며 "좀처럼 꼬리를 밟히지 않는 분이라서" 하고 대답했다.

"주주총회까지는 어떻게든 해줬으면 좋겠어." 짧게 말한 뒤 3대째 사장은 방을 나갔다.

그 등뒤에 대고 "최선을 다하겠습니다" 하고 아키쓰는 대답했다.

다음 날 저녁, 아키쓰는 마코토를 데리고 도쿠나가의 맨션으로 향했다. 마코토는 "집까지 찾아가는 건 심한 거 아닐까요?" 하고 솔직한 의견을 피력했다. 아키쓰는 "인사이동을 원하는지 물어보고 싶어서 말이야. 그런 걸 회사에서는 물어볼 수 없잖아" 하고 설명했다. 마코토는 마지못해 수긍했지만 아키쓰의 진짜 목적은 다른 곳에 있었다.

현관 인터폰을 누르자 아들을 안은 도쿠나가가 "어서 오세요. 누추합니다만" 하고 말하며 나왔다. 아내는 아직 회사에서 돌아오지 않았다. 도쿠나가가 보육원으로 데리러 갔다가 이제 막 돌아온 참이었다고 한다.

아키쓰는 "잘 자네요. 이름이 뭐죠?" 하며 아이의 얼굴을 들여다보았다. 도쿠나가는 "다케시입니다. '산악' 할 때의 그 '악' 자를 써요. 제 고향이 나가노라서, 산을 좋아합니다" 하며 미소 지었다. "귀엽네요. 역시 가정적인 분이세요. 멋져요" 하고 마코토가 감탄한 듯 말을 이었다. 도쿠나가는 "놀리지 마" 하며 부끄러워한다.

175

아키쓰는 두 사람이 이야기를 나누는 동안 실내를 자연스럽게 둘러보았다. 아키쓰 일행이 찾아올 것에 대비해 정리한 모양인지 실내는 깔끔했지만 생활의 흔적이 여기저기 남아 있었다. 보드 위에는 결혼식 사진이며 아이 사진이 장식되어 있었다. 벽의 옷걸이에 걸린 도쿠나가의 백팩 주머니에는 역시 딸랑이가 보인다. 그 안쪽에 작은 방으로 연결되는 문이 있는 것을 발견하고 아키쓰는 슬쩍 밀어보았다.

다다미 세 장 정도 되는 좁은 실내에는 육아용품과 생활용품 종이상자 몇 개가 쌓여 있었다. 그 대부분에 '샘플'이라는 도장이 찍혀 있었다. 또 구석 책상에 컴퓨터가 있었는데 모니터에는 왜인지 핸드크림 사진이 찍혀 있었다.

도쿠나가가 와서 "부끄럽네요. 지저분한 건 전부 여기에 처박아뒀거든요" 하고 쓴웃음을 지으며 문을 꽉 닫았다.

아키쓰는 "이야, 정말 이상적인 육아남성이네요" 하며 마코토에게 눈짓을 했다. 마코토가 고개를 끄덕이며 찾아온 이유를 꺼냈다.

"조사를 해봤는데요, 지금 부서에서는 이해를 얻기가 힘들 것 같아요. 차라리 부서 이동을 신청하시는 게 어떨까요?"

도쿠나가는 "여러모로 귀찮게 해드려 죄송합니다" 하며 얌전히 고개를 숙였다.

"희망하시는 대로는 안 되겠지만 지금이라면 새해 인사이동 시기에 맞출 수 있을 것 같거든요."

"어디든 상관없어요. 이해해주는 부서라면요."

도쿠나가가 그렇게 대답했을 때 다케시가 잠에서 깨어 칭얼댔다.

"다케시……. 그래, 그래……. 그래, 그래" 하고 육아남성이 아기를 달랜다. 하지만 한 살짜리 아들은 좀처럼 울음을 그치지 않았다. 아키쓰는 백팩에 눈길을 주었다. 주머니에 아기가 좋아하는 딸랑이가 들어 있었다.

그때 현관문이 열리고 "왜 그래?" 하며 도쿠나가의 아내 사오리가 뛰어 들어왔다. 일을 마치고 돌아오는 길에 저녁 찬거리를 샀는지 두 손 가득 슈퍼 비닐봉지를 들고 있었다.

"미안……. 울려버렸네……. 잘 자고 있었는데."

도쿠나가가 곤혹스러운 듯 다케시를 사오리에게 건네주었다. "엄마야" 하고 안아주자 금방 울음을 그쳤다.

아키쓰가 "역시 이상적인 육아남성이라도 엄마한테는 못 당하는군요" 하고 말하자 사오리는 "이상적인 육아남성이라뇨?" 하며 도쿠나가를 보고 웃었다.

한 시간 후. 아키쓰가 컴플라이언스실로 돌아오자 야자와 변호사가 복도에서 기다리고 있었다.

"일찍 왔네요, 선생."

"무슨 일입니까, 갑자기."

마코토보다 한 발 먼저 도쿠나가의 맨션에서 나온 아키쓰가 전화로 호출했던 것이다.

"선생이 도와줄 일이 좀 있어서."

아키쓰는 파타하라 제소 사건을 일으킨 도쿠나가 유마에 대한 조사를 의뢰했다.

"그건 상관없지만……. 다카무라 씨는 어쩌시고요?"

"그녀는 배제하고. 대학 선후배 사이라 친한 모양이더라고."

도쿠나가의 아내가 차를 끓여 오겠다고 해서 아키쓰는 마코토만 남겨두고 왔다. 결혼식 때 접수를 마코토가 해서 아내와도 안면이 있었던 것이다.

"의논도 하지 않고 부하 직원을 배제하다니, 신뢰에 문제가 있는 거 아닌가요?"

"하지만…… 예전에 저 두 사람 사이에 뭔가 있었던 게 아닐까 싶은데. 잘은 모르겠지만."

"어떤 사람입니까, 그 도쿠나가라는 사람."

"상당히 가정적인 남자였어……. 선생과 좋은 라이벌이 되겠더라니까" 하며 도쿠나가의 자료를 내밀었다. 야자와의 콧구멍이 순간 크게 확장된다.

"잘은 모르겠지만 신용할 수 없는 유형의 남자군요. 협조하겠습니다."

역시 그녀를 마음에 두고 있는 것 같군. 확신하고 나서 아키쓰는 야자와 변호사를 자극해보기로 했다.

"이건 단순한 파타하라가 아닌 것 같아."

사오리가 끓여온 홍차를 마시다가 잠깐 다케시를 안아본 후 마코토는 도쿠나가의 집을 뒤로했다. 맨션 밖까지 도쿠나가가 배웅하러 나왔다.

"차 잘 마시고 가요. 언니한테도 잘 말씀드려주세요."

"나야말로 힘들게 오게 만들어서 미안해. 실장님께도 잘 부탁해. 좀 이상한 사람 같던데."

"컴플라이언스실하고는 전혀 맞지 않는 사람이에요."

"그랬군. 우리 둘 다 상사 때문에 힘드네."

마코토와 도쿠나가는 서로를 보며 웃었다. 심한 파타하라를 받고 있는 것치고는 괜찮아 보여서 다행이었다. 마코토는 손을 들고 있는 도쿠나가에게 장난치듯 크게 손을 흔들어준 후 역으로 향했다.

가을밤은 일찍 찾아온다. 해가 완전히 저문 길에서 도쿠나가와 비슷한 또래의 회사원들이 귀가를 서두르고 있었다. 모두들 가족이 있겠구나, 하고 생각하자 마코토는 부럽기도 하고 쓸쓸하기도 한 기분이 들었다.

어쩌면 아기를 달래고 있는 게 나았을지도 모르는데…….

3년 전, 마코토는 입사 회식을 마치고 도쿠나가에게 인사차 전화를 걸었다. 도쿠나가는 회사 근처의 양식집에서 점심을 사주었다. 텅스튜(tongue stew, 소의 혀와 채소를 뭉근하게 끓여 만든 스튜) 세트를 다 먹고 나서 "맛있게 먹었습니다!" 하고 인사하는 마코토에게 도쿠나가가 이렇게 말했던 것이다.

"다카무라⋯⋯. 다음엔 같이 저녁식사 할래?"

마코토의 심장은 소리가 들리지나 않을까 싶을 만큼 크게 뛰었다. 실은 동창회에 참석했을 때부터 멋진 선배라고 생각했다. 하지만 사랑에 소극적이었던 마코토는 선배에게 그런 불순한 감정을 품어서는 안 된다고 자신을 다잡았다.

"어⋯⋯ 그게⋯⋯ 하지만⋯⋯."

어떻게 대답하면 좋을지 몰라서 순정만화의 여자 주인공처럼 허둥대는 마코토를 보며 도쿠나가는 "미안, 미안해" 하며 사과했다.

"내가 무슨 소릴 한 거야, 후배한테. 정말 나란 놈은. 방금 한 말은 잊어줘."

도쿠나가는 마코토에게 거절당했다고 오해했던 것이다.

"그런 거 아니에요! 저도 도쿠나가 씨와 좀 더 만나고 싶어요!"

그렇게 말한 건 마음속에서뿐이었다. 소극적인 데다가 자존심이 강한 마코토는 "아이 참, 선배님도" 하며 익살스럽게 웃을 수밖에 없었다.

언젠가 다시 한 번 기회가 있다면, 그때는⋯⋯.

그렇게 생각했지만 1년 후, 도쿠나가는 대학 동창인 사오리와 결혼했다. 피로연의 접수를 맡았을 때 들은 내용에 따르면 훨씬 적극적이었던 것은 사오리 쪽이었다고 했다. 그러다 결혼 반년 전에 급속도로 친해졌다. 계산해보면 마코토에게 데이트를 신청하고 난 직후였다. 한순간의 망설임으로 기회를 영원히 놓쳤음을 알게 된 마코토는 충격을 받았다. 하지만 그런 감정은 누구에게도 드러내지 않았다. 도쿠나가도 마치 그날의 일은 없었던 것처럼 마코토를 대했다. 마코토는 어른이 된다는 것은 친구에게도 말할 수 없는 비밀을 갖는 것이구나, 하고 뼈저리게 느꼈다.

다음 날 아침, 컴플라이언스실로 출근한 마코토를 아키쓰와 야자와 변호사가 기다리고 있었다.

"웬일이세요?" 하고 묻는 마코토에게 아키쓰는 보기 드물게 진지한 표정으로 말했다.

"선배, 깜짝 놀랄 텐데 괜찮겠어?"

안 좋은 예감이 마코토를 덮쳤다. 아키쓰가 야자와 변호사에게 바통을 넘겼다.

"도쿠나가 유마 씨는 흔히 말하는 블랙 육아남성이었습니다."

"블랙 육아남성이요?"

야자와 변호사가 설명했다.

"알고 계실 테지만요. 블랙 육아남성이란 육아휴직제도를 악용하는 육아남성을 말합니다."

"그건 알고 있어요. 도쿠나가 씨가 블랙 육아남성이라는 게 무슨 뜻이죠?"

아키쓰가 "진정해" 하며 마코토를 자리에 앉혔다.

"도쿠나가 씨는 육아남성 단축근무로 생긴 시간에 육아를 하지 않고 인터넷을 이용한 부업을 하고 있는 것 같아요."

"설마."

마코토는 곧바로 믿을 수가 없는 모양이었다.

"그자의 정체는 이거예요."

야자와 변호사가 컴퓨터로 유튜브 화면을 열고 마코토에게 보여주었다. '무직 육아남성이 달린다!'라는 계정은 육아를 위해 회사를 그만둔 남자가 가정용품과 육아용품 후기를 작성하는 사이트였다.

시험 삼아 최신 동영상을 재생해보니 비록 얼굴은 나오지 않았지만 교묘한 토크와 현란한 카메라 워크로 발매한 지 얼마 안 된 핸드크림을 소개하고 있었다. 틀림없이 도쿠나가의 목소리였다.

아키쓰가 감탄한 듯 말을 이었다.

"잘해. 깜박 속아 금방이라도 살 것 같아."

재생 횟수에 따라 광고 수입이 들어올 뿐만 아니라 브랜드와 제휴한 동영상으로는 협찬비도 받는다. 야자와 변호사가 대충 계산해보니 도쿠나가가 벌어들이는 월 수입액은 30만 엔 이상으로 마루오에서 받는 월급을 뛰어넘는 수준이었다. 집 안에 '샘플'이라고 적힌 종이상자가 그렇게 많았던 것은 협찬 물품 때문이었고, 컴퓨터에 핸드크림 동영상이 재생되고 있었던 것도 이 때문이었던 것이다.

그래도 아직 믿지 못하는 마코토에게 아키쓰는 "선배, 정말 눈치 채지 못했어?" 하고 물었다. 마코토의 가슴은 금방이라도 찢어질 것 같았다. 아키쓰에게는 말하지 못했지만 실은 속으로 이상하다고 생각했던 것이다. 아내의 몸이 안 좋다고 말했었는데, 사오리는 살이 올라 있었다. 도쿠나가는 육아남성이면서도 아기를 달래는 게 몹시 서툴렀다. 마코토는 그냥 모른 척하고 싶었던 것이다.

점심시간에 맞춰 아키쓰는 컴플라이언스실로 도쿠나가를 불렀다.

"대충 조사 결과가 나와서 보고드리려고요."

"잘 부탁드립니다."

이것저것 할 것 없이 모두 들통났을 줄은 꿈에도 몰랐을 것이다. 도쿠나가는 이 시점에서는 아직 여유를 보이고 있었다.

"우리는 '무직 육아남성이 달린다!'의 동영상을 보았습니다."

"네?"

도쿠나가가 할 말을 잃었다.

"마루오 홀딩스에서는 부업을 인정하지 않고 있으므로 당신은 복무규정 위반에 해당합니다."

야자와 변호사가 더할 나위 없을 만큼 사무적으로 말을 이었다.

"징계해고 또는 직권면직에 해당하죠."

창백해진 도쿠나가가 금방이라도 울 것 같은 목소리로 애원했다.

"부업은 곧 그만둘 겁니다. 아니, 오늘 안으로, 아니, 지금 당장 그만두겠습니다. 그러니까 비밀로 해주세요. 부탁합니다."

마코토는 그런 도쿠나가에게서 눈길을 거두었다. 아키쓰가 도쿠나가에게 확인한다.

"정말 그만둘 수 있습니까? 30만 엔 이상이나 되는 수입을 잃게 될 텐데요."

"할 수 있습니다! 저는 마루오를 사랑합니다. 본업을 잃으면서까지 붙잡고 있을 생각은 없습니다."

도쿠나가는 금방 엎드려 절이라도 할 기세로 고개를 조아렸다. 마코토가 옆에서 함께 애원했다.

"저도 부탁드릴게요! 도쿠나가 씨는 회사를 정말 사랑하고 있어요! 그냥 모른 척 넘어가주세요."

"선배가 그렇게까지 말한다면 생각해볼 수도 있긴 한데."

야자와 변호사는 더욱 엄중한 표정이 되었다.

"알면서도 모른 체하겠다니, 아키쓰 씨나 다카무라 씨 모두 보고 의무 위반입니다."

"딱 한 번만 기회를 줘도 괜찮지 않을까?"

"가당치 않습니다."

불쾌해하는 야자와 변호사에게 부탁하듯 두 손을 맞잡아 보인 후 아키쓰가 도쿠나가 앞에 섰다.

"정말 그만둘 거죠?"

"네!"

"앞으로는 성실하게 회사 일에 협조할 건가요?"

"물론입니다. 부탁드립니다!"

마코토도 "부탁드립니다!" 하고 따라 했다.

도쿠나가가 컴플라이언스실을 나가자마자 야자와 변호사가 마코토에게 들으라는 듯 투덜거렸다.

"개인적인 감정을 너무 개입시키는 거 아닙니까."

마코토는 반론조차 할 수 없었다. 눈물을 흘리지 않은 게 그나마 다행이었다. 야자와 변호사가 재차 못을 박았다.

"친하다고 해서 눈감아주다니, 컴플라이언스실 직원으로서 실격이에요."

아키쓰가 말리려 했지만 늦었다. 마코토는 방에서 뛰쳐나갔다. 혼란스러운 와중에도 시간은 제대로 확인했다. 아직 점심 시간이었다. 한 시간 정도 돌아오지 않더라도 나무라지는 않을 것이다.

마코토는 침울한 기분을 회복하려고 혼자 근처 양식집에 갔다. 그날 도쿠나가가 점심을 사준 가게였다. 감상에 젖고 싶지는 않았다. 일에 대한 생각을 허심탄회하게 주고받았던 곳에서 그때 그 모습이 환상이 아니었다는 것을 확인하고 싶었다.

"텅스튜 주세요."

일부러 똑같은 메뉴를 주문했다. 그런 마코토 앞에 누군가서 있었다. 혹시나 싶어서 얼굴을 들었다.

"별일이 다 있네요."

비서인 미나코였다.

"평소에는 맞은편 일반 식당에 가잖아요."

서슴없이 앞자리에 앉으면서 미나코가 말했다.

"혼자 있고 싶은데요."

미나코는 "흐음" 하며 마코토를 보더니, "신경 쓰지 마요. 싫으면 아무것도 묻지 않을 테니까" 하고는 꼼짝도 하지 않았다.

"괜찮다면 의논 상대가 돼줄게요, 같은 여자끼리."

전문직 비서로서 회사 내에서도 인정받고 있는 미나코가 그런 식으로 말을 건네자 마코토는 약간 기뻤다.

"고마워요."

기분이 좋아졌는지 미나코는 점점 깊이 추궁해왔다.

"육아남성 단축근무 중인 도쿠나가 씨 문제죠? 비서과의, 당신 동기가 말해줬어요. 두 사람이 무척 친했다고."

마코토는 쓸데없는 오해를 사지 않도록 "같은 대학 출신이라 많이 챙겨주셔서" 하고 대답했다.

"혹시 사귀었나요?"

미나코는 심장에 악영향을 미칠 질문만 던졌다.

"네? 선배는 무척 가정적인 사람이라 육아남성 단축근무를 신청한 거예요."

미나코는 웃으며 "아직 어리네. 가정적인 남자일수록 더 불륜을 저질러요. 남들이 모르는 얼굴을 또 하나 가지고 싶은 거죠. 남자는 본능적으로 거짓말을 하고 싶어 하는 동물이라고요" 하며 마코토의 표정을 살폈다. 꾹 참고 있던 것이 터져 나왔다.

"그만두세요. 도쿠나가 씨는 거짓말 같은 거 안 해요."

아까는 말이 좀 지나쳤던 게 아닐까. 풀 죽어 있는 사람을 너무 몰아세우는 소리를 하고 말았다. 마코토가 걱정되어 찾아다니던 야자와 변호사는 양식집에 있는 마코토를 발견했다. 얼굴은 보이지 않았지만 점심식사를 하고 있어서 안심했다. 게다가 함께 있는 게 도쿠나가가 아니라 미나코라는 사실이 더욱 야자와 변호사를 안심하게 했다.

오래된 소바집에서 식사를 마치고 컴플라이언스실로 돌아오자 아키쓰는 책상에서 도시락을 먹고 있었다. 사랑하는 아내가 싸준 도시락이 아니라 사원식당에서 판매하는 '마루마루 시리즈' 반찬도시락이었다. 점포에서 팔고 남은 식재료도 사용한다고 들었기 때문에 야자와는 물론 먹어본 적은 없었다.

"다카무라 씨, 고마쓰 씨와 같이 점심식사를 하고 있더군요.

괜찮아 보였습니다."

"고마쓰라면, 와키타 상무의 그 비서?"

"그렇습니다."

"어제도 여기 왔었는데. 그 사람, 파견 비서라지?"

"네. 1부 상장기업들에서만 일해왔던 모양이더군요."

"유능해 보이기는 하더군. 우리 선배하고는 예전부터 사이가 좋았나?"

"그걸 왜 저한테 물으십니까? 다카무라 씨의 친구 관계까지는 파악하지 못했습니다."

"별다른 의미가 있는 건 아니야." 아키쓰는 빈 도시락에 뚜껑을 덮더니, "그런데 선생, 와키타 상무와는 아는 사이신가?" 하고 아무렇지 않게 물었다.

"물론입니다. 임원 이상은 저희 사무실 소장님이 담당합니다만 주주총회나 예산 보고회 때는 와키타 상무님에게도 인사드립니다."

"어떻게 생각하지?"

"어떻게라뇨? 아무 생각 없는데요."

"실은 옛날에 내 부하 직원이었어."

"그건…… 좀, 그러시겠네요." 야자와 변호사가 말을 흐렸다. 부하 직원이었던 사람이 훨씬 높은 자리에 있어서 분하시겠네요, 라고는 아무래도 말할 수가 없었다.

"제법 신세를 져서 그 친구가 컴플라이언스실에 올 만한 일이 있으면 잘 봐줘야겠다, 하고 생각하고 있었지."

"와키타 상무님만은 절대 컴플라이언스 사안에 휘말릴 걱정 없습니다."

"역시 그렇게 생각하나?"

"당연하지 않습니까. 그보다 도쿠나가 씨의 복무규정 위반 건을 임원 회의에 보고하지 않은 건가요?"

"으응. 아직은."

"정식으로 보고하지 않으면 안 되는 것 아닙니까?"

"생각 좀 하고 싶은 게 있어서 말이야."

그날 오후, 미나코는 와키타 상무에게 도쿠나가 유마의 복무규정 위반에 대해 보고했다.

"다카무라 마코토 씨에게서 들은 정보를 기초로 제가 직접 조사해봤습니다."

와키타 상무는 미나코의 조사 능력에 보기 드물게 놀란 표정을 지어 보였다.

"잘도 조사했군."

"쓸데없는 짓을 했다면 죄송합니다. 조금이라도 상무님께 보탬이 되고 싶어서……."

와키타는 "중요한 정보를 줘서 고마워. 하지만 앞으로는 괜한 짓은 하지 말게" 하며 치하해주었다. 미나코가 와키타 상무를 촉촉이 젖은 눈으로 바라보았다.

그때 미즈타니 이사가 들어왔다. 미나코는 "무슨 일 있으시면 불러주십시오" 하며 미즈타니 이사에게도 인사를 한 후 나갔다. 미나코를 주의 깊게 바라보는 미즈타니에게 와키타 상무가 "무슨 일이시죠?" 하며 말을 건넸다.

미즈타니 이사는 머뭇거리며 말을 꺼냈다. "아키쓰가 또 무슨 수상한 움직임이라도 보이는 건가요?"

와키타는 대답하지 않았다. 미즈타니는 미나코가 나간 쪽을 돌아보며 목소리를 낮췄다.

"그녀가 컴플라이언스실 주변을 기웃거리며 뭔가 냄새를 맡고 다닌다는 정보가 들어왔거든요."

"냄새를 맡고 다닌다는 표현은 고마쓰 씨에게 실례 아닐까요."

미즈타니는 작정하고 줄곧 불안해하던 것에 대해 말했다.

"주제넘은 생각일지 모르겠지만 그녀는 상무님에게 특별한 감정을 품고 있는 것 같습니다. 위험하지 않을까요. 그런 미모의 여성이라면 더욱 말입니다. 미워하실 수 없다는 것도 압니다만……. 상무님에게는 가정이 있습니다. 영웅은 모두 여자 때문에 실패한다는 말도 있으니까요."

와키타 상무는 흔치 않게 웃음을 터뜨렸다. "걱정하실 필요 없습니다. 제가 그녀의 호의를 받아들이는 이유는 적정선을 넘지 않으면서 기분 좋게 일하게 해주기 때문입니다. 이번에도 일을 아주 잘 처리해줬어요."

미즈타니 이사는 생각지도 못한 반응에 "송구합니다" 하며 약간 놀란 척했다. 아무리 환심을 사려 해도 이런 식으로 어긋나버린다. 하지만 그것은 조금씩 쾌감으로 변해가고 있었다. 결코 대적할 수 없는 상대에게 걷어차이는데도 따라간다. 또 차인다. 자신의 천박함을 절감한다. 하지만 또 따라가고 싶어진다. 걷어차일 줄 알면서도.

미즈타니는 힘든 운동부의 연습을 견뎌낸 경험도, 물론 군대에 들어간 경험도 없었다. 하지만 남자들만의 세계에서 위아래의 서열이 생기고 유대감이 생긴다는 게 이런 심정일지도 모른다고 생각했다. 강한 상대 옆에 있으면 자신의 바닥을 들여다볼 수 있는 것이다.

"저도 도와드릴 일이 없을까요?"

그런 미즈타니의 기분이 통했는지 와키타는 "그렇게까지 말씀하신다면" 하고 서두를 꺼내며 임무를 내렸다.

"당신의 예측대로 아키쓰 실장이 복무규정을 위반했습니다. 처분을 검토해주십시오."

미즈타니의 내부에서 뜨거운 감정이 솟구쳐 올랐다. 와키타 상무가 드디어 나를 신용해주었다.

그날은 아키쓰 혼자 늦게까지 야근을 하며 도쿠나가 건에 대해 조사하고 있었다. 막차 시간이 지나 택시를 타야 할 처지가 되었다. 맨션에 들어서자 이사 때문에 피곤했는지 아내와 딸은 이미 잠들어 있었다.

아키쓰는 냉장고에서 캔 맥주를 꺼내 마시면서 노트북을 켰다. 캔 맥주는 일주일에 최대 세 캔까지만 마시라고 아내인 에이코가 엄격하게 제한을 둔 실정이라, 이번 주는 이게 마지막이었다.

아키쓰가 동영상 사이트를 확인해보니 '무직 육아남성' 계정은 폐쇄되어 있었다. 도쿠나가는 아키쓰의 명령대로 틀림없이 동영상 투고를 중단할 것이다. 가슴을 쓸어내리는데 등뒤에서 소리가 들렸다. 아키쓰는 자신도 모르게 노트북을 닫았다. 소리의 주인공은 아내인 에이코였다.

"뭘 몰래 보는 거야? 야동이라도 보고 있었나 보네."

"그럴 기운 없어."

"그럼 숨길 거 뭐 있어? 바람피우는 것보다는 훨씬 낫지."

에이코가 어이없다는 듯 말했다.

"아니야. 육아남성에 대해 생각 중이었어."

에이코는 더욱 어이없다는 듯 말했다.

"당신이 육아남성에 대해?"

"당신은 어떻게 생각해? 육아남성에 대해서."

"육아남성이라. 내가 임신을 계기로 퇴직했으니까 당신은 아무 고민 없이 일에 몰두할 수 있었을 거야. 육아남성이라는 말이 듣기에는 좋지만, 당신 같은 사람들이 더는 일 핑계 대고 육아와 담 쌓고 살 수 없게 됐다는 말이잖아. 옛날보다 요즘 남자들이 더 힘들지도 몰라."

자신의 아내지만 상당히 날카로운 지적이라고 아키쓰는 생각했다.

"내가 그렇게 우리 딸을 돌봐주지 않았나?"

에이코는 주저 없이 고개를 끄덕였다.

"목욕탕에 같이 간 적이 있는데. 운동회도 갔고."

"목욕탕에서 나쓰미를 떨어뜨려서 병원에 실려 갔지. 운동회 때는 카메라를 망가뜨렸고."

"너무 단호하네. 그런 걸 집안일 해러스먼트라고 하는 거야."

"아, 그러세요? 우리 집에는 컴플라이언스실 같은 건 없거든요."

아키쓰는 에이코에게 여지없이 역습을 당하고 말았다.

"야동은 정도껏 보고 빨리 주무셔."

에이코는 그렇게 말하고는 바로 침실로 들어갔다. 아키쓰는 다시 컴퓨터를 열었다.

이번 주의 마지막 맥주를 정말 마지막 한 방울까지 다 마셨을 때, 아키쓰의 눈은 어느 홈페이지로 빨려 들어가 있었다.

"못 말리겠군!" 그 얼굴은 실망으로 뒤덮여 있었다.

며칠 상황을 지켜보다가 아키쓰는 다시 상품개발부를 찾아갔다. 신제품 발매가 얼마 남지 않아 부원들은 더욱더 정신없

이 일하고 있었다. 하지만 아직 오전이었는데도 도쿠나가의
모습은 없었다.

부원들의 상태를 확인할 수 있는 화이트보드를 보니 도쿠나
가의 칸에 '유급휴가'라고 쓰여 있었다. 노무라 부장에게 사정
을 물어보려는데 누군가와 속닥속닥 전화를 하고 있었다. 아
키쓰가 천천히 다가가자 노무라 부장은 경계하듯 수화기를 가
리며, "알겠습니다. 그럼 나중에 또" 하며 전화를 끊었다.

"미안해요. 놀라게 해드렸나."

지난번에 서로의 가정에 대한 불만을 털어놓은 사이라 친밀
함을 담아 말을 건넸다. 하지만 노무라 부장은 서먹서먹하게
"무슨 일로?" 하며 아키쓰의 눈을 피했다.

"오늘 도쿠나가는 어떻게 된 거죠?"

"아이가 열이 났대요. 쉽니다."

"최근에는 좀 어때요?"

"아무것도 변한 게 없습니다. 다들 정신없이 바쁜데 열 시
정각에 와서 네 시 정각에 퇴근합니다."

아키쓰는 안타깝다는 듯 "모두 힘들 때는 같이 협조 좀 해달
라고 부탁했는데" 하고 말했다.

"그런 말을 듣겠어요? 아니면 뭔가 약점이라도 잡았나요?"

"자세한 건 말씀드릴 수 없지만 그에게도 반성해야 할 점이
있어서 잘 이야기했어요. 고치겠다고 하더군요."

노무라는 불쌍하다는 듯 아키쓰를 보더니, "아키쓰 씨, 그런

놈을 믿다가는 손해 봅니다" 하고 말하며 상품개발부에서 나갔다.

노무라 부장의 태도에 위화감을 느끼면서 아키쓰는 컴플라이언스실로 돌아왔다. 마코토는 다른 파워하라 건에 대한 보고서를 작성하고 있었다. 그날 이후 도쿠나가에 대해서는 말하지 않았지만 작정하고 물어보았다.

"그 뒤로 우리 육아남성한테서는 무슨 연락 없었나?"

"네. 문자가 왔었습니다. 믿어줘서 고맙다고……. 실장님께도 감사드린대요. 부업도 완전히 그만둔 것 같아서 안심했습니다. 고맙습니다."

아키쓰가 다음 말을 고르고 있는데 미나코에게서 전화가 왔다. 임원 회의에서의 호출이었다.

전화를 받은 마코토는 "도쿠나가 씨 문제일까요?" 하며 불안한 표정을 지었다.

"그렇겠지. 이번에는 좀 안 좋을지도 모르겠네."

더욱 불안한 표정으로 변하는 마코토에게 아키쓰는 어느 컴퓨터 동영상 사이트를 가리킨 후 밖으로 나갔다.

마코토는 쭈뼛쭈뼛 페이지를 열었다.

임원 회의실에는 역시 마루오 사장과 와키타 상무를 비롯한 임원들이 모여 아키쓰를 기다리고 있었다.

"아, 이쪽이네, 아키쓰 실장."

미즈타니가 기분 나쁘게 웃으며 손짓을 했다. 인사 담당 임원인 아오키도 미소를 짓는다.

"오늘은 아키쓰 실장에게 물어보고 싶은 게 있어서 불렀습니다."

용건은 예상하고 있었다. 각오를 다진 아키쓰는 앞으로 걸어갔다.

"당신은 상품개발부의 도쿠나가가 부업을 하고 있다는 걸 알면서도 우리 경영진에게 보고하지 않았어요. 맞죠?"

아키쓰는 어떻게 대답해야 할지 머릿속을 정리했다. 와키타가 감정이 드러나지 않은 얼굴로 바라본다.

"대답해주십시오. 복무규정 위반은 행한 자도, 그것을 숨겨준 자도 문책당하게 돼 있어요."

아키쓰는 "네" 하고 솔직하게 대답했다. 숨길 수 없다는 건 알고 있었다.

"도쿠나가 유마는 상품을 소개하는 인터넷 동영상으로 월 30만 엔 이상의 수입을 올리고 있었습니다."

예측한 대로 비난이 빗발쳤다.

"육아남성 단축근무를 이용해 부업이라니. 사장님이 애써 추진한 제도를 악용하는 거잖아."

"제조업체들로부터 협찬까지 받았다니, 슈퍼마켓을 운영하는 우리 회사의 이미지도 엉망이 됐겠군. 믿을 수가 없는데."

미즈타니가 기다리고 있었다는 듯 일어섰다.

"여러분, 믿을 수 없는 건 아키쓰도 마찬가지입니다. 이런 중요한 사안을 보고하지 않았으니까요."

"죄송합니다. 불확실한 부분도 있어서……. 조사를 더 진행해보고 사태를 확실히 파악한 후 보고드릴 생각이었습니다."

"거짓말하면 안 되지. 당신은 일찌감치 사태를 파악하고 있었어. 그 증거로 본인에게 주의도 주었을 텐데."

미즈타니는 자신만만하게 미나코를 불렀다. 안내되어 들어온 사람은 노무라 부장이었다. 사장 앞에서 이름과 직책을 밝히고 도쿠나가의 상사임을 말한 노무라 부장은 미즈타니가 묻는 말에 증언했다.

"아키쓰 실장이 모든 걸 알면서 보고하지 않았다고 생각합니다. 왜냐하면 '그에게도 반성해야 할 점이 있어서 잘 말해뒀다'고 말씀하셨기 때문입니다."

노무라 부장은 아키쓰에게 들은 말을 모두의 앞에서 털어놓았다.

아까 '손해 본다'고 했던 게 이런 거였나. 나도 의외로 사람이 좋네. 아키쓰가 자조적으로 그렇게 생각하고 있는데 노무라 부장이 계속해서 말을 이어나갔다.

"도쿠나가처럼 단순히 회사를 돈벌이로 이용하는 사원의 의식이 변할 리 없습니다. 복무규정 위반에 대해서는 엄격히 조치해주시기 바랍니다."

와키타가 "아키쓰 실장, 반론 있습니까?" 하고 말했다. 아키쓰는 최악의 경우까지 각오했다.

"뭐, 노무라 부장이 말한 내용의 반 정도는 맞습니다."

"반 정도?"

"확실히 부업에 대해서는 조사하는 동안 파악하고 있었습니다. 본인에게도 사실을 알리고 부업을 중단하도록 지도했어요. 하지만 그를 두둔하려던 것은 아니었습니다. 도쿠나가에게 기회를 주고 개선에 대한 의지를 확인해보고 싶었던 겁니다. 이번 경우를 본보기로 삼아 육아남성 단축근무제도를 정상궤도에 올려놓을 수도 있으리라 생각했습니다. 사장님에게서 의뢰를 받았거든요."

모두가 마루오 사장을 보았다. 마루오 사장은 "육아남성 단축근무는 필요한 제도거든" 하고 말할 수밖에 없었다.

아키쓰는 "도쿠나가는 지도에 따라 곧바로 동영상 사이트 '무직 육아남성'을 폐쇄했습니다" 하고는 덧붙여 말했다.

"하지만 그 몇 시간 후에 다른 사이트를 개설했습니다. 여자인 척하면 들키지 않을 거라고 생각했을 테죠. '근사한 엄마'라는 이름으로요."

"뭐야, 그게!", "장난치나?" 하고 목소리들이 커졌다.

아키쓰는 그 목소리를 제지하듯 다시 분명하게 말했다.

"사장님께 보고드립니다. 육아남성 단축근무제도를 정상궤도에 올려놓으려면 사원 교육을 철저히 해야 합니다. 안 그러면 이번 같은 문제가 또 생길 겁니다."

마루오 사장은 "구체적으로 말해보게" 하며 의견을 요구했다. 아키쓰는 지난 며칠 동안 생각에 생각을 거듭한 끝에 내린 결론을 말했다.

"도쿠나가 유마에게 권고사직 처분을 내려야 할 겁니다. 그가 남아 있으면 정말로 단축근무제도가 꼭 필요한 사람들까지 악용한다고 오해를 받을 수 있기 때문입니다."

노무라 부장이 입가에 미소를 짓는 게 보였다.

"그리고 노무라 부장에게는 해러스먼트 교육을 받게 하고, 다른 부서로 전환 배치하기를 제안합니다."

사태 파악이 안 된 노무라 부장은 어리둥절하여 "왜 나까지?" 하고 중얼거렸다.

"당신은 자신의 자리를 지키기 위해 부하 직원을 팔았습니다. 그리고 나까지도. 또한 육아남성에 대해 과도한 편견을 가지고 있습니다."

"뭐야?"

비로소 노무라 부장이 화를 냈다. 아키쓰는 거침없이 계속 말했다.

"도쿠나가 유마가 처음부터 회사를 돈벌이로 이용하는 사원이었을까요? 제가 조사해본 바에 의하면 과거에는 회사를 사랑하는 사원이었습니다. 그가 변한 데는 회사에도 원인이 있을 겁니다."

아키쓰가 컴플라이언스실로 돌아오자 마코토는 보이지 않았다. 책상 위에 '죄송합니다. 조퇴 좀 하겠습니다'라고 적힌 메모가 남아 있었다.

도쿠나가가 반성도 없이 부업을 계속한다는 사실에 충격을 받은 것일까. 아키쓰는 그렇게 생각했지만 곧바로 그 생각을 지웠다. 아니, 선배는 그렇게 약한 사람이 아닐 거야.

아키쓰가 생각한 대로 마코토는 침울해 있지 않았다. 유급 휴가 중인 도쿠나가에게 전화를 걸어 집 근처 공원으로 불러냈다.

약속 시간보다 조금 늦게 도쿠나가가 나타났다. 한낮의 공원에는 아이를 데리고 나온 부모가 많았지만 도쿠나가는 혼자였다. 아이는 보육원에 갔다고 한다. 아내도, 자식도 없는 시간에 홀가분하게 동영상을 제작하고 있었던 것일까.

"결국 부업은 그만두지 않으셨더군요."

도쿠나가는 묵묵히 마코토를 보았다.

"마루오를 그만둬도 괜찮으신가요?"

"부업만으로 해고하는 건 어려울 거야. 만약 해고한다면 법적인 수단을 찾아봐야지."

그것은 마코토가 가장 듣고 싶지 않은 말이었다.

"도쿠나가 씨가 저한테 가르쳐주셨죠. '슈퍼는 만남의 장소다', '낭만이 있는 직장이다'라고요……. 잊으셨나요?"

"그럴지도 모르지."

"이러는 건 도쿠나가 씨답지 않아요!"

도쿠나가에게 동요하는 기색은 없었다.

"다카무라 씨……. 나에 대해 아무것도 모르지? 그러니까 마음대로 상상하지 마."

그렇게 말하고 돌아서서 가는 도쿠나가를 쫓아가면서까지 잡을 힘은 마코토에게 남아 있지 않았다.

도쿠나가가 맨션으로 돌아가자 문 앞에서 아키쓰가 기다리고 있었다.

"임원 회의에서 결정된 처분에 대해 말하러 왔어요."

도쿠나가는 "그런가요, 들어가시죠" 하며 당황하는 기색도 없이 아키쓰에게 말했다.

"당신에게 권고사직 처분을 내리기로 했어요. 인사부에서 곧 권고가 있을 겁니다."

따라 들어온 아키쓰가 조용히 말하자 도쿠나가도 조용히 대답했다.

"그만두지 않을 겁니다……. 처음부터 부업을 하려고 했던 건 아니었어요. 처음에는 일에 써먹으려고 리서치를 했었죠."

도쿠나가에 따르면 상품개발부의 새로운 기획을 위해 인터넷을 샅샅이 뒤져가며 조사한 후 노무라 부장에게 제출했다고 한다. 하지만 노무라는 "지금 일과는 전혀 관계없어. 당장 할 일부터 먼저 정리해" 하며 상대도 해주지 않았다.

"인생을 걸 만한 일이 아니라고 생각했습니다. 딱 월급 받는 만큼만 일하자. 얼마가 됐든 상관없이요."

아키쓰는 도쿠나가를 잠시 바라보다가 "당신 같은 사람을 블랙 육아남성이라고 표현해도 될까요?" 하고 대놓고 물어보았다.

"뭐라고 하시든 괜찮아요."

"아들에게도 계속 거짓말을 하게 될 텐데요."

아주 잠깐 도쿠나가의 표정이 흔들렸다.

"실은 처음 만났을 때부터 당신이 가짜라는 걸 알고 있었어요."

그렇게 말하면서 아키쓰는 도쿠나가의 백팩 주머니에게 딸랑이를 꺼내 도쿠나가 앞에 내려놓았다. 딸랑딸랑 하는 소리가 났다.

"전혀 지저분하지 않았어요."

도쿠나가는 안색이 바뀌어 딸랑이를 손에 쥐었다.

"아이들은 좋아하는 걸 손에서 쉽게 놓지 않기 때문에 금방 낡아버려요. 제 딸이 그랬죠. 하지만 그건 사용한 흔적이 전혀 없어요. 아들이 우는데도 사용할 생각도 안 하더군요."

도쿠나가가 무섭게 노려보았지만 아키쓰는 물러설 생각이 전혀 없었다.

"교활한 거 아닌가요? 보란 듯이 이런 물건까지 준비하고서……. 부끄러운 줄 알아야죠."

도쿠나가는 "당신이 내 마음을 어떻게 알겠어요?" 하고 말했다. 아키쓰는 고개를 절레절레 흔들었다.

"인터넷으로 돈을 잘 벌면 그쪽에 더 집중하는 게 어때요? 동영상도 제법 잘 만들던데. 차라리 스티브 잡스를 모델로 삼아요. 팔로워도 많잖아요. 회사에는 더 이상 당신을 응원해줄 사람이 없으니까요. 하긴, 당연한가. 아이를 핑계 삼아 회사를 배신하고…… 당신을 믿었던 다카무라까지 배신했으니……. 뻔뻔스러운 것도 정도가 있지."

도쿠나가가 드디어 격앙되어 "알았어요! 그만두면 되잖아요!" 하고 소리쳤다. 아키쓰의 계산보다 조금 늦었다.

"그만둘게요. 고작 연봉 4백만으로 그렇게 부려먹기나 하고! 훨씬 좋은 걸 만들어서 성공해주죠! 당신들한테 복수해줄게요!"

도쿠나가가 화풀이 삼아 내동댕이친 딸랑이가 다시 딸랑딸랑 소리를 냈다.

맨션 밖까지 와 있던 마코토의 귀에도 그 딸랑이 소리는 똑똑히 들려왔다.

그날 밤, 마코토는 롯폰기의 와인바에 있었다. 옆에 앉은 사람은 야자와 변호사였다. 도쿠나가가 권고사직을 받아들였다는 말을 듣고 위로 겸해서 마코토에게 제안했던 것이다.

"어쩔 수 없잖아요. 컴플라이언스실 입장에서는 복무규정을 위반한 사원을 그냥 놔두면 안 되니까."

"알고 있어요."

어딘지 모르게 기운이 없는 마코토가 애처로웠다. 하지만 야자와 변호사는 도쿠나가가 그만두는 것을 내심 기뻐하기도 했다.

"그렇게 걱정하지 않아도 요즘 인터넷 관련 일은 돈을 잘 벌어요. 불만을 가진 채 회사에 남아 있는 것보다 더 잘될 가능성도 있죠."

"하긴, 보란 듯이 성공하겠다, 복수하겠다고 했으니…….
그나마 다행이죠."

"흐음, 혹시 아키쓰 씨, 그걸 노리고 일부러 말을 심하게 했을지도 모르겠네요."

"무슨 말씀이시죠?"

"그 일을 더 열심히 하도록 만들어주기 위해."

"설마요. 그렇게 속 깊은 사람은 아니에요."

마코토는 웃음을 터뜨렸다. 야자와 변호사도 "그렇겠죠?"
하며 웃었다.

아키쓰의 속마음은 아무도 알 길이 없었지만 그 시각 도쿠나가는 아내에게 약속하고 있었다.

"걱정 안 해도 돼……. 굶기진 않을 테니까."

사오리는 아들을 재우면서 컴퓨터 앞에 있는 남편을 돌아보았다.

"차라리 후련해. 그 아저씨한테 뻔뻔하다는 말까지 듣고. 잘
됐어."

아내의 말에 이번에는 도쿠나가가 돌아보았다.

"아무리 돈을 많이 벌어다 줘도 몰래 숨어서 일하는 남편을
보는 건 싫었어."

도쿠나가는 처음으로 아내의 마음을 알았다. 하지만 어떻게
대답하면 좋을지 알 수가 없었다.

그때 딸랑딸랑 하고 소리가 났다. 다케시가 굴러다니던 딸
랑이를 쥐고 웃고 있었다.

도쿠나가는 아이를 안아 들었다. 스스로도 설명할 길 없는
눈물이 흘러내렸다.

그리고, 또 한 사람의 아버지 아키쓰는 료코쿠의 꼬치구이
집에 있었다.

오래전부터 다니던 숯불구이 가게였다. 아키쓰가 마루오 슈
퍼에 입사한 무렵부터였다.

카운터에 꼬치 일곱 개가 나란히 놓일 때쯤 옆자리에 남자
가 앉았다.

와키타 상무였다.

"오랜만이겠네요, 여기" 하고 아키쓰가 옆은 보지도 않고 말
했다.

"아직까지 있을 줄이야, 기적 같네요." 와키타 상무가 대답했다.

"할 이야기란 게 뭔가요, 상무님?"

"두 가지입니다."

"그럼 좋은 이야기부터" 하고 아키쓰는 간을 추가하며 말했다. 와키타는 껍질을 주문하면서 '좋은 이야기'를 시작했다.

"당신의 보고 의무 위반에 대해서는 불문에 붙이기로 했습니다. 육아휴직제도나 육아남성 단축근무에 대한 새로운 연수를 컴플라이언스실에서 실시하게 되었고요."

"내가 육아남성 지도라니, 마누라가 들으면 발로 걷어차이겠군."

한바탕 웃은 후 아키쓰가 물었다.

"그래서 또 하나는?"

와키타 상무는 의미심장하게 한 박자 쉬고 나서 말했다.

"당신이 돌아온 진짜 이유는 뭡니까?"

아키쓰가 입을 다물고 있자 와키타가 다시 질문했다.

"사장에게 무슨 일을 부탁받은 거죠?"

절대, 솔직하게 사실대로 말할 수는 없다. 하지만 그런 한편으로 차라리 밀명의 내용을 밝히고 와키타가 어떤 표정을 짓는지 보고 싶은 마음도 조금쯤은 있었다.

아키쓰는 간을 다 먹고 난 후 대답해주자고 결심했다.

제4장

기지마 히데미 님을 수도권개발부 부장으로 임명한다.

2018년 12월 1일. 마루오 홀딩스 CEO 마루오 다카후미.

마루오 사장은 호들갑스럽게 기지마 히데미에게 임명장을 주었다. 히데미는 이제 갓 마흔세 살. 한물간 표현으로 말하자면 커리어우먼이다. 지금까지 독신으로 지내며 영업 관련 부서에서만 한결같이 일해왔다. 그러다 오늘 비로소 인정을 받게 된 것이다.

히데미는 마루오 사장을 비롯해 이와무라 부사장, 와키타 상무 등의 임원들이 줄지어 서 있는 앞에서 인사를 했다.

"중임을 맡겨주셔서 몸 둘 바를 모르겠습니다. 미력하게나마 회사에 공헌할 수 있도록 더욱 열심히 노력하겠습니다."

기쁜 한편 몹시 긴장한 듯 임명장을 받는 히데미의 손이 살짝 떨리고 있었다.

이날을 위해 키가 큰 자신에게 맞는 값비싼 바지정장과 구두를 구입했고, 흰머리가 섞이기 시작한 머리도 유행하는 애쉬그레이 색깔로 염색하여 무장했다. 하지만 지금까지 잃어온 모든 것들이 이날을 위해서였다고 생각하니, 히데미의 가슴속에서 뭔가 울컥하고 올라왔다.

"사장님, 기지마 신임 부장과 나란히 서주십시오."

홍보실 사원의 말에 마루오 사장은 히데미 옆에 섰다. 긴장한 모습의 히데미와 웃는 표정의 마루오 사장이 사진 안에 함께 담겼다.

모든 임원들이 모이고, 홍보실에서까지 오는 등 일개 부장의 임명식이 이 정도까지 성대히 치러진 데는 이유가 있었다.

"지금 여기에 우리 마루오 홀딩스 최초의 여성 개발부장이 탄생했습니다."

마루오 사장은 그렇게 말하며 히데미에게 큰 박수를 보냈다. 이 인사는 마루오 역시 바라던 것이었다. 가와사키 시의 작은 청과물 가게에서 출발한 마루오 슈퍼는 현재 전국적으로 점포를 가진 대형 유통기업으로 성장했지만 가족 경영 기업으로서의 낡은 체질은 남아 있었다. 특히 컴플라이언스 대책, 육아휴직제도, 여성 관리직 등용에 있어서는 동종업계의 타사보다 훨씬 뒤떨어진다고 주주들로부터 누차 지적을 받아왔다.

창업자의 손자인 마루오 다카후미 사장은 그것들을 하나하

나 개혁해나가고 있었던 것이다. 새삼스레 여성 관리직의 등
용에 호들갑을 떨다니, 외국계 기업이 들으면 놀랄 테지만 수
도권개발부장은 부원을 50명 넘게 거느린 가장 중요한 자리였
다. 대외적인 이미지 때문에 관리 부문에 여성 관리자를 두는
것과는 차원이 달랐다.

"왕성하게 변화 발전하는 슈퍼 업계에서 새로운 점포 개발
은 반드시 필요합니다. 수도권개발부장은 용지 매수나 지역사
회와의 절충 등 꾸준한 교섭 능력이 요구되는 자리입니다. 그
자리에 최초로 여성이 임명된 것은 타사를 모두 돌아보아도
특별한 인사 조치라 할 수 있을 것입니다."

마루오 사장은 이런 이유로 히데미의 부장 취임식을 성대히
치르도록 지시했다.

임명장 교부식이 끝나고 히데미와 홍보실 직원이 임원 회의
실에서 나가자 남은 임원들끼리 정례 임원 회의를 시작했다.
오늘의 주요 의제는 내년도 출점 계획에 관한 것이었다. 다음
으로 출점을 계획하고 있는 세타가야점까지 합치면 수도권 내
30개 점포라는 목표가 달성되는 거였는데…….

"사장님, 수도권개발부장은 중요한 자리입니다. 선전용 임
명이라고까지는 말씀드리지 않겠지만 기지마 히데미로 괜찮
을까요?"

"거기에는 그녀의 동기이자 제법 우수한 차장도 있습니다.
앞으로 인사 관련해서 괜한 분란의 씨앗이 되지 않았으면 좋

겠는데요."

와키타파의 임원들이 은근히 채근해오자 마루오 사장은 불쾌한 기분이 들었다.

"정부의 시책이기도 해요. 하루라도 빨리 시행하지 않을 수 없었소."

"저는 지지합니다."

회의실 안의 사람들 모두가 놀란 표정이 되었다. 왜냐하면 마루오 사장을 비호하는 이 발언의 주인공이 와키타 상무였기 때문이었다. 최근 사장의 독단적인 전행에 와키타는 일관되게 무언의 저항을 표시하고 있었다. 두드러진 대립은 없었지만 둘 사이의 고랑이 더욱 깊어져가고 있다는 것은 누가 보아도 명확했다.

"기지마 히데미가 특별히 우수하다고는 생각하지 않지만 다른 여자 직원들로부터 질투를 살 외모도 아니고, 학력도 그럭저럭 괜찮습니다. 게다가 독신이라 육아휴직에 대한 걱정도 없을 겁니다. 동기인 이와쿠마도 더욱 의욕을 불살라 열심히 하지 않을까요."

제일 당황스러운 표정을 지은 것은 마루오 사장이었다.

"이번 인사를 이해해줘서 고맙소."

"당연한 말씀을 드렸을 뿐입니다."

태연한 얼굴로 그렇게 말하는 와키타 상무를 미즈타니 이사는 도저히 이해할 수 없다는 표정으로 바라보고 있었다. 하지만 와키타 상무가 마루오 사장을 진심으로 따르고 있는 것은 아니었다. 사장의 행동에서 일종의 위험을 느꼈기 때문에 오히려 더 지지하는 모습을 보인 것이었다.

지난주 와키타 상무는 안 좋은 예감의 정체를 확인하기 위해 가장 만나고 싶지 않은 인물과 접촉했다.

컴플라이언스실 실장인 아키쓰 와타루였다. 약속 장소로 정한 가게는 고쿠기칸(国技館, 도쿄에 있는 씨름 경기장―옮긴이) 근처에 있는 오래된 꼬치구이집이었다. 7년 전 아직 아키쓰의 부하 직원으로 점포개발부에 있었을 때, 부서 회식 장소로 자주 이용하던 가게였다. 회사에서는 약간 멀었지만 스모 시합이 벌어지는 때가 아닌 이상 보통 때는 한적했다. 와키타 상무는 업무용 차를 놔두고 택시로 이동했다. 최근 비서인 미나코가 과도하게 신경을 써준다. 집착과 충성은 종이 한 장 차이다. 그만큼 위험하게 느껴졌기 때문에 남자로서 경계하고 있었다.

아키쓰는 옛날과 다름없이 소탈한 모습으로 와키타 상무를 맞이했다. 자신의 배신으로 인생이 엉망진창이 된 인간을 앞에 두고 와키타는 내심 동요하기도 했다. 하지만 일체의 감정을 드러내지 않은 채 아키쓰가 부임한 이후 의문스럽게 생각했던 것에 대해 물었다.

"사장에게 무슨 일을 부탁받은 거죠?"

아키쓰는 '컴플라이언스실을 정상궤도에 올려놓았으면 좋

겠다는 말만 들었다'고 대답했다.

"다만 그러려면 제 살을 깎아내는 작업도 필요하다. 수단과 방법을 가리지 않아도 된다……. 이건 내가 멋대로 해석한 겁니다만."

맛있는지 간을 세 개째 먹어치우고 있는 아키쓰가 거짓말을 하고 있는 것처럼 보이지는 않았다.

원래 이 사람은 책략가는 아니었지. 와키타 상무는 기억을 더듬어보았다.

아키쓰는 교섭 상대와 절충할 때도 임기응변으로, 상대방의 분위기를 파악하여 요구를 들이댄다. 때로는 물러서기도 하고, 때로는 속을 까 보이며 울기도 한다. 그 전법은 극적인 효과를 거둬 까다롭기로 유명한 상대들을 하나둘 함락시켰다. 하지만 아키쓰의 방식은 아키쓰가 천성적으로 가지고 있는 무기에 의지한 것이었다. 규모가 큰 교섭 상대에게 팀을 꾸려 맞서야 할 때는 불편한 점도 있었다. 그럴 때 아키쓰와 부하 직원들의 역할 분담을 치밀하게 고민하고 계획을 수립했던 게 와키타였다. 아키쓰의 교섭 능력과 와키타의 계산, 그것이 마루오 슈퍼를 전국구로 끌어올렸던 것이다.

하지만 나는 그런 상사를 팔았다. 그 덕분에 높은 자리까지 올라왔다. 이유야 어쨌든 그것은 사실이었다.

와키타 상무가 승자의 감상에 젖어 있는데 술기운으로 제법 불쾌해진 아키쓰가 무례한 질문을 던졌다.

"그 비서, 미인이던데. 친한가요?"

"무슨 말도 안 되는! 쓸데없는 소리는 하지 말아주세요. 당신은 컴플라이언스실 실장입니다."

아키쓰는 "술자리에서만큼은 컴플라이언스니 해러스먼트니 하는 건 잊읍시다" 하고 웃으면서도 날카로운 시선으로 눈치를 살폈다.

"하지만 그 친구, 틀림없이 당신한테 마음이 있어요. 육아남성이던 도쿠나가가 부업을 하고 있다는 걸 우리 다카무라에게 캐물은 것도 그 친구일걸요? 당신을 위해 여기저기 캐묻고 다니는 거죠."

와키타는 대답 없이 무알콜 맥주를 주문했다. 이 정도가 적당할 것 같았다.

"걱정이 되는 거겠죠. 나의 소중한 와키타 상무가 어떤 이상한 컴플라이언스실 실장에게 발목을 잡힐지도 모른다, 내가 도와줘야 한다고 말이에요. 이런 친구는 뭔가에 집착하면 무서워지니까 조심하는 게 좋아요."

"벌써 취한 겁니까. 고마쓰는 당신과 나의 관계에 대해 아무것도 몰라요."

"의외로 허술하네. 파견 사원으로 여러 회사를 거쳐 여기까지 온 비서잖아요. 보스에 대한 중요사항 정도는 다 조사해보고 오는 게 일반적이죠."

"중요사항이라뇨?"

"응? 당신이 과거에 상사였던 날 팔아넘긴 거."

나란히 앉아 있던 두 사람의 눈이 처음으로 마주쳤다. 와키타에게 동요하는 기색은 없었다.

"저를 원망하고 계신가요?"

"아뇨, 내가 그리 기억력이 좋은 편이 아니라서."

아키쓰 역시 전혀 취하지 않았다.

"다만 물어보고 싶은 건 있지."

그날, 아키쓰가 물은 말을 곰곰이 되씹어본다.

—"왜 넌, 나를 판 거냐?"

"저는 대답하고 싶지 않은 게 아닙니다." 와키타는 조용히 말했다.

"이제 와서 변명은 됐어."

"변명이 아닙니다. 대답할 말이 없었습니다."

와키타가 무슨 말을 하고 있는지 아키쓰로서는 이해할 수가 없었다.

"당신은 왜 팔았느냐고 물었습니다. 하지만 저는 파워하라를 목격한 사람의 당연한 의무로서 보고했을 뿐입니다. 그것을 '팔았다'고 말하면 안 되죠."

잊고 있던 감정이 되살아났다. 그것은 많은 시간이 흘렀음에도 예전보다 더 생생히 아키쓰를 아프게 찔러왔다.

갑자기 입을 다문 아키쓰를 남기고 "그럼 내일 출근해야 해서 이만" 하고 와키타는 일어섰다. 신용카드로 계산을 마치고

의자에 걸쳐둔 상의를 입었다.

"사주시는 건가요? 역시 상무님은 영업비도 상당할 테니, 그럼 잘 먹은 걸로 하죠."

아키쓰는 손을 휘휘 흔들며 보내주었다. 와키타의 발소리가 사라지기를 기다렸다가 주인장에게 "저 친구, 최근에 여기 왔었어요?" 하고 물었다.

"전혀요. 기요스미야로 가시는 것 같던데요" 하며 주인장은 텔레비전을 켰다.

"흐음. 기요스미야라면?"

"역 건너편에 생긴 코스 꼬치구이집이에요. 휘황찬란하게 꾸며놨다던데요. 꼬치구이집이 휘황찬란하다는 게 어떤 의미인지는 모르겠지만."

주인장의 푸념에 "꼬치구이는 하나씩 주문해야 더 맛있는 건데" 하고 맞장구를 쳐주면서 가게 장소를 스마트폰으로 검색했다. 내일이라도 한번 가보자.

네가 나를 진지하게 만들었어…….

마루오 사장이 와키타를 함정에 빠트릴 만한 해러스먼트 사안을 찾아보라고 의뢰한 지 벌써 2개월 가까이 지났다. 적은 좀처럼 꼬리를 밝히지 않았지만 '대답할 게 없다'는 말이 아키쓰에게 불을 지폈다. 다행히 와키타는 아키쓰가 수락한 밀명에 대해서는 눈치 채지 못한 듯했다.

아키쓰는 새삼 생각했다. 스스로 책략가임을 인정하는 사람일수록 다른 사람의 책략에는 둔감하다. 자신만이 계산하고 있다고 생각한다. 하지만 어떤 인간이든 살기 위해서는 계산을 해야만 한다. 어린아이도 거짓말을 해서 과자를 얻는다. 점포개발부에서 근무할 때 아키쓰는 와키타에게 "부장님, 임기응변식의 승부는 안 됩니다" 하는 말을 자주 들었지만 정말 임기응변으로 승부한 적은 한 번도 없었다. 임기응변식 승부라는 작전을 사용했을 뿐이었다. 점포개발부의 부장 자리는 그렇게 허술해서는 맡을 수 없는 자리였다.

그 점포개발부에 신임 부장 기지마 히데미가 부임한 지 며칠이 지났다. 홍보부에서는 "수도권개발부에 첫 여성 부장 탄생"이라는 뉴스를 사진과 함께 기사로 만들어 사내 이메일로 일제히 송신했다.

이메일은 당연히 컴플라이언스실에도 들어왔다. 아키쓰는 대충 훑어만 보고 닫았지만 마코토는 눈이 부신 듯 이메일을 보면서 입으로는 한숨을 내쉬었다.

"수도권개발부 부장이라니, 부럽네요."

"그래?"

"우리 회사는 상당히 보수적이잖아요. 그런 분위기 속에서 남자들을 제치고 여자가 부장이 되다니, 놀라운데요."

"선배도 높은 자리에 올라가고 싶구나."

"그야 회사원이면 당연하잖아요."

"높이 올라가봤자 힘들기만 하지, 뭐. 요즘은 자청해서 평교사 자리를 희망하는 교장도 있다잖아."

마코토는 기운 빠지게 만드는 아키쓰의 말에 이번에는 정말 못 말린다는 듯한 한숨을 내쉬었다.

그때 전화가 울렸다. 평소 사용하는 컴플라이언스실 내선 전화가 아니라 그 옆에 설치된 핫라인 전화였다. 해러스먼트를 호소하기 쉽도록 설치된 전용 전화로, 프라이버시를 보호하기 위해 발신자 번호가 뜨지 않는다고 사내외에 선전하고 있었다.

"흐음, 이런 경우도 다 있네."

마코토가 그렇게 중얼거린 것도 무리는 아니었다. 최근에는 이메일을 사용하여 호소해오는 사람이 많았기 때문에 핫라인은 좀처럼 울리지 않았던 것이다.

"네. 컴플라이언스실입니다. 저는 다카무라라고 합니다."

이름을 밝힘으로써 상대방을 안심시킬 수 있다고 전임 실장인 구리하라가 가르쳐주었다.

하지만 전화를 건 상대는 묵묵히, 아무 말도 하려 하지 않았다. 전화를 걸긴 걸었는데 막상 고발하려고 하니 썩 내키지 않는 것일까. 흔한 일이라서 마코토는 동요하지 않고 부드럽게 말을 건넸다.

"무슨 일이십니까? 걱정 말고 말씀해주세요."

마코토의 모습에 신경이 쓰인 아키쓰는 전화의 스피커 버튼을 눌렀다. 이렇게 하면 수화기를 들지 않아도 상대방의 목소리를 들을 수 있다. 그래도 여전히 상대방은 아무 말이 없었기 때문에 전화에서는 아무 소리도 들리지 않았다.

"여보세요. 천천히 말씀해주셔도 상관없으니까 기다리겠습니다."

그러자 희미한 숨소리가 들려왔다.

"괜찮으세요? 여보세요?"

마코토의 물음에 아무런 대답도 없이 전화는 곧바로 끊기고 말았다.

"어떻게 된 걸까요?"

"하고 싶은 말이 있으면 또 걸겠지. 오늘은 그만 문 닫자, 선배."

시계는 이제 겨우 5시를 지났을 뿐이다.

"저는 해러스먼트 강습용 원고가 남아서 좀 더 있을게요."

"가끔은 데이트도 좀 하고……. 아차, 아웃이군. 성희롱이야. 취소!"

마코토는 아무 거리낌 없이 바로 나가는 상사의 뒷모습을 지켜보았다.

집에서 일찍 들어오라고 했을까. 그리 열심히 일하는 것처럼 보이지 않는 아키쓰이지만 컴플라이언스실에 처음 왔을 때는 사건이 연달아 터져서 그랬는지 밤늦게까지 남아 일을 하곤 했다. 그런데 지난 며칠, 정시만 되면 바로 퇴근하고 있다. 마코토로서는 혼자 남아 일하는 게 더 효율적이라 고맙긴 했지만. 왜지, 신경 쓰인다.

왜 신경이 쓰이는 것일까. 실은 마코토도 그 이유를 알고 있었다. 전임 실장인 구리하라가 어느 날 갑자기 병으로 회사에 나오지 못하게 됐을 때의 상실감이 여전히 남아 있었던 것이다. 불순한 사정이 있었던 것은 아니다. 또 구리하라와의 사이에 특별한 유대감이 있었던 것도 아니다. 하지만 단 둘뿐인 부서인 만큼 자신에게도 원인이 있는 게 아닐까 하는 생각이 지금도 문득 떠오르고는 한다. 이기적인 생각일지는 모르겠지만 아키쓰는 조금 게을러도 좋으니까 건강한 모습으로 오래 컴플라이언스실 실장으로 남아주었으면 좋겠다고 생각했다.

하지만 아키쓰는 연일 게으름과는 거리가 먼 시간을 보내고 있었다.

와키타 상무에 관한 해러스먼트 사안은 없을까. 와키타가 회식 때 이용하는 요정이나 바에 몰래 들어가보기도 하고, 회사 사람들의 단골 술집에 가서 자연스럽게 와키타에 대한 평가를 확인하기도 했다.

하지만 기대할 만한 정보는 얻어내지 못했다. 파워하라나 성희롱은 물론이고 사소한 실언 정도의 흠집조차 들어오지 않는다. "와키타 상무님이 흥분해서 말이 거칠어지는 걸 본 적이 없어요", "와키타 상무님은 정말 신사예요. 여자 직원들의 이야기도 잘 들어주세요", "경리 전표도 완벽해요"……. 재미없는 평판만 듣고 집으로 돌아가는 게 일상다반사였다. 기껏해야 조사를 위해 찾아간 가게의 음식비를 경비로 처리했는지 아닌지가 다였는데, 그게 얼마나 미묘한 문제인가를 생각하면 익숙지 않은 탐정놀이는 수지타산이 맞지 않는 일이었다. 와키타의 말버릇이 '수지타산이 맞지 않는 일은 하지 않는다'였던 것을 떠올리자 아키쓰는 부아가 치밀었다.

"응? 여태 밥을 안 먹었어?"

며칠 내내 밤 9시쯤 되는 어중간한 시간에 돌아와 늦은 저녁식사를 하는 남편을 보고 아내인 에이코는 몹시 당황스러워했다.

"먹다 남은 거라도 상관없어."

"술 마셨다면서 아무것도 먹지 않았다니, 어떻게 된 거야?"

"이것저것 일이 좀 있어서."

"흐음, 이것저것이라고 말할 때일수록 문제는 딱 한 가지던데."

아내의 예리함에 경악한 아키쓰는 곧바로 화제를 돌렸다.

"아르바이트 자리는 찾았어?"

"고전 중이야."

딸인 나쓰미가 목욕탕에서 나왔다.

"그럼 아빠네 슈퍼에서 일하면 되잖아."

"나도 그렇게 생각해서 좀 조사해봤는데 시급도 적고…….

게다가 남편 회사는 아무래도 좀 그래."

"나도 당신이 어디 점포에서 계산기를 두드리고 있다고 생각하면 마음이 편치 않아."

"그러고 보니 마루오에 첫 여성 개발부장이 탄생했다며?"

기지마 히데미 얘기다. 시급을 조사하기 위해 마루오의 홈페이지를 살피다가 인사 정보를 본 모양이었다.

"요즘 세상에 첫 여성 부장이라니! 너무 늦은 거 아냐?"

놀라서 소리친 것은 요즘 여성인 나쓰미였다. 그에 비해 상당히 오랜 기간 여성이었던 에이코가 기억을 더듬는다.

"아아, 나도 그때 회사를 그만두지 않았다면 제법 높은 자리에 올랐을지도 모르는데."

대학 동창이었던 에이코는 졸업 후 보험회사에 취직했다. 결혼 후 잠시 동안은 아이가 없었는데 공교롭게도 주임이 되자마자 임신한 사실을 알게 되었다. 당시에는 육아휴직제도도 잘 갖춰져 있지 않아 반강제로 퇴직했다. 남자인 아키쓰가 모르는 억울함도 분명 있었을 것이다. 당시 이야기가 나오자 에이코가 추하이(酎ハイ, '焼酎ハイボール'의 준말. 소주에 탄산수를 탄 도수 낮은 술—옮긴이) 뚜껑을 딴다.

밖에서 소고기덮밥이라도 먹고 왔으면 좋았을걸. 아키쓰가 자리에서 일어날 타이밍을 계산하고 있는데 스마트폰이 울렸다. 최근에 이런 전화의 도움을 많이 받는다. 확인해보니 역시 마코토에게서 온 것이었다.

"앗, 일 전화네."

아키쓰는 아내와 딸에게 그렇게 말하고 평소처럼 발코니로 이동했다. 나쓰미가 아키쓰를 놀린다.

"앗, 또 도망친다."

"아니야." 아키쓰는 온몸으로 부정하며 전화를 받았다.

"아키쓰입니다. 선배, 무슨 일이야?"

마코토는 아직 회사에 남아 있는지 컴플라이언스실 전화로 걸어왔다.

"밤늦게 죄송해요. 지금 막 퇴근하려는데 다시 핫라인 전화가 와서……."

마코토는 그렇게 말하며 핫라인 전화를 바라보았다.

"퇴근 무렵에 걸려온 그 전화의 주인공?"

"아마 그런 것 같아요. 처음에는 아무 말이 없다가 나중에는 막 흐느꼈어요."

"우는 목소리가 여자던가?"

"네. 여자였어요. 어떻게 하면 좋을까요?"

"누구인지도 모르는데 별수 없잖아. 오늘은 너무 늦었으니까 그냥 퇴근해."

"그냥 놔둬도 될까요? 왠지 신경이 쓰여서……."

"부탁이야. 그냥 퇴근해. 컴플라이언스실 실장이 늦은 밤까지 여자 부하 직원을 혼자 일하게 만들었다고 하면 내가 무슨 말을 들을지 몰라."

"결국 실장님은 자기 생각만 하시는군요. 알았어요, 퇴근하겠습니다."

마코토가 화난 듯 전화를 끊었다. 하지만 아키쓰가 걱정해서 말해주었다는 건 마코토 역시 알고 있었다.

다음 날부터 아키쓰와 마코토는 핫라인에 걸려온 울음소리 전화에 대해 조사하기 시작했다.

우선 회사 내에서 악명 높은 부서들을 조사했다. 과장이 럭비부 출신에 우락부락한 체육 전공자라 혹독하기로 유명한 영업3과, 마루오 사장의 조카가 몸담고 있어 눈치 보기 바쁘다는 해외사업부, 반년쯤 전에 직원 전부가 출근을 거부했던 전적이 있는 경리2과 등. 아키쓰와 마코토는 각각의 부서에서 탐문을 실시했지만 울음소리 전화를 건 당사자로 보이는 여자 직원은 찾을 수 없었다. 다만 어느 부서나 할 것 없이 울음소리 전화와는 또 다른 문제가 있다는 사실을 알고 오히려 자신들이 지도해주는 처지가 되었다. 확실히 말해 쓸데없이 일만 더 늘린 꼴이었다.

다음으로 컴플라이언스실에 이따금 들어오는 내부 정보 이메일을 확인했다. 이미 확인을 끝마친 것까지 포함해서 다시 누락된 것은 없는지 반년 전까지 거슬러 올라가 조사했다. 이메일의 내용은 사원의 불륜이나 거래처의 리베이트를 꿀꺽했다는 것들뿐이었다. 이쪽에서도 해당될 만한 사안은 발견할 수 없었다.

그리고 그동안에도 몇 건의 침묵 전화가 걸려왔다. 울음소리까지는 나지 않았지만 상당히 궁지에 몰렸다고 생각해도 될 만한 것들이었다.

"아날로그적인 침묵 전화라니. 시대가 어느 시대인데. 벌써 21세기도 한참 지났는데 말이에요. 여성도 출세하는 게 당연한 시대잖아요."

"어쩌면 유령일지도 모르지."

아키쓰가 그렇게 농담하며 웃고 있을 때 컴플라이언스실 문을 노크하는 소리가 들렸다.

"여기가 컴플라이언스실이죠?"

그렇게 말하며 들어온 사람은 마코토가 부러워하던 여성 개발부장 기지마 히데미였다. 마코토는 눈을 빛내며 말했다.

"기지마 부장님이시군요. 수도권개발부의."

"네."

"같은 여자 입장에서 존경합니다."

마코토의 동경에 찬 눈빛에 히데미는 당혹스러워했다. 계속해서 찬사의 말을 늘어놓으려는 마코토를 제지하며 아키쓰가 물었다.

"어쩐 일이십니까?"

히데미는 마코토의 생각지 못했던 '환영'에 말을 주저하다가 작심한 듯 털어놓았다.

"실은…… 수도권개발부에서 집단 따돌림을 당하고 있습니다."

자신의 롤 모델인 히데미가 따돌림을 당하고 있다는 말을 듣고 마코토는 몹시 놀랐다. 그것은 아키쓰도 마찬가지였다. 곧바로 야자와 변호사를 불러 세 사람은 히데미의 사정을 듣게 되었다.

그것은 3주 전에 시작됐다.

요란한 임명장 교부 이후 히데미는 수도권개발부에 부임했다. 점포개발부의 담당 임원인 와키타 상무가 후견인 자격으로 함께했다. 수도권개발부는 활기로 넘쳐 모두들 억척스럽게 일하고 있었다. 벽에는 "목표! 수도권 30개 점포 달성", "실현시키자. 세타가야점 출점" 등의 집중과제가 걸려 있었다.

신임 부장인 히데미는 부원 68명을 둘러보았다. 개발부는 회사의 중추에 해당하는 부서인 만큼 30대, 40대의 유능한 인재들이 모여 있다. 그중에 잘 아는 얼굴이 있었다. 이와쿠마 요시오, 43세. 히데미의 동기였다. 그는 1년 전부터 수도권개발부 차장을 맡고 있었다.

히데미의 유일한 불안 요소는 이와쿠마가 부하 직원이 된다는 점이었다. 마흔이 넘어서자 동기 간 출세 경쟁이 급격히 치열해졌다. 사이좋게 지내던 남자 동기와 말을 섞기도 어색해져버렸다는 이야기도 자주 들었다. 상대가 여성인 경우에는 더욱 심할 것이라고 생각했다. 하지만 의외로 이와쿠마는 히데미를 박수로 맞아주었다. '해냈구나' 하고 말하듯 승리의 V신호를 보내주었다.

남몰래 가슴을 쓸어내린 히데미를 와키타 상무가 부원들에게 소개했다.

"기지마 히데미 씨는 1998년에 입사하여 영업 외길만 걸어왔습니다. 영업우먼으로서 우수한 실적을 거둬온 점을 높이 사서 오늘 자로 수도권개발부 부장에 임명되었습니다. 여러분들이 아시다시피 마루오 홀딩스의 첫 여성 개발부장입니다."

소개에 이어 히데미는 부원들에게 인사를 했다.

"여러분, 기지마입니다. 긴장돼서 다리가 다 떨리네요."

우선은 자신을 낮추었다. 부원들에게서 웃음이 터져 나왔다. 성공이라고 생각했다.

"저는 점포 개발에 대해서는 여러분들에게 배울 수밖에 없습니다. 하지만 반대로 지금까지 영업을 통해 얻은 경험을 여러분들에게 전수해주고자 합니다. 부디 저를 믿고 따라와주십시오. 잘 부탁드립니다."

와키타 상무는 히데미의 인사에 덧붙였다.

"세타가야의 출점 계획도 막바지에 이르렀습니다. 새로운 부장을 모시고 수도권개발부 모두 똘똘 뭉쳐 열심히 일해주십시오."

이와쿠마 차장과 부원들은 웃으며 히데미에게 아낌없는 박수를 보냈다.

하지만 그것은 첫날뿐이었다. 다음 날 아침부터 태도가 싹 변했다. 이와쿠마 차장을 비롯한 부하 직원들이 히데미를 완전히 무시하기 시작했던 것이다. 아무래도 초등학생처럼 노골적으로 무시하는 것은 아니었지만 일부러 따돌리거나 듣고도 못 들은 척했다.

사태는 날이 갈수록 악화되었다. 아직 일에 적응하지 못한 히데미가 일의 진척 상황 등을 물어도 이와쿠마 차장과 부원들은 가르쳐주려고 하지 않았다. 그뿐이면 차라리 낫다. 세타가야점의 출점 같은, 수도권개발부에 있어 매우 중요한 업무도 히데미를 배제한 채 이와쿠마 차장을 비롯한 몇 명만이 멋대로 진행하는 등, 사태는 심각한 양상을 드러내고 있었다.

업무뿐만 아니라 회식 등 부서 내 소통의 자리에도 히데미는 참석하지 못했다. 부임 직후 이와쿠마 차장을 비롯한 몇 명이 회식하러 가자고 부산을 떨기에 환영회라도 열어주려는 모양인가 싶었는데, 결국 히데미를 무시하고 자기들끼리만 가버렸다. 물론 그 이후에도 부하 직원들과 회식이나 점심식사 등을 함께한 적은 없었다. 기다리다 못해 자신이 먼저 권해본 적도 있었지만 무시만 당할 뿐 헛수고였다.

언젠가는 이해해줄 거라고 생각해서 적극적으로 말을 건네보기도 하고 대화의 자리를 마련하려고 노력한 적도 있었지만 오히려 허탈한 결과로 끝나고 말았다. 그리고 이와쿠마 차장은 히데미에게 몇 번씩이나 빈정거림을 담아 말했다.

"부장님은 높으신 분이니 그냥 가만히 앉아 계세요."

확실한 건 아니었지만 이와쿠마 차장은 히데미의 능력을 결코 인정하려 들지 않았고, 그저 여자라서 부장 자리에 올랐다고 확신하는 듯했다. 이와쿠마 차장을 좋아하던 부하 직원들도 그를 따라 히데미를 무시했다.

"3일 천하라는 말이 있지만 제 경우에는 하루뿐이었어요."

히데미는 한숨을 크게 내쉬었다.

"이런 식의 따돌림이 계속된다면 저는 일을 할 수가 없습니다."

"심각하군요. 이건 완전한 파워하라입니다." 아키쓰가 어이없어하며 소리쳤다.

이번에는 마코토가 어이없다는 듯 말했다. "실장님, 이 경우는 파워하라가 아닌 모라하라입니다. 그 차이가 뭔지 알고 계세요?"

야자와 변호사가 설명을 이었다. "파워하라는 직무상의 지위나 인간관계의 우위성을 배경으로 업무를 넘어 정신적, 신체적 고통을 주는 것. 모라하라는 말이나 태도로 상대를 불안에 빠트리거나 인격과 존엄에 상처를 입히는 정신적인 폭력입니다. 피해 정도를 알기 쉬운 파워하라에 비해 모라하라는 '보이지 않는 폭력'이라고도 부릅니다."

"그래. 모라하라……. 모럴 해러스먼트일 거라고 생각은 했어."

하하하, 하고 웃으며 얼버무리려는 아키쓰를 곁눈질로 제지한 후 마코토는 히데미에게 물었다.

"왜 그렇게 된 걸까요? 뭔가 짚이는 게 있으세요?"

야자와 변호사도 "반감을 불러일으킬 만한 발언이라도 했습니까?" 하며 원인을 궁금해했다.

부정한 것은 아키쓰였다. "원인 같은 게 있을 리 없잖아."

마코토는 또 무책임한 말을 내뱉는 후배에게, "실장님" 하고 나무랐다. 하지만 아키쓰는 태연스럽게 자신의 논리를 전개해 나갔다.

"그러니까 고작 하루 만에 모두가 등을 돌렸다는 게 이상하잖아. 애초부터 기지마 부장을 인정하고 싶지 않다고 생각했던 거 아니겠어?"

히데미가 고개를 끄덕였다. "아마도 여자 부장이라서…… 그런 것 같습니다."

야자와가 놀란 듯 반박했다. "요즘 세상에 무슨 그런! 우리도 사무실 책임자가 여성입니다만 아무런 반발도 없어요."

"변호사님은 자격증을 가지고 있으니, 언제든 독립할 수 있잖아요. 그 때문 아닐까요. 하지만 인사이동 한 번으로 운명이 바뀌는 회사라는 조직에서는, 여자 상사 밑에서 일하는 걸 싫어하는 남자들이 요즘도 많을 겁니다."

그 말에는 모라하라를 오랜 시간 견뎌온 사람만의 설득력이 있었다.

"그럼 이 건은 컴플라이언스실에서 조사해보고 조속히 대책을 세우도록 하죠."

"잘 부탁드립니다."

히데미는 그렇게 말하고 인사를 한 후 문 쪽으로 향했다.

"기지마 부장님."

돌아가려는 히데미를 아키쓰가 불러 세웠다.

"지난 며칠 동안 혹시 핫라인으로 전화를 주신 적이 있나요?"

"핫라인이요?"

"여기에 있는 직통 전화입니다. 해러스먼트를 쉽게 알릴 수 있도록 설치해둔 건데, 실은 울면서 전화를 한 여성이 있어서요……."

"저는 아닙니다."

히데미는 단호하게 부정하고 컴플라이언스실에서 나갔다.

"아니라고는 하셨지만 틀림없이 기지마 부장님이에요."

마코토는 아키쓰와 야자와에게 자신의 추리를 말했다.

"처음 말 없는 전화가 걸려온 건 부임 3일째 되는 저녁 5시 즈음이었어요. 수도권개발부의 실태를 알고 실망했을 즈음이죠. 그날 밤 회식에서 따돌림을 당해 울면서 전화를 한 겁니다."

"듣고 보니 그럴 수도 있겠네."

약간 억지스러운 느낌은 있지만 마코토의 추리는 틀렸다고도 말할 수 없었다. 야자와 변호사도 동의했다.

"자존심 때문에 울었다고 말할 수 없는 건지도 모르죠."

마코토가 갑자기 의욕을 보였다.

"이건 꼭 도와드려야만 해요. 얼마나 슬프게 울었는데요."

그 무렵 상무실에는 미즈타니 이사가 찾아와 있었다.

"상무님께 여쭤볼 게 있습니다."

"뭐죠?"

"기지마 히데미에 대한 겁니다. 왜 마루오 사장님의 인사에 찬성하셨습니까?"

"왜냐. 저도 그녀가 수도권개발부 부장으로 적합하다고 생각했기 때문입니다. 특별히 다른 의미는 없습니다만."

"하지만 상무님은 차장인 이와쿠마를 더 높이 평가하지 않으셨습니까. 실제로 기지마는 수도권개발부에 적응하지 못하고 있는 듯합니다. 지금이라도 늦지 않았습니다. 적절한 인사를 제안드리는 게 어떨까요?"

"사장님의 인사 명령을 거스를 수는 없습니다."

속내를 드러내려 하지 않는 와키타 상무에게 미즈타니 이사는 화가 났다.

"저를 믿어주실 수는 없습니까?"

"물론 믿고 있습니다."

와키타 상무는 그렇게 말하고 미소를 지었지만 미즈타니 이사의 불안은 더욱 커질 뿐이었다.

아키쓰와 마코토, 그리고 야자와 변호사는 재빨리 조사를 시작했다. 그렇더라도 수도권개발부로 직접 찾아가 얼굴을 맞대고 물어볼 수는 없었다. 히데미의 호소는 이와쿠마 차장이나 부원들이 모르게 해둘 필요가 있었다. 선생님에게 고자질한 게 알려지면 괴롭힘이 더욱 심해지는 초등학교처럼 다 큰 어른들이 모인 회사도 결국은 똑같은 것이다.

그래서 수도권개발부 부원에 관한 사내 자료를 조사해보거나 다른 부서를 찾아가 자연스럽게 수도권개발부에 대한 소문을 수집했다. 충분한 조사도 없이 해러스먼트에 대한 대책을 세운다면 피해자가 오히려 원한의 대상이 될 우려가 있었다. 단순히 상담을 통해 상대방에게 그 사실을 말하면 끝나는 게 아니라서 세심한 배려가 필요했다.

"역시 이와쿠마 차장이 모라하라를 주도하고 있는 게 틀림없습니다."

마코토에 이어 야자와 변호사도 조사해온 결과를 분석했다.

"이와쿠마 차장은 유능한 사람입니다. 와키타 상무님에게도 인정받고 있다고 들었어요. 그렇게 우수한 자신이 아니라 동기인 여성이 부장이 된 것을 도저히 납득할 수 없었을 겁니다."

아키쓰가 끼어들었다.

"남자의 질투인가. 무섭군."

급한 마음에 마코토가 제안했다.

"슬슬 이와쿠마 차장을 직접 만나봐야 되지 않을까요."

"정면돌파는 일러. 부원 전체가 이와쿠마 차장을 따르고 있어. 바깥쪽부터 시작해서 서서히 안쪽으로 조여들어 가는 편이 좋아."

"하지만 서두르지 않으면 기지마 부장님이 정신적으로 피폐해질 거예요."

마코토와 야자와 변호사의 대화를 듣던 아키쓰가 벽에 걸린 시계를 보았다.

"벌써 점심시간이네. 일단 밥이나 먹지?"

대답도 듣지 않고 재빨리 점심식사를 하러 가는 아키쓰를 마코토와 야자와 변호사는 어이없다는 듯 바라보았다.

그날, 수도권개발부는 축하 분위기였다. 젊은 부원인 기마타와 구스다가 세타가야점 출점 예정지 근처의 상인회 회장과 드디어 면담 약속을 잡았기 때문이었다. 지역 상점가와 우호적인 관계를 구축하기 위해 마루오 측은 면담을 희망해왔다. 하지만 슈퍼 출점에 의한 매상 감소를 우려한 상인회 측에서 줄곧 거부해왔던 것이다.

기마타와 구스다가 돌아오자 이와쿠마 차장은 즉시 회의실

로 부원들을 모았다. 히데미도 부장으로서 회의실에 들어가려
는데 그것을 이와쿠마 차장이 막았다.

"부장님이 들어오실 정도의 사안은 아닙니다."

기마타와 구스다도 히데미에게 말했다.

"저희 말단 직원끼리 하는 업무 미팅이거든요."

"차장님만 계셔도 충분해요."

귀여운 부하 직원들의 농담에 이와쿠마 차장이 기분 좋게
핀잔을 주었다.

"나 하나로 충분한 건 아닐 텐데."

그들의 대화를 슬픈 표정으로 바라보던 히데미는 자신의 책
상으로 돌아갔다. 히데미가 가자 이와쿠마 차장은 말했다.

"너희, 정말 잘했다."

"차장님이 이끌어주신 덕분이죠."

"은혜에 보답하겠습니다."

이와쿠마 차장은 이번에는 일부러 히데미가 들으라는 듯 말
했다.

"좋아. 오늘은 직급 낮은 사람들끼리 한잔하러 가자."

다른 부원들도 얼씨구나 동참했다.

"좋습니다. 아까 식당에서 술집 할인권도 받았는데……."

일을 서둘러 마무리한 수도권개발부 사람들은 료코쿠 역 앞
의 선술집으로 몰려갔다. 세타가야점 출점에 큰 진전이 있을

것 같아서 모두 한바탕 먹고 마시며 떠들썩했다. 이럴 때 주로 나오는 이야기는 그 자리에 없는 사람의 험담이라는 게 옛날부터 전해 내려오는 정설이다.

"부장님이 그렇게 일을 못할 줄은 생각지도 못했어요."

"우리한테 뭐든 다 시키기만 하고. 자기가 직접 하는 것도 좀 있어야 되잖아요."

"뭐가 여성 관리직 등용입니까! 남녀평등은 여자한테만 좋아요."

"그래, 그래, 털어봐. 내가 다 들어줄 테니까."

이와쿠마 차장은 그렇게 말하며 부하 직원들에게 맥주를 따라주었다.

오랜만에 맛있는 술로 거나해진 이와쿠마 차장 일행은 전혀 눈치 채지 못하고 있었지만 사실 칸막이를 사이에 둔 바로 옆 룸에는 컴플라이언스실의 아키쓰, 마코토와 야자와 변호사가 있었다.

마코토와 야자와 변호사는 퇴근 후 아키쓰에게 이끌려 따라온 것이지만 설마 수도권개발부가 바로 옆에서 회식을 하고 있을 줄은 몰랐다. 마코토가 아키쓰에게 신기하다는 듯 물었다. 자신들의 목소리가 옆방에 들리면 곤란하기 때문에 평소의 10분의 1 정도 되는 작은 목소리였다.

"어떻게 아셨어요? 수도권개발부 사람들이 여기에서 회식

한다는 걸."

"식당에서 점심 먹을 때 옆자리 친구들에게 여기 할인권을 줬어. 그 친구들이 수도권개발부였지."

아키쓰는 그런 식으로 의뭉을 떨었지만 처음부터 수도권개발부 부원들을 노리고 할인권을 자연스럽게 건네준 게 틀림없었다. 이런 점이 이 사람의 무서운 점이라고 마코토나 야자와 변호사 모두 생각했다.

아키쓰 일행은 다시 옆방 수도권개발부 부원들의 이야기 소리에 귀를 기울였다.

이번에는 여자 직원들이 히데미를 깎아내리고 있었다.

"부장 옷 정말 촌스럽지 않나요?"

"보란 듯이 나 명품 옷 입고 있어, 하는 그 느낌이 창피해요."

"아이라인도 뜨게 그렸고."

"아, 맞아, 맞아!"

여자 직원들은 손뼉을 치면서 폭소를 터뜨렸다. 이와쿠마 차장도 싱글거리며 말했다.

"너희도 참 무섭다. 같은 여자끼리도 싫은 건 싫은 건가 보지?"

"부장님은 좀……. 대놓고 나 잘나가는 여자입네, 거만한 분위기를 풍기는 게 기분 나빠요."

"나만 따라오라는 식의 일 처리도 좀 강압적이에요."

"그 사람, 독신이잖아요. 제가 결혼한다고 말하면 기분 나빠할 것 같아요."

마코토는 어이가 없어서 자신도 모르게 소리칠 뻔했다.

"믿을 수가 없네요. 같은 여자끼리 저런 식으로 험담을 하다니!"

야자와 변호사가 "쉿!" 하고 제지하고는 옆방의 대화를 냉정하게 분석했다.

"남자 사원들은 당연한 것처럼 이와쿠마 차장을 따르고 있어요. 여자 사원들도 기지마 부장을 응원할 마음은 없고요. 모두 다 이와쿠마 차장 눈치를 보는 것 같아요."

"역시 저 사람이 중심이 돼서 기지마 부장을 궁지로 몰아넣고 있어요. 절대 용서할 수 없습니다!"

마코토가 화를 낸 순간 아키쓰가 큰 목소리로 말했다.

"목소리가 좀 크다."

"죄송해요."

마코토는 자신에게 그러는 줄 알고 곧바로 사과했지만 그게 아니었다. 아키쓰는 일어나더니 옆방으로 들어갔다. 마코토와 야자와 변호사는 무슨 일인가 싶어 서로의 얼굴을 쳐다보다가 서둘러 아키쓰의 뒤를 따랐다.

아키쓰는 옆방으로 들어가자마자 말했다.

"좀 조용히 해줄 수 없을까요."

이와쿠마 차장이 당황하며 아키쓰에게 사과했다.

"죄송합니다. 조심하겠습니다."

아키쓰가 과장스럽게 말했다.

"어? 혹시 마루오 사람들 아닌가요?"

이와쿠마 차장은 당혹스러워하면서도 대답했다.

"그렇습니다만."

"우리도 마루오예요. 컴플라이언스실 회식 중입니다."

컴플라이언스실이라는 말을 듣고 이와쿠마 차장을 비롯한 수도권개발부 사람들의 얼굴이 일제히 창백해졌다. 그도 당연할 것이다. 컴플라이언스실이 회식하는 옆방에서 기지마 부장의 험담을 큰소리로 해댔으니까.

"여러분, 수도권개발부 분들이군요. 내일 이야기하고 싶은 게 있어서 그러는데 시간 좀 내주실 수 있을까요?"

이와쿠마 차장은 모른 척 물었다.

"대체 무슨 일이신데요?"

"아실 텐데요."

아키쓰는 웃으며 그렇게 말하고는 룸 밖으로 나갔다. 이와쿠마 차장 일행의 아까까지 떠들썩하던 분위기는 단숨에 가라앉았다.

곧바로 계산을 마치고 아키쓰 일행은 술집을 나왔다. 야자와 변호사는 감탄사를 터뜨렸다.

"전부 아키쓰 실장님 작전이었군요. 이렇게 하면 기지마 부장님의 호소가 있었다는 사실을 감춘 채 그들에게 접촉할 수 있어요."

"못된 꾀만큼은 훌륭하시죠, 우리 실장님은."

마코토는 평소 버릇대로 빈정거리며 말했지만 속으로는 야자와 변호사와 마찬가지로 아키쓰의 작전에 감탄하고 있었다.

다음 날, 아키쓰와 마코토는 컴플라이언스실로 찾아온 이와쿠마 차장과 마주하고 있었다. 이와쿠마 차장의 태도는 딱딱했다.

"대체 제가 무슨 짓을 했다고 그러십니까. 마루오를 위해 매일같이 열심히 일하고 있을 뿐입니다. 이런 곳에 불려올 만한 짓을 한 기억은 없습니다."

"어제 술집에서 나눈 대화, 전부 들었어요. 다 같이 기지마 부장에 대해 심한 소리를 하셨을 텐데요."

"그건 사실 그대로 말한 겁니다. 필요하다면 다시 말씀드릴까요? 기지마 부장님은 새로 왔다는 걸 핑계 삼아 아직까지 별다른 일 하나 안 하고 계세요. 복장이나 화장도 화려해서 부장 자리에 어울린다고는 생각할 수가 없습니다."

아키쓰가 도발하듯 끼어들었다.

"당신이 기지마 부장을 싫어하는 건 잘 알겠습니다."

이와쿠마 차장이 반박하듯 말했다.

"모르십니다. 저는 입사한 이래 줄곧 개발부에서 일해왔습니다. 와키타 상무님에게도 인정받아 동기들 중에서는 제일 먼저 차장으로 승진했습니다. 예전 부장님이 은퇴하시고 다음은 제 차례라고 모두가 생각했어요. 그런데……."

분한 듯 말을 잇지 못하는 이와쿠마 차장에게 아키쓰는 고개를 크게 끄덕여주었다. 이번에는 동정을 표하며 입을 열게 할 작정이었다.

"다른 부서에서 온 여자…… 아니, 여성에게 갑자기 부장 자리를 빼앗겼죠."

"그게, 나이도 많고 경험도 있는 분이라면 그나마 낫겠지만 기지마 부장은 제 동기입니다. 이해하기 힘듭니다."

"그건 좀 심하긴 하네요. 주변의 시선이라는 것도 있으니까 말이죠. '그 친구, 다른 부서 여자에게 물먹었다', '완전 무능한 거 아냐' 하는 소리를 들을까봐 전전긍긍하게 될 겁니다."

"저 역시 여자라고 해도 실력으로 올라온 사람이면 인정했을 겁니다."

마코토로서는 쉽게 듣고 넘길 수 없는 말이었다.

"기지마 부장님은 실력이 없다는 말씀이신가요?"

"그 친구, 자신이 여자라는 걸 이용하고 있어요. 영업하던 시절에는 접대 자리에서 거래처 담당자에게 찰싹 붙어 울기도 해가면서 매상을 올렸을 거예요. 사장님께도 눈웃음 살살 치면서 여기까지 올라온 거라고 다들 이야기합니다."

"여성이 출세하면 반드시 미인계를 썼다고들 말합니다. 그거, 젠더 해러스먼트예요."

마코토는 더 이상 참을 수가 없었다. 그 태도가 이와쿠마를 자극했다.

"뭐든 다 해러스먼트로 생각해야만 하다니, 기막히군."

아키쓰가 곧바로 마코토를 두둔했다.

"이해하세요. 어쨌거나 여기는 컴플라이언스실이니까요. 그래서 말인데 방금 전 다카무라 씨에게 고압적인 태도를 보이신 건 파워 해러스먼트에 해당합니다. 그리고 오늘 주제는 기지마 부장에 대한 모럴 해러스먼트입니다."

이와쿠마 차장은 화난 모습으로 아키쓰를 노려보았다.

"기지마 부장을 개인적으로 어떻게 생각하든 그건 자유입니다. 하지만 그녀에게 모라하라를 가하는 것은 컴플라이언스실 입장에서 간과할 수 없습니다. 부원들에게도 그런 취지로 지도해주시고 스스로의 태도도 개선해주십시오."

이와쿠마 차장은 어이없다는 듯 웃었다.

"당신들은 사건의 일면만 보고 있어요. 피해를 입은 건 우리 쪽입니다. 신임 상사가 무능해서요."

이와쿠마 차장은 그렇게 내뱉고는 어디에도 하소연할 데가 없다는 듯 컴플라이언스실에서 나갔다.

아마도 히데미와 이와쿠마 차장 사이의 골은 생각 이상으로 깊은 것 같다고 아키쓰는 생각했다.

되레 뻔뻔스럽게 나오는 이와쿠마 차장을 보고 마코토는 크게 분개했다. 저런 사람이 부하 직원이라면 부장이 누가 됐든 원만할 수가 없을 것이다. 히데미가 너무나 가엾다. 자신도 장차 출세하고 싶다는 야망을 남몰래 간직하고 있는 마코토로서는 히데미의 신변에 벌어지고 있는 이런저런 일들이 도저히 남의 일 같지가 않았다.

정오가 되기 전에 마코토는 컴플라이언스실을 나섰다. 수도권개발부로 가서 멀찍이에서 바라보니 역시 히데미는 혼자만 따로 떨어져 있는 것 같았다. 부원들이 삼삼오오 점심식사를 하러 가는데 히데미만 쓸쓸히 책상 앞에 남아 있었다.

마코토는 히데미에게 말을 건네며 같이 식사하러 가자고 권했다. 회사 사람들 귀에 들어가지 않도록 료코쿠 역 근처의 유명하지 않은 정식집으로 가기로 했다. 이 정식집은 마루오 근처에 있는데도 라이벌 슈퍼에서 물품을 구입한다는 게 알려져 회사 사람들은 거의 이용하지 않는 곳이었다.

두 사람 모두 튀김정식을 주문한 후 마코토는 여자들만의 스스럼없는 화제를 꺼냈다. 조사 중인 안건에 대해 아키쓰의 허가 없이 말해서는 안 되었지만 그래도 히데미의 기분을 풀어주고 싶다고 마코토는 생각했다.

"고마워요. 한없이 무기력한 기분만 들었는데 한 사람이라도 아군이 생긴 것 같아 기쁘네요."

"포기하지 마세요. 아키쓰 실장님이 단호하게 지도해주고 있습니다. 그분은 언뜻 냉정해 보이기도 하지만 실은 꽤 유능하세요."

마코토의 말투에 히데미는 훗 하고 웃음을 보였다. 마코토도 히데미의 웃음에 살짝 안도했다.

"저도 기지마 부장님처럼 되고 싶어요. 그러니까 최초의 여성 부장으로서 길을 잘 닦아주세요."

히데미는 비로소 기운을 되찾은 듯 "저도 이런 일로 지고 싶지 않아요" 하고 말했다. 주문한 튀김정식이 나왔다. 마루오 최초의 여성 부장과 미래의 여성 부장이 맛있게 정식을 먹기 시작했다.

오후 들어 아키쓰는 먼저 임원 회의실을 찾아갔다. 마루오 사장과 와키타 상무 등의 임원에게 지금 일어나고 있는 문제를 보고하기 위해서였다.

"수도권개발부에서 모라하라가 행해지고 있다는 게 판명되었습니다. 신임 기지마 부장에게 이와쿠마 차장을 중심으로 한 부원들이 무시와 험담을 하면서 따돌리는 등 모라하라 행위를 하고 있습니다."

회의실이 웅성거렸다. 히데미를 부장으로 지명한 장본인인 마루오 사장만이 입을 다물고 있었다.

"부임하고 나서 아직 얼마 되지 않았는데 벌써 문제가 생겼나."

245

"대체 어떻게 된 거야."

아키쓰가 계속해서 보고했다.

"기지마 부장 본인이 직접 신청하여 컴플라이언스실에서 조사에 착수했습니다. 기지마 부장, 이와쿠마 차장 양쪽 모두에게서 저간의 사정을 들었습니다만, 이제는 회복이 불가능한 듯 보입니다. 이와쿠마 차장에 대한 처분이 필요합니다."

"그보다 기지마를 원래 있던 영업부로 돌려보내는 편이 더 좋을 것 같은데요. 그녀가 없으면 일이 잘 돌아갈 거예요. 차라리 이와쿠마를 부장에 임명하시면 어떻습니까?"

기회만 노리고 있던 미즈타니 이사의 폭주에 마루오 사장이 서둘러 입을 열었다.

"잠깐만. 그건 안 돼."

"왜 안 되죠?"

마루오 사장이 우물거렸다. 자신의 인사가 실패했다고 말하고 싶지 않은 게 솔직한 심정이리라. 모두가 그렇게 생각했지만 마루오 사장은 억지를 부렸다.

"그건 말이지, 부임하자마자 부장을 또 이동시키면 현장이 혼란스럽지 않겠나."

"이미 현장은 모라하라 소동으로 혼란스러운 상태입니다. 그러니 이동시킨다 해도 새삼스레 별 문제는 없을 겁니다."

반론하지 못하고 있는 마루오 사장에게 도움의 손길을 내민 것은 와키타 상무였다.

"이미 회사 밖에까지 인사를 마쳤습니다. 이렇게 빨리 부장을 이동시키게 되면 마루오라는 회사가 세상 사람들의 비웃음거리가 돼요."

미즈타니 이사는 이제야 비로소 와키타 상무의 속셈을 알아챘다. 와키타 상무는 처음부터 기지마 부장 체제가 잘 돌아가지 않고 사장의 실책이 되리라는 것을 예측하고 있었던 것이다. 그래서 더욱 마루오 사장의 억지라고도 할 수 있는 이번 인사에 결코 반대하지 않았던 것이다. 역시. 미즈타니의 눈에 와키타 상무는 숭엄해 보이기까지 했다. 와키타 상무가 여유를 보이면서 말했다.

"아키쓰 실장님, 어떻게 원만히 부서 내에서 수습할 수는 없을까요?"

미즈타니와 마찬가지로 와키타 상무의 속셈을 눈치 챈 아키쓰는 즉시 반박했다.

"얼마 전 컴플라이언스실의 핫라인으로 수상한 전화가 몇 번 왔었습니다. 모두 아무 말도 하지 않은 전화였지만 그중에는 여성이 흐느끼는 소리가 들린 적도 있습니다. 본인은 인정하지 않았지만 컴플라이언스실에서는 기지마 부장이 걸었을 것으로 생각하고 있습니다."

"그래서요?"

"기지마 부장은 상당히 궁지에 몰려 있는 듯합니다. 임명된 지 얼마 안 된 기지마 부장을 이동시키는 건 불가능하지만 모라하라의 주모자인 이와쿠마 차장의 처분이나 이동은 고려해 봐야 할 것입니다."

"인사가 아닌 해러스먼트를 해결하는 게 당신 업무일 텐데요."

와키타 상무는 양보하지 않았다. 단순히 부장 직급인 아키쓰에게 더 이상의 반론은 허용되지 않았다.

그 무렵 비서인 미나코는 컴플라이언스실에서 마코토와 함께 차를 마시고 있었다. 임원 회의의 상황을 살피다가 모라하라 소동의 정보 수집을 위해 달려온 것이다.

"기지마 부장님은 상당히 대접받고 싶었던 모양인데 아랫사람들이 잘 따라주지 않았나 봐요."

"그런 소문은 퍼뜨리지 말아주세요."

"어머, 욕하는 거 아닌데. 여자로서 여자만의 무기를 사용하는 건 부끄러운 일이 아니니까요. 뭐, 당신은 모를 수도 있지만."

마코토는 "네, 몰라요. 저는 그런 짓 하지 않고도 실력만으로 출세해 보일 테니까요" 하고 대꾸했다.

"언제까지 그렇게 말할 수 있으려나."

임원 회의를 마친 아키쓰가 컴플라이언스실로 돌아왔다.

"실례했어요."

미나코는 아키쓰에게 생긋 미소를 지어 보이고 컴플라이언스실을 나갔다.

교체하듯 자리에 앉은 아키쓰는 임원 회의에서의 내용을 말해주며 마코토에게 지시를 내렸다.

"부서 내에서 조정하기로 방침이 정해졌어. 수도권개발부를 대상으로 일터 괴롭힘에 대한 교육을 실시할까 싶어."

"알겠습니다."

"선배와 야자와 변호사에게 부탁해도 될까?"

"실장님은요?"

"젊은 자네들 둘이 가는 편이 개발부 사람들도 듣기 편할 거야. 난 기지마 부장하고 관리직끼리 이야기 좀 할게."

마코토와 야자와 변호사는 기합을 불어넣으며 수도권개발부로 향했다. 미리 예상했던 대로 환영해주는 분위기는 아닐 터였다. 두 사람은 방으로 들어가자마자 부원들로부터 몹시 당혹스러운 시선을 받았다.

야자와 변호사는 마코토의 재촉에 부원들 앞에 섰다. 한 번 크게 심호흡을 하고 나서 마음을 가라앉힌 후 부원들에게 늠름한 태도로 말했다.

"당신들이 한 짓은 모라하라에 해당됩니다. 최근 자주 듣는 파워하라보다 훨씬 더 악질이죠."

마코토가 옆에서 덧붙였다.

"이건 회사 내 집단 따돌림입니다. 상사를 힘들게 만들어서 뭘 어쩌려는 거죠?"

"지금 당장 부서 내의 환경을 바꿔주세요. 현재 상황이 이대로 지속될 경우 컴플라이언스실에서는 처분을 검토하지 않을 수 없습니다."

야자와 변호사의 강경한 말투에 일부 부원들이 움츠러들었지만 이와쿠마 차장은 즉시 내뱉듯 말했다.

"이번에는 협박인가요? 지난번에도 말한 것처럼 곤란을 겪고 있는 건 우리 쪽입니다. 당신들에게 혼날 만한 일은 한 적이 없어요."

이와쿠마 차장은 기마타와 구스다에게 "가자" 하고 말하며 나가려 했다. 마코토는 서둘러 제지했다.

"기다려주세요. 아직 이야기 안 끝났습니다."

"이제부터 업무 미팅이 있습니다. 세타가야점 출점을 위한 상인회와의 중요한 교섭이죠. 이런 쓸데없는 일로 업무에 지장을 주는 일은 삼가주십시오."

이와쿠마 차장은 부하 직원인 두 사람을 데리고 나갔다. 평소보다 더 뻐딱한 이와쿠마의 태도에 마코토와 야자와 변호사의 필사적인 호소는 물거품이 되었다. 이는 새로운 점포 출점을 위한 지역 상인회와 교섭이 막바지에 이르렀기 때문이기도 했으나 마코토도 지지 않았다. 남은 부원들을 둘러보며 한 사람 한 사람에게 다가갔다.

"여러분은 지금 이대로도 괜찮으신가요? 진심으로 이와쿠마 차장이 옳다고 생각하세요?"

잠시 침묵하던 부원들이었지만 야자와 변호사의 말을 듣고 불안해진 부원들로부터 서서히 목소리가 나오기 시작했다.

"이대로 괜찮다고는 생각하지 않습니다."

"개선하고 싶지만 우리는 차장님을 따를 수밖에 없어요."

"차장님과는 일한 시간도 오래돼서 맞춰주지 않으면 안 돼요."

그런 부원들의 목소리를 듣고 마코토와 야자와 변호사는 다소 안심이 되었다. 실은 그들도 음험한 모라하라를 계속하는 것에 저항감을 느끼고 있었던 것이다. 부원 한 사람이 당혹스러운 듯 계속 말을 이어나갔다.

"사실은 오늘 미팅도 상대방 쪽에서는 부장님과 만나고 싶다고 했어요."

교섭 상대인 상인회 회장은 바뀐 지 얼마 되지 않았다. 마침 이번 미팅 때 신임 대표들끼리 인사하고 싶다고 말했다고 한다. 당연하다면 당연한 요구였지만……

"우리, 아무 말도 하지 않은 겁니다."

한편 아키쓰는 료코쿠 역 앞의 카페에서 히데미와 이야기를 나누고 있었다.

"원래 이와쿠마 차장과는 사이가 안 좋으셨나요?"

"아뇨. 제가 부장에 임명되기 전까지는 오히려 좋은 의논 상대였어요. 부서는 달랐지만 서로가 서로를 인정하고 있었죠."

"그런데 부장이 된 순간 적으로 변했다?"

"그 충격도 컸어요. 질투겠죠. 질투 맞아요. 제가 여자인 걸 이용해서 승진했다고 생각해요."

"알고 있었어요?"

"들으라는 듯이 말한 적도 있어요. 성희롱이 되지 않도록 용의주도하게 주의하면서. 최악이에요."

"그럼 이와쿠마 차장에게 주의를 주면 되잖아요."

히데미는 어이없다는 듯 고개를 저었다.

"당신은 부장이에요. 최악의 부하 직원을 훈련시키는 것도 업무의 하나입니다."

"그런 게 가능할 것 같으세요? 이와쿠마는 부원들을 모두 자기편으로 만들었어요."

"그런 걸 하는 게 관리직이잖아요? 수십 명의 부하 직원들이 거저 따라오진 않아요."

"아키쓰 씨는 몰라요. 여자가 높은 자리에 올라가려면 고압적이어서는 안 돼요."

"실은 나도 과거에 개발부 부장이었어요."

아키쓰의 고백에 히데미는 의외라는 듯한 표정을 지어 보였다. 무리도 아닐 것이다. 아직 수도권, 동일본, 서일본 세 곳으로 나뉘기 전에 점포개발부 부장을 맡았었다고 설명하자 비로소 "힘드셨겠네요" 하고 중얼거렸다.

"지금의 당신과 같은 마흔세 살에 임명됐어요. 동기 중에서 제일 먼저 출세했다고 들떴었죠. 일은 힘들었어요. 그래도 즐거웠죠. 3년 후 올라타고 있던 사다리에서 떨어져 지방으로 좌천됐지만."

히데미는 묵묵히 듣고 있었다.

"사람들이 모두 부러워할 정도로 출세했기 때문에 실패한다는 건 정말 힘들었어요. 위로 올라가면 올라갈수록 떨어질 때의 충격은 크거든요."

"저는 절대로 떨어지고 싶지 않아요……. 오래 사귀었던 사람하고도 헤어지고 지금까지 일에 모든 걸 걸었어요. 떨어지면 아무것도 남지 않습니다."

"거듭 묻는데, 컴플라이언스실의 핫라인으로 전화한 적이 없나요?"

"없습니다."

"녹음된 내용이 당신이 얼마나 궁지에 몰려 있는지 밝혀줄 증거가 될 수도 있는데, 그래도 아니라고 말씀하시겠습니까?"

히데미는 단호하게 말했다. "아닙니다. 저, 그렇게 나약하지 않아요. 여자는 안 된다는 걸 증명하기 위해 저를 승진시켰다는 말을 들었을 때 절대 지지 않겠다고 결심했어요."

아키쓰는 알 수 없다는 듯이 바라보았다. "그건 지나친 억측 같은데요. 누가 그런 말을 했습니까?"

히데미는 잠깐 주저했지만 의외의 이름을 댔다.

"임원 비서인 고마쓰 씨입니다."

모라하라로 고민하던 히데미에게 미나코가 말을 붙이며 같이 차 한잔하자고 권유했다고 한다.

"남자들 사회에서 지지 말고 힘냈으면 좋겠다고 격려해줬어요."

아키쓰는 경계했다. 와키타 상무의 마음에 들고 싶어서 여기저기 들쑤시고 다니는 거라고 생각했는데, 이렇게까지 하는 건 상식에서 벗어난다. 다시 생각해보지 않으면 안 되겠다.

히데미로부터 미나코와 만났던 날의 일을 듣고 있는데 마코토에게서 전화가 왔다. "실례할게요" 하고 히데미에게 말하고 나서 아키쓰는 전화를 받았다.

"실장님, 기지마 부장님과 아직 같이 계신가요? 그럼 전화 좀 바꿔주세요."

아키쓰가 히데미에게 스마트폰을 건네주었다.

"기지마입니다만."

"이와쿠마 차장이 세타가야 상인회와 교섭을 하기 위해 나갔습니다. 부원분들 말씀이 그쪽에서는 새로 온 부장님과 이야기를 나누고 싶다고 했던 모양이에요."

"알았어요. 고맙습니다."

히데미는 전화를 끊고 일어섰다.

"지금 당장 상인회와의 미팅 장소로 가봐야겠네요."

"저도 같이 갈까요?"

"아뇨. 혼자 가도 됩니다. 이래봬도 저, 교섭 하나는 잘하거든요."

히데미는 아키쓰에게 커피 대접 잘 받았다고 인사한 후 서둘러 나갔다.

이와쿠마 차장은 기마타, 그리고 구스다와 함께 상인회 근처에 있는 카페에서 미리 미팅 준비를 하고 있었다. 상인회 측에서 보자면 대형 슈퍼가 들어오는 건 위협이다. 전임 부장 밑에서 시간을 들여 영업시간과 할인 빈도 등에 대한 조건들을 신중히 검토해왔다. 하지만 상인회 회장이 교체되고 나서 갑자기 마루오에 대한 태도가 경직되었다. 이와쿠마는 상인회가 주최하는 여름 축제나 연말 모임에 대한 찬조금 협찬을 비장의 카드로 준비하고, 이야기를 어떻게 진행해나가면 좋을지 부하 직원들과 함께 세밀하게 다듬고 있었다.

그럴 때 히데미가 들어왔다. 가을인데도 땀을 흠뻑 흘리고 있었다. 료코쿠에서 요가 역까지 전차를 타고, 역을 나와서부터는 상점가를 돌아다닌 끝에 겨우 이와쿠마 차장 일행을 찾아낸 것이다. 이와쿠마 차장은 히데미의 얼굴을 보자마자 노골적으로 싫은 기색을 표했다. 히데미는 오늘만큼은 양보하지 않을 각오로 이와쿠마 차장 일행의 옆 자리에 앉으며 말했다.

"1시부터 상인회와의 미팅이죠? 제 인사를 받고 싶다고 그쪽에서 말하지 않았나요?"

이와쿠마 차장은 "아아, 그거 말인가요?" 하며 은근하게 미소 지었다.

"말은 그렇게 했지만 상인회와의 교섭은 수도권개발부에 있어 상당히 중요한 사안입니다. 아직 업무에 익숙지 않은 부장님이 실언이라도 했다간 성사될 교섭도 깨질 수 있습니다. 우리에게 맡겨주십시오."

"책임자가 인사도 하지 않고 그냥 진행하면 그쪽에서 우리를 우습게 여기지 않겠어요?"

이와쿠마 차장은 노골적으로 성가시다는 표정을 지었다.

"설령 그렇게 생각하더라도 아무것도 모르는 사람은 없는 편이 더 낫다고 말씀드리는 겁니다."

그래도 히데미는 물러서지 않았다.

"수도권개발부장은 접니다. 이번 교섭은 제가 선두에 서서 진행하겠습니다."

"새로 온 사람이 뭘 알겠습니까? 지금까지 어려운 교섭을 진행해온 건 우리들입니다. 부디 돌아가주십시오."

"아뇨, 제가 할 겁니다."

이와쿠마 차장에게 선언하며 일어섰을 때였다.

"부장님, 왜 그러세요?"

기마타가 이상하게 올려다보았다. 이와쿠마 위로 히데미가 덮쳐왔다. 때리려는가 싶었는지 몸을 바싹 움츠리는 이와쿠마였지만 그건 아니었다. 히데미는 현기증을 일으켜 졸도했던 것이다. 지금까지 참아왔던 스트레스에 아까 이와쿠마 일행을 찾아 돌아다닌 피로가 더해져 한계에 도달했던 것이다.

"어이, 뭐야! 기지마! 괜찮아?"

갑자기 동기의 말투로 돌아간 이와쿠마가 몸을 흔들었다. 하지만 흙빛 얼굴이 된 히데미는 꼼짝도 하지 않았다. "흔들지 말아요! 뇌에 이상이 생기면 더 큰일이에요."

달려온 아키쓰가 말했다. 아무래도 히데미가 걱정되어 몰래 뒤쫓아 왔던 것이다.

"구급차를 불러줘요."

이와쿠마가 119를 불렀다. 아무리 이와쿠마라 해도 쓰러진 적을 저격하는 짓만은 하지 않았다.

그로부터 얼마 지나지 않아 구급차가 도착했고 아키쓰도 히데미와 함께 구급차에 올라탔다. 이와쿠마 차장 일행은 상인회와의 약속 시간이 얼마 남지 않아서 그쪽으로 향했다.

히데미를 진찰한 병원의 응급실 의사가 영양실조라고 했다. 수도권개발부에 부임한 이후 히데미는 식욕을 잃어 주먹밥 하나와 야채주스만으로 끼니를 해결하는 생활을 계속하고 있었다. 그리고 혼자 사는 히데미에게는 불규칙한 생활을 지적해 줄 사람도 없었다.

응급실에서 링거를 맞고 있는 히데미에게 아키쓰가 말을 건 넸다.

"기분은 좀 어떠세요?"

히데미는 부끄러운 듯 말했다.

"이와쿠마 차장에게 센 척 말했는데, 이래서야 부장 자격도 없네요."

"우선은 건강부터 회복해야 해요."

아키쓰가 부드럽게 말하자 히데미는 천장을 노려보며 눈물을 참았다.

"그냥 울어도 돼요. 눈물은 가장 좋은 스트레스 해소법이라고 하더군요."

"아뇨."

"다른 사람 앞에서는 울지 않는 건가요? 개발부의 부장이니까. 그럼 실례하겠습니다."

그렇게 말하고 아키쓰는 방에서 나왔다. 문을 닫고 상태를 살피는데 잠시 후 짐승 같은 울음소리가 들려왔다. 새침한 외모와는 어울리지 않는 격렬한 오열이었다.

"아니었나?"

우는 방식이 분명 핫라인에 걸려온 전화의 녹음과는 달랐다. 아키쓰는 발걸음을 옮겼다.

상점가의 집합소. 문 앞에서 상대를 기다리고 있는데 이와쿠마 차장의 휴대전화로 아키쓰가 전화를 걸어왔다. 아키쓰가 병원으로 간 히데미의 상태를 보고했다. 몸 상태에 이상이 없다는 말을 듣고 이와쿠마는 내심 안도했다. 라이벌이라고는 하지만 이런 식으로 가버리면 뒷맛이 영 안 좋다.

전화를 끊는데 세탁소 주인이라는 상인회 회장 기타가와가 나타났다. 이전 회장보다 나이가 더 많고 말수도 적다. 이거 만만치 않겠는데, 하고 생각했지만 부딪칠 수밖에 없다. 이와쿠마 차장은 부하 직원에게 선물용 바움쿠헨(Baumkuchen, 독일의 대표적인 케이크―옮긴이)을 건네도록 지시하고는 바로 본론으로 들어가기에 앞서 분위기를 화기애애하게 만들기 위한 잡담을 시작했다. 개발부에 오랫동안 몸담아온 이와쿠마는 나이 많은 지역 교섭 상대에게는 이쪽의 약점을 보여주면서 친밀한 분위기를 만드는 작전이 제일 좋다는 확신이 있었다.

"약속 시간에 딱 맞춰 와서 죄송합니다. 오는 도중에 상사께서 쓰러지시는 바람에."

기타가와가 걱정스러운 듯 물었다.

"새로 오신 부장님이요?"

"네. 회장님께 인사드리고 싶다고 하셨는데."

"그래서 괜찮으세요?"

"단순한 과로였던 모양입니다. 부서 이동한 지 얼마 안 돼서 피로가 쌓였던 게죠."

"그랬군요. 만나 뵙고 싶었는데."

"아아. 회장님께서는 여자라고 하니까 더 걱정이 되셨나 보군요?"

"그런 건 아니에요. 요즘엔 여성 부장도 드물지 않잖아요."

"아뇨, 어떤 기분이신지 다 압니다. 우리 남자 같았으면 기어서라도 와서 상대방에게 폐를 끼치지는 않았을 텐데 말이죠. 역시 여자는 그 정도밖에 안 돼요. 우리끼리만 하는 말이지만 여자 상사가 오면 지옥이에요. 정말 곤란합니다. 아, 이건 비밀이에요, 비밀."

'우리끼리만 하는 말'은 이제 거의 공식이 되다시피 한 이와쿠마의 상투적인 표현이었다. 이런 말을 하는 것만으로도 시시껄렁한 이야기까지 서로 비밀을 공유하는 듯한 착각을 품게 만든다. 특히 이야기 상대가 별로 없는 노인에게는 효과가 있다. 이와쿠마 차장은 상대의 마음을 사로잡았다고 생각하며 웃었다. 기마타와 구스다도 이와쿠마 차장을 따라 웃었다. 하지만 기타가와는 웃지 않았다. 오히려 기타가와의 얼굴은 화가 나 있었다.

"잘 알 것 같네요, 마루오라는 회사를."

"네?"

"아직도 여성을 우습게 여기는 그런 어이없는 회사는 신용할 수 없습니다. 몇 번이나 찾아오게 해서 미안하지만 출점은 포기해주세요."

당황한 이와쿠마 차장 일행은 끈질기게 매달렸지만 기타가와는 결론을 바꾸려 들지 않았다. 이와쿠마 차장 팀은 사전조사가 부족했던 것이다. 사실 기타가와에게는 자랑스럽게 여기는 딸이 있었다. 세탁소를 운영하는 부모에게 감사하며 대학원을 졸업한 후 대기업에 취직했다. 장차 여성 임원이 되어 회사 경영에 참여하고 싶다고 말하는 딸이 믿음직스러웠던 기타가와는 여성 부장인 히데미에게 흥미를 가지고 있었다. 이와쿠마 차장은 그야말로 지뢰를 밟고 말았던 것이다.

다음 날, 이와쿠마 차장은 상무실로 향했다. 상인회와의 교섭에 실패했다는 말을 전하자 늘 포커페이스였던 와키타 상무가 보기 드물게 미간에 주름을 모았다.

"교섭에 실패했다고?"

이와쿠마 차장은 곧바로 머리를 숙였다.

"정말 죄송합니다."

"상인회와의 거리를 착실히 좁혀가고 있다고 지난번에 보고하지 않았던가요? 대체 무슨 일이 있었던 거죠?"

"그게…… 중요한 미팅 직전에 기지마 부장이 쓰러졌습니다. 구급차를 부르네 마네 하며 그쪽에 정신이 팔리는 바람에……"

횡설수설 이야기하는 이와쿠마 차장을 와키타 상무가 매섭게 바라보았다.

"그러니까 기지마 부장 때문에 교섭이 실패했다고 말하고 싶은 겁니까?"

"네……. 어쨌거나 그렇게 돼서……"

와키타 상무는 이와쿠마 차장이 물러간 뒤 곧바로 비서인 미나코에게 지시하여 임시 임원 회의를 소집했다. 의제는 당연히 수도권개발부 안건이었기에 마루오 사장과 이와무라 부사장, 임원들과 함께 컴플라이언스실의 아키쓰도 불렀다.

이미 임원들 사이에서 수도권개발부의 모라하라 소동 때문에 세타가야점 출점과 관련한 교섭이 실패할 것이라는 소문이 돌고 있었다. 마루오 사장은 신경질적으로 화를 내면서 평소와 다름없이 중앙 자리에 앉았다. 와키타 상무는 그런 마루오 사장을 똑바로 바라보며 말했다.

"역시 기지마 부장의 인사는 실패했습니다. 사태를 호전시키려면 결국 그녀를 이동시키는 수밖에 없을 것 같습니다."

아키쓰는 새삼 와키타 상무의 비열한 일 처리 방식을 깨달았다. 와키타 상무는 일부러 최악의 상태가 되기를 기다렸다가 공격을 개시한 것이다. 아키쓰는 자신도 모르게 강경한 말투가 되었다.

"부서 내부에서 정리하라고 말씀하신 건 상무님입니다."

미즈타니 이사가 바로 반응했다.

"상무님에게 무슨 말버릇인가!"

"뻔뻔스럽기는!"

와키타 상무는 태연히 아키쓰에게 대답했다.

"당신이 부서 내부에서 정리하지 못해서 이런 사태가 된 거잖아요. 아닙니까?"

미즈타니는 쿡쿡 하고 웃으며 "무능하긴" 하고 들으라는 듯 중얼거렸다. 아키쓰는 분한 마음을 참으며 말했다.

"조금만 더 시간을 주세요. 지금 기지마 부장을 이동시켜봤자 다음 부장 역시 똑같은 처지가 될 우려가 있습니다."

평소에는 아키쓰의 제안을 흔쾌히 받아주던 마루오 사장도 이번만큼은 불안한 표정을 하고 있었다.

"아키쓰 실장, 정말 괜찮겠소?"

링거를 맞은 히데미는 그날 중으로 퇴원하여 다음 날에는 회사에 나왔다. 상인회와의 교섭이 실패한 탓도 있어서 평소보다 공기가 훨씬 더 무거웠다. "몸은 좀 괜찮으십니까?", "또 쓰러지시면 곤란할 텐데요" 등등 히데미는 사사건건 이와쿠마 차장 일파로부터 기분 나쁜 소리를 들어야 했다.

히데미가 부서 내의 분위기를 더 이상 버텨내기 힘들 때쯤 마코토가 찾아왔다. 아키쓰의 의뢰를 전하러 온 것이었다.

"기지마 부장님, 이와쿠마 차장님, 수고스럽겠지만 컴플라이언스실로 와주시기 바랍니다."

히데미가 미안한 듯 말했다.

"3시부터 미팅 약속이 있어요. 어제 그 상인회 회장님에게 다시 한 번 만나주십사 부탁드렸습니다."

이와쿠마 차장도 웬일인지 히데미와 의견이 같았다.

"컴플라이언스실은 저도 멀리하고 싶네요."

마코토가 포기하지 않고 설득했다.

"잠깐이면 됩니다. 부탁드려요."

마코토가 히데미와 이와쿠마 차장을 컴플라이언스실로 데리고 오자마자 불쾌한 표정을 하고 있던 아키쓰가 두 사람을 노려보았다.

"대체 어쩌자는 겁니까? 당신들 때문에 임원 회의에서 무능하다는 소리나 듣고, 사장님께도 불신감만 안겨드렸어요."

히데미와 이와쿠마 차장은 아키쓰의 기세에 놀라 서로의 얼굴을 마주 보았다. 마코토 역시 지금까지 본 적 없는 아키쓰의 모습에 할 말을 잃었다.

"당신들이 계속 시시한 싸움이나 하고 있기 때문이에요, 제길!"

아키쓰는 욕설을 퍼붓듯 이와쿠마 차장을 몰아세웠다.

"상사를 끈덕지게 괴롭혀서 뭐가 즐겁죠? 당신은 여자에게 높은 자리를 빼앗겼다는 걸 변명 삼고 있지만 사실은 업무 능력의 한계 때문에 출세할 수 없었던 것뿐이에요."

아키쓰의 정곡을 찌르는 말에 이와쿠마 차장은 분노로 몸을 떨었다. 히데미는 그 말이 맞다며 고개를 크게 끄덕였다.

"이와쿠마 차장, 더 이상 비열한 모라하라 행위는 그만두세요. 인사는 회사가 결정한 겁니다. 기지마 부장, 당신도 마찬가지예요."

칼끝이 자신에게도 향하자 히데미는 납득하기 어렵다는 표정이 되었다.

"당신은 여자라는 사실에 갇혀 있어요. '여자인 내게 부장 자리를 맡겨 줄까', '나는 여자라서 부장에 발탁된 거야'. 이런 식으로 생각하는 건 누구보다 당신 자신이에요. 지금이 20년대예요? 너무나 시대에 뒤처져 있습니다."

히데미는 분한 듯 고개를 숙였다. 이와쿠마 차장은 이때다 싶었는지 히데미를 공격했다.

"아키쓰 실장님 말씀대로입니다. 그런 상사를 부하 직원들이 잘 따를 리 없죠."

히데미는 더 이상 못 참겠다는 표정으로 이와쿠마 차장을 보았다.

"일을 핑계 삼아 말하지만 사실은 그저 나를 질투하고 괴롭힌 것뿐이잖아. 밴댕이 소갈머리 같으니!"

"피해자 코스프레는 그만둬. 당신이 부서에 녹아들지 못한 것뿐이야."

"말 잘했다. 당신의 교활한 모라하라 때문에 부서 밖에까지 피해를 주고 있는 거야. 세타가야점도……."

"나 때문이라는 건가?"

"그래! 부장인 내게 보고도 하지 않고 몰래 진행했으니까."

흥분한 두 사람을 마코토는 조마조마한 심정으로 바라보고 있었다. 말리려는 마코토를 아키쓰가 제지했다. 그 얼굴에는 웃음기가 담겨 있었다.

"역시 윗사람에게 잘 보여 출세한 만큼 책임 떠넘기는 데는 아주 일가견이 있네."

"그런 비굴한 사고방식 때문에 출세를 못하는 거야!"

"출세해도 따르는 사람이 아무도 없다면 의미 없어. 당신은 애걸복걸해서 일을 따온 것뿐이잖아. 여자라는 무기를 사용해서!"

히데미가 이와쿠마를 가만히 노려보았다.

"뭐야? 우는 거야?"

"아니. 안 울어. 난 일할 때 말고는 다른 사람들 앞에서 울지 않겠다고 결심했어. 설령 운다고 해도 일의 무기로만 사용한다고."

각오를 다진 듯한 히데미의 표정을 이와쿠마는 처음으로 똑똑히 보았다. 히데미는 그것을 피하지 않으며 말했다.

"내가 뭘 잘못했어? 나는 불륜을 저지른 게 아니야. 같이 술을 마셔주고 기분 좋은 말을 해줬을 뿐이야. 당신들도 일하느라 비위 맞춰주잖아. 골프며 마작이며 캬바레며, 남자끼리 몰려다니며 접대하는 건 남자라는 무기를 사용하는 거 아니야?"

거기까지 듣고 아키쓰가 천천히 끼어들었다.

"기지마 부장, 거기까지 가는 건 좀. 이제 넋두리는 그만하세요."

히데미가 불만스러운 듯 입을 다물었다. 아키쓰가 말했다.

"위에 있는 사람들은 고독과 싸울 수밖에 없어요. 미움을 받더라도 제 역할을 다하는 수밖에요."

"무리예요, 이 사람한테는." 이와쿠마가 쓴웃음을 지으며 말했다.

"그저 자신이 출세하고 싶은 것일 뿐 팀을 이끌어갈 마음이 없어요."

안 그래도 아이라인이 선명하게 그려진 히데미의 눈꼬리가 더욱 치켜 올라갔다.

"세타가야의 상인회 회장님과 약속을 잡아줘요."

갑자기 엄숙한 말투로 변한 히데미를 이와쿠마가 알 수 없다는 표정으로 바라보았다.

"지금 당장 사과하러 갈게요. 이와쿠마 차장, 당신도 같이 가주세요."

"어제 그 일이 있고 나서 바로 가면 거절할 거예요. 노발대발했던 터라."

"노발대발했기 때문에 가는 겁니다. 이건 명령이에요. 빨리요."

히데미의 명령에 이와쿠마는 곧바로 대답할 수 없었다. 히데미가 거듭 말했다.

"끝까지 상대 쪽에서 이해해주지 않는다면, 그땐 내가 울게요."

그 말을 들은 이와쿠마는 "네" 하고 쓴웃음을 지으며 끄덕였다. 히데미의 진심을 느낀 듯했다.

두 사람이 나가고 나서 마코토는 아키쓰에게 말했다.

"실장님, 아까는 연극하신 거죠?"

"무슨 연극?"

"두 사람이 하고 싶은 말을 다 털어놓게 하기 위해 일부러 화난 척하신 거잖아요?"

"아니. 난 연극 같은 거 한 적 없어. 학예회 때도 형편없었고."

"미안하지만 너무 서툴러요. 저는 도중에 눈치 챘어요. 그 두 사람은 감쪽같이 속아 넘어간 것 같지만요."

"글쎄, 과연 그럴까? 두 사람은 알면서도 내 연극에 넘어가 준 척한 게 아닐까? 이걸로 끝내자 싶어서."

마코토는 진심으로 놀랐다.

"설마요. 일부러 싸웠다는 말씀이세요?"

"그 정도는 할걸? 우는 아이도 뚝 그치게 만든다는 수도권 개발부의 부장과 차장이니까."

약간 이른 3시의 커피를 마시고 나서 아키쓰는 사장실로 향했다. 마루오 사장에게 기지마 부장과 이와쿠마 차장 건을 보고하기 위해서였다.

"컴플라이언스실로 불러 둘이 서로 이야기하도록 했습니다만, 도중에 한바탕 싸움이 붙어 아주 힘들었습니다. 뭐, 하고 싶은 말을 실컷 다 했으니 오히려 잘된 건지도 모르지만요."

마루오 사장이 흐음, 하며 웃었다.

"어차피 당신이 그렇게 만들었을 테지."

"무슨 말씀을요."

"그래서 어떻게 됐나?"

"지금쯤 둘이 함께 상인회에서 사과하고 있을 겁니다. 고집 센 상인회 회장이 만나겠다고 허락해줬으니 이제부터 다시 추진할 수도 있겠죠. 설령 이야기가 잘되지 않더라도 뭐든 얻는 게 있을 거예요."

"처분은 어떻게 하면 좋겠나?"

"모럴 해러스먼트를 주도한 이와쿠마 차장에게도, 부하 직원을 장악하지 못한 기지마 부장에게도, 둘 다 책임은 있다고 생각합니다. 두 사람 다 사이좋게 1개월 감봉 처분은 어떨까요?"

"괜찮겠군."

마루오 사장은 고개를 크게 끄덕였다.

"저기…… 지난번 그 건 말입니다만." 아키쓰는 현재 상황을 보고하기로 했다.

"여전히 사장님이 원하실 만한 재료는 전혀 찾지 못했습니다. 다만……."

마루오는 진지한 표정으로 귀를 기울였다.

"약간 신경 쓰이는 점도 나왔습니다. 뭔가 알게 되면 다시 보고드리겠습니다."

마루오는 그 말에는 대답하지 않고 전혀 어울리지 않는 말을 꺼냈다.

"벌써 3시가 다 돼가는군. 커피 끓여줄 테니 마시고 가게."

"고맙습니다."

조금 전에 마셨지만 회사원인 아키쓰가 사장의 말을 거역할 수 있을 리 없었다. 이런 것도 무슨 해러스먼트에 해당되는 거 아닐까.

아키쓰가 컴플라이언스실로 돌아오자 마침 전화가 걸려온 참이었다.

"아, 실장님 돌아오셨습니다. 바꿔드릴게요."

마코토에게서 수화기를 건네받아 아키쓰가 통화해보니 전화를 건 사람은 히데미였다.

"이와쿠마 차장과 상인회에 가서 사과하고 방금 돌아왔어요. 이번에는 출점 교섭에 대한 이야기까지는 진행할 수 없었지만 앞으로도 계속 만나 이야기를 들어보겠다고 하더군요."

"그래요? 잘될 것 같은데요."

히데미가 쓴웃음을 지으며 말했다.

"잘되겠죠? 돌아오는 택시에서 이와쿠마 차장과 서로의 단점 들추기 대회를 열었어요. '그때 말을 자른 게 문제였다', '선물을 좀 더 좋은 걸로 사 갔어야 했다'. 또 한바탕 싸움이 벌어졌죠."

싸웠다고 말하면서도 히데미는 어딘지 모르게 기쁜 듯했다. 컴플라이언스실에서 한바탕 붙음으로써 산 하나를 넘었다는 동지의식이 생겼는지도 모른다.

아키쓰가 전화를 끊자 마코토가 "잘됐네요. 그만두지 않아도 돼서" 하고 차분하게 말했다. 진심으로 히데미를 걱정했던 것이다.

"선배도 참 착해."

"그렇지 않아요. 구리하라 실장님 때가 생각나서……."

마코토는 자신도 모르게 솔직히 털어놓았다. 구리하라가 갑작스러운 병으로 출근하지 못하게 된 것이 지금도 여전히 마음에 걸렸던 것이다.

"선배는 관계없어. 어차피 심장 문제였잖아?"

"하지만 쓰러지시기 전날에 '내일, 잘 부탁해' 하고 말씀하셨어요. '내일도 잘 부탁해'가 아니라 '내일, 잘 부탁해'……. 마치 뭔가를 예감한 듯이……." 아키쓰는 한 번쯤 문병을 가보는 게 좋을지도 모르겠다고 생각했다. 그걸 아셨든 모르셨든 말이에요, 하고 마코토가 혼잣말처럼 중얼거렸다.

"더 이상 기지마 부장님이 핫라인으로 우는 일도 없겠네요."

"아니, 그건 그녀가 아니었어."

"그럼 대체 누구죠?"

"글쎄." 아키쓰는 범인에 대한 확신이 있었지만 마코토에게는 말하지 않았다.

　오후 6시. 와키타 상무는 미나코의 배웅을 받으며 업무용 차량에 막 올라타려 하고 있었다.

　그때 아키쓰가 다가왔다.

　"수고하셨습니다. 세타가야점은 다시 진행되기 시작했어요. 수도권개발부도 안정을 되찾은 것 같고요."

　와키타 상무는 생각지도 못한 말을 했다.

　"그거 잘됐네요."

　"실은 아직 해결하지 못한 게 있습니다."

　"뭐죠?"

　"핫라인에 울면서 전화를 한 여성에 대한 겁니다."

　"기지마 부장이 아니었던가요?"

　"우리도 처음엔 그 전화를 기지마 부장이 건 거라고 생각했습니다. 그 전화가 왔기 때문에 필요 이상으로 그녀가 힘들어하고 있다는 인상을 받았죠."

　그렇게 말하고 아키쓰는 미나코를 보았다. "그 전화를 건 사람은 당신이죠?"

　미나코는 갑작스러운 그 말에 당혹스러워했다.

　"와키타 상무님을 위해 사장님의 인사 실패를 더욱 강조하고 싶었던 게 아닌가요?"

　빠져나갈 수 없다고 생각했는지 미나코는 눈물을 글썽였다.

"상무님 지시로 한 짓은 아닙니다."

금방이라도 울 것 같은 미나코를 와키타 상무가 꾸짖듯 바라보았다.

"무슨 쓸데없는 짓을! 자네는 그만 돌아가게."

"죄송합니다. 용서해주세요." 미나코는 눈이 붉게 충혈된 채 회사 안으로 뛰어 들어갔다.

"그래서 말했을 텐데요? 저 친구의 마음을 이용하는 건 위험하다고."

아키쓰의 빈정거림에 반박해올 줄 알았지만 와키타는 의외로 선뜻 인정했다.

"이 정도 위험도 감수하지 않으면 회사의 위기는 극복할 수 없습니다."

"회사의 위기요?"

"컴플라이언스실 실장으로서 최근 사장의 움직임에 대해 느낀 바가 없습니까?"

"이번 인사에 대해서요?"

"그뿐만이 아니에요. 당신을 불러들인 것, 시나가와점에 거금을 투입한 것, 육아휴직제도를 도입한 것……. 단기간에 너무 돌출된 행동을 하고 있다고 생각하지 않으십니까?"

"뭔가 흑막이 있다는 말씀이신가요?"

"기우일지도 모르죠. 전 유난히 걱정이 많은 편이라서."

와키타 상무는 그렇게 말하고는 차에 올라탄 후 가버렸다.

무엇 때문에 굳이 나에게 그런 말을 했을까.

스미다강의 물결 위로 보름달과 달빛을 형상화한 마루오 홀딩스 건물이 비치는 것을 보면서 아키쓰는 잠시 생각했다. 녀석의 의도는 모르겠지만 이렇게 사람을 고민하게 만들다니 역시 와키타는 보통내기가 아닌 특별한 인물이라고.

아키쓰는 료코쿠 역으로 걸어가며 스마트폰을 꺼냈다. 역시 확인해보자. 미리 전화번호 수첩에 등록해놓았던 번호를 불러왔다. 줄곧 전화 걸기를 망설였던 인물이다.

통화 버튼을 누른다. 호출음이 들린다. 하지만 상대는 받지 않았다.

자동응답기의 녹음 안내 메시지가 끝나기를 기다렸다가 아키쓰는 자신의 이름을 밝혔다. 유독 긴장하여 목소리가 굳어 있었다.

"아키쓰라고 합니다. 마루오 본사에서 구리하라 씨 후임으로 컴플라이언스실 실장을 맡고 있습니다. 요양 중이신데 죄송합니다. 한번 인사드리러 가고 싶은데 전화 주실 수 있을까요? 아니면 제가 다시 걸겠습니다."

그 모습을 몰래 엿보는 사람이 있었다. 미나코였다. 물론 그녀는 더 이상 울고 있지 않았다.

제5장

도쿄 메트로 히비야센 쓰키지 역에서 도보로 30초 정도 걸리는 입지 좋은 곳에 마루오 슈퍼 쓰키 지점이 있다. 서쪽에 긴자의 번화가, 남쪽에 쓰키지 시장을 둔 쓰키 지점은 마루오 슈퍼가 도쿄에서 제일 먼저 출점한 기념비적인 점포였다. 쓰키지 역 주변의 맨션과 새로 건설된 사무용 빌딩 덕분에 가족과 독신자 양쪽 모두의 의식주 전반을 겨냥한 점포로서 견실한 경영을 지속해왔다.

　그중에서도 2층은 생활용품을 풍부하게 갖춰놓아, 도내에 있는 마루오 슈퍼 중에서 최고의 매상을 자랑한다. 사건은 그곳의 식기 매장에서 일어났다.

　"누굴 바보로 보는 거냐!"

　2층에 남성 고객의 성난 목소리가 울려 퍼졌다. 쇼핑 중이던 다른 손님들이 갑작스러운 그 소리에 놀라 돌아보았다. 삼십

대는 넘어 보이는 갈색 머리의 남자가 파트타이머 점원들에게 화를 내고 있었다. 손목에 찬 세 줄짜리 팔찌가 흔들렸다.

팔찌를 찬 남자는 얼마 전에 생활용품 코너에서 산 보존용기에 대한 불만을 말하러 온 것이었다. 뚜껑을 열려고 하는데 갑자기 깨져버렸다고 한다. 하지만 용기를 분석한 결과 명백하게 반대 방향으로 무리한 힘을 가해 균열이 생긴 것이었다. 파트타이머 점원이 그런 사정을 설명하는데 남자가 기다렸다는 듯이 화를 냈던 것이다.

"내가 잘못했다는 거야?"

"아뇨, 그런 게 아니라……. 상품에도 돌리는 방향이 적혀 있었고……."

"이런 작은 글씨를 어떻게 알아보나! 당신은 이게 보여?"

팔찌를 찬 남자가 큰소리로 화를 냈다. 다른 손님들 중에는 남자의 살벌한 분위기에 겁을 집어먹고 쇼핑을 중단한 채 돌아가는 사람까지 있었다.

소식을 들은 기노시타 점장이 달려왔다.

"손님, 무슨 일이십니까?"

"사장 불러! 이건 소비자에 대한 기만이야!"

"죄송합니다."

"미안한 줄 알았으면 무릎 꿇고 엎드려서 사과해."

남자는 주춤거리는 기노시타 점장과 파트타이머 점원들에게 스마트폰을 들이댔다. 사과하는 모습을 사진으로 찍어 SNS

에 올린 후 욕보일 심산이리라.

기노시타 점장과 파트타이머 점원들은 남자의 황당한 폭거에 어찌할 바를 몰랐다.

컴플라이언스실에서는 마코토가 혼자 자료 정리를 하고 있었다. 야자와 변호사 사무실에서 보내온 해러스먼트 재판 자료를 분류하여 작업 중인 보고서에 첨부했다. 상당한 분량 앞에서 쩔쩔매고 있을 때 아키쓰가 돌아왔다. 컨설턴트 회사가 주최하는 컴플라이언스 세미나를 듣고 오는 것이다.

"어떠셨어요? 공부가 좀 되셨나요?"

"특별한 수확은 없었어."

아키쓰가 종이봉투를 내밀었다. 긴자에서 파는 유명한 과일 젤리였다.

"앗, 선물인가요?"

"그렇게 놀랄 일인가?"

아키쓰는 재킷을 벗은 후 벽에 있는 공기조절기의 스위치를 껐다.

"어, *끄*면 추운데요."

"오늘은 더워."

확실히 아키쓰는 살짝 땀을 흘리고 있었다.

"실장님, 그거 에어하라예요."

"에어하라?"

"에어 해러스먼트요. 멋대로 공기조절기 사용을 금지하는 겁니다."

마코토는 스마트폰의 일기예보를 보여주었다.

"정부의 기준으로 사무실 적정 온도는 17도 이상 28도 이하라고 규정돼 있어요. 오늘 도쿄의 최고 온도는 13도라 17도에 못 미쳐요. 내일 저녁부터는 눈도 올 모양이에요. 그런데도 공기조절기 사용을 금하는 건 명백한 에어하라입니다."

"그렇군."

아키쓰의 맥 빠지는 대답에 마코토는 더욱 열띤 교육을 계속했다.

"실장님이 컴플라이언스실에 부임하신 지 벌써 3개월이 지났어요. 해러스먼트에 대한 지식이 아직도 한참 모자랍니다."

"그거 미안하게 됐군."

어라? 뭔가 이상하다. 평소의 실장님이 아니다. 왠지 피곤해 보이는 것 같기도 하고, 오늘은 한 번도 '선배'라고 부르지 않았다. 처음에는 저항감이 있었지만 3개월이 지나자 완전히 익숙해져 이제는 '선배'라고 부르는 소리를 듣지 않으면 어딘가 이상해질 지경이었다.

마코토는 아키쓰의 상태가 마음에 걸렸지만, 마침 전화벨이 울려 전화를 받았다.

"네, 컴플라이언스실입니다."

전화를 건 사람은 쓰키 지점의 기노시타 점장이었다. 기노시타 점장은 전화 너머에서 머뭇거리며 말했다.

"조금 전에 지난번 그 남성 고객으로부터 또 카스하라 행위가 있었어요……."

카스하라란 커스터머 해러스먼트의 줄임말로 고객의 악질적인 클레임을 말한다. 팔찌를 찬 남자의 카스하라는 오늘이 처음은 아니었다. 지난주에도 똑같은 일이 있어서 기노시타 점장은 컴플라이언스실에 상담을 요청했었다.

마침 지금 마코토는 카스하라에 대한 보고서를 작성 중이었다. 오늘 오후에 있을 임원 회의에서 이 건에 대한 발표가 있을 예정이었다.

기노시타 점장은 복잡한 속내를 드러냈다.

"임원 회의요? 우리가 알아서 처리할 수 있었다면 좋았을 텐데. 이렇게 일이 커져버려 죄송합니다."

오후 3시. 예정대로 임원 회의가 시작됐다. 아키쓰와 마코토의 자리도 준비되었다. 비서과의 여자 직원이 마코토가 정리한 보고서를 임원들에게 배포했다. 늘 그 역할을 담당했던 미나코의 모습은 보이지 않았다. 이번에는 마코토가 보고서 순서에 따라 쓰키 지점에서의 사건을 임원들에게 설명했다.

"쓰키 지점에서 커스터머 해러스먼트를 일으킨 남성 고객, 가칭 X라고 하겠습니다. X는 한 달 전부터 쓰키 지점에 자주 나타났습니다. X가 클레임을 건 상품들은 종이팩 우유, 락교

절임, 남성용 셔츠, 보존용기 등 그 종류가 다양합니다. 상품에 사소한 트집을 잡아 점포 전체를 휘젓고 다닙니다. 이것은 점포 내 방범 카메라에 찍힌 X의 모습입니다."

파워포인트를 조작하자 스크린에 방범 카메라의 동영상이 비친다. 동영상 안의 X는 파트타이머 점원들을 혼내다가 마지막에는 "사장 불러! 이건 소비자에 대한 기만이야!" 하고 소리친다. X의 뒤로는 얼굴을 찌푸리며 돌아가는 다른 손님들의 모습도 찍혀 있었다.

'X를 상대하기 싫다며 파트타이머 중 한 명이 퇴직을 신청했습니다. 또한 동영상에도 찍혔듯이 X의 언동에 기분이 상해 쇼핑 도중 돌아가버리는 손님도 적지 않습니다."

마코토는 이쯤에서 상사가 마무리해주었으면 좋겠다 싶어 아키쓰를 바라보았다. 하지만 아키쓰는 무엇을 생각하는지 실내를 둘러보고 있었다. 할 수 없이 마코토는 그대로 설명을 계속했다.

"이 카스하라 남성 한 명 때문에 점포 경영도 악화될 수 있는 상황입니다. 단호한 대책을 세울 필요가 있습니다."

마코토의 제안에 임원들의 반응은 미적지근했다. 고객이 상대인 만큼 세심한 대응이 요구되었던 것이다.

"아예 출입을 금지시키는 건 안 되겠죠." 아오키 이사가 썩 내키지 않는다는 듯이 중얼거리자 시라이시 전무 역시 "할 수만 있다면 경찰을 부르고 싶지만 경찰이 왔다갔다하는 매장에서 누가 편안하게 쇼핑을 할 수 있겠어요" 하며 안경을 닦기 시작했다.

슈퍼에서 충분히 있을 수 있는 일이라고 말하고 싶은 듯한 임원들 앞에서 마코토는 할 말을 잃었다.

"X는 일반적인 클레임 고객과는 다릅니다. 이제는 SNS에 이상한 동영상도 올리겠다고 을러대고 있습니다. 단호한 대응이 필요하다고 생각합니다."

"어렵군요. 극단적인 대책은 점포의 평판만 떨어뜨릴 수 있습니다."

점포를 총괄 관리하는 와키타 상무가 논의를 마치려 하자 미즈타니 이사가 노골적으로 추종했다.

"애당초 어떻게 일반적이지 않다는 걸 안 거죠? 클레임을 제기하는 사람들은 모두 일반적이지 않잖아요."

"잘은 모르겠지만…… 꼭 누군가에게 보이기 위해 소동을 피우는 것 같아서……."

"잘은 모르겠다? 그렇다면 여자만의 육감이라는 겁니까?"

미즈타니 이사가 비웃자 마코토는 아키쓰에게 도와달라는 시선을 보냈다. 하지만 아키쓰는 여전히 마음이 다른 곳에 있는 듯했다.

"실장님." 작게 말했으나 꾸짖는 듯한 목소리가 되었다.

아키쓰는 그제야 잠에서 깨어난 것처럼 모두를 둘러보며 말했다.

"다카무라의 보고가 아주 섬세하군요. 여자의 육감이라기보다 컴플라이언스 대책의 최전선에서 일하는 사람으로서의 감일 겁니다. 다음에 또 나타나면 과거보다 더 진척된 대응을 보여주는 것도 괜찮지 않을까요."

이와무라 부사장이 동의를 구하듯 마루오 사장에게 눈길을 주었다. 하지만 오늘의 마루오 사장은 묘하게 얌전했다. 회의 시작부터 줄곧 침묵하고 있었다. 와키타 상무도 아까부터 수상한 시선으로 바라보고 있다. 이와무라는 3대 사장을 비호하듯 말했다.

"사장님은 찬성하셨습니다. 다카무라 씨, 자네가 대응책을 생각해보게."

"네!" 생각지 못했던 지시에 마코토의 대답도 한결 생기가 돌았다. 용기를 낸 제안이 인정받아 기뻤다.

임원 회의가 끝나고 마코토가 아키쓰에게 말을 건넸다.

"실장님, 고맙습니다."

"그래."

"실장님, 어디 편찮으세요? 좀 이상하신데요."

"그래? 비서인 고마쓰 씨가 보이지 않아서 왠지 쓸쓸하군."

"오늘은 쉬는 날인 모양이던데요." 마코토는 괜히 걱정했다 싶어서 한숨이 나왔다.

하지만 아키쓰는 회의가 끝나고 난 후 오후 5시가 되기를 기다렸다는 듯 회사에서 나갔다. 마코토는 아키쓰가 일에 대한 의욕을 완전히 잃은 건 아닌지 걱정스런 마음으로 그 뒷모습을 눈으로 쫓았다.

"아아, 힘들다."

웬일로 샛길로 빠지지 않고 집에 바로 돌아온 아키쓰는 일찌감치 목욕을 하고 가족과 함께 식탁에 앉았다.

"정말이지, '힘들다, 힘들다' 하면서 생색 좀 내지 마." 에이코가 입을 삐죽이면서 맥주를 꺼내온다. "미안, 미안" 하며 시원한 거품을 마시자 아키쓰는 낮의 피로가 싹 가시는 듯했다.

오늘의 메뉴는 나쓰미가 좋아하는 햄버그스테이크였다. 같이 나온 옥수수수프도 나쓰미가 좋아하는 것이다. 아키쓰의 집 식탁에 아키쓰가 좋아하는 생선조림이나 채소튀김이 올라오는 일은 좀처럼 없다.

게다가, 아키쓰는 아까부터 마음에 걸리는 점이 있었다.

"왜 빵이야!"

아침식사면 몰라도 저녁식사로 빵이 나오면 식욕이 생기지 않는다. 에이코는 남편의 불만 따위는 아랑곳하지 않는다는 듯 말했다.

"오늘부터 파트타이머로 일하기로 한 가게의 빵이야. 맛있어 보이지 않아?"

딸인 나쓰미는 맛있다는 듯 입에 한가득 베어 물었다.

"역 반대편에 화려해 보이는 빵집 있잖아. 거기야."

"파트타이머 할인권으로 사 왔어."

멋진 직장이 결정되어 에이코는 신이 나는 모양이었지만 아키쓰는 살짝 낙심했다. 앞으로도 밥 아닌 빵이 나오는 저녁식사가 이따금 준비될 수 있다는 의미였다.

"서비스업은 카스하라도 있고 힘든 일이 많아."

앞으로의 저녁식사를 떠올리자 아키쓰는 너무 우울해져 공연히 심통을 부리고 싶었다. 낯선 말에 나쓰미가 물어본다.

"카스하라?"

"커스터머 해러스먼트. 악질적인 클레이머를 말해."

"그런 건 내 특기니까 괜찮아."

에이코는 태연하게 말했지만 나쓰미는 걱정스러운 듯했다.

"학교에서도 선생님에게 클레임을 거는 애들이 많아."

"그래?"

요즘 학교가 어떤지 잘 모르는 아버지에게 나쓰미가 자세히 설명했다.

"정말 하찮은 거. 불평할 수 있는 이유라면 뭐든 상관없어. 그 애들 딴에는 심심하다거나 고민이 있다거나, 그런 다른 이유가 있겠지만."

그 말을 들은 아키쓰가 진지하게 말했다.

"나쓰미도 어른 다 됐네."

"우리 집은 부모가 어리니까."

나쓰미는 그렇게 말하고 자신의 방으로 들어갔다. 대학입학

시험을 앞둔 나쓰미는 요즘 이렇게 식사도 대충 해결하고 공부를 시작한다. 아버지 입장에서는 가끔 일찍 돌아올 때만이라도 이야기를 좀 더 하고 싶지만 어쩔 수 없다. 대학에 합격하면 가족과 식사하는 일 자체도 줄어들 테니.

"별수 없어. 자식은 언젠가 커서 나가니까."

에이코가 아키쓰의 속마음을 꿰뚫어 보고 말했다. 아키쓰는 "그렇지, 뭐" 하고 건성으로 대답하면서 오늘만 벌써 두 캔째인 맥주를 꺼내러 냉장고로 향했다. 에이코가 엄격하게 통제하는 바람에 일주일에 세 캔까지 마실 수 있었는데 하루 만에 다 써버릴 것 같았다. 그러나 에이코는 의외로 아무 말도 하지 않았다.

아내는 30대 초반까지는 보험회사에서 관리자급으로 일했지만 나쓰미를 임신하고 퇴직한 후로는 연간 110만 엔을 넘지 않을 정도의 파트타이머 일만 하고 있다. 정치나 경제에 흥미가 없는 그야말로 '단순한' 주부다. 하지만 이따금 깜짝 놀랄 정도로 날카로운 감을 발휘할 때가 있는데, 그럴 때면 모든 걸 꿰뚫어 보고 있는 게 아닌가 싶어 무서운 반면 믿음직스럽게 느껴지기도 했다.

그런 생각을 하면서 맥주를 따는데 에이코가 역시 날카로운 질문을 던졌다.

"그래서 일은 어때? 이상한 일에 말려든 건 아니겠지?"

"이상한 일이라니?"

"이상한 일이 이상한 일이지. 다른 사람한테는 말할 수 없는 뭔가 은밀한 일을 하고 있는 거 같은데, 아냐?"

"맞아."

아키쓰는 자신도 모르게 솔직히 대답하고는 지난 3개월간 줄곧 머릿속에 꽉 차 있던 일에 대해 약간 털어놓았다. 물론 모든 것을 말할 수는 없었다.

"어떤 사람의 뒷조사를 부탁받았어."

"권력 다툼을 돕기 위한 그런 거?"

"대충."

"흠. 재미있을 것 같은데."

"무슨 소리야!"

"재미없어? 그럼 그만둬. 안전하지만 시시한 일이거나 위험하지만 재미있는 일, 둘 중에 하나를 해야지. 위험하면서 재미도 없는 일을 하는 건 바보나 하는 짓이야."

아키쓰는 "하긴" 하며 웃었다. 아내의 말대로였다.

와키타 상무의 해러스먼트에 대해 지난 3개월, 각종 조사를 해왔다. 하지만 와키타가 용의주도하게 경계망을 쳐놓아서인지 전혀 빈틈이 보이지 않았다. 늘 부드러운 행동거지에 말 한마디까지 조심하기 때문에 파워하라를 당한 인물은 없다. 여성에게도 필요 이상으로는 접근하지 않는다. 이런 해러스먼트 시대에 전혀 그런 허점을 보이지 않는 와키타가 어떤 심정으로 살아왔을지를 생각하면 아키쓰는 암담한 기분이 든다. 그렇게까지 해서 무엇을 지키려는 것일까.

덧붙여…… 아키쓰는 오늘 하루 유독 피곤한 원인에 대해 생각해보았다.

아내가 말한 대로 이 일은 '위험한데 재미없다'. 두 손 들고 항복하는 편이 좋을지도 모른다.

매실장아찌와 함께 맥주를 홀짝이면서 그런 생각을 하고 있는데 에이코는 "빨리 좀 먹어. 뒷정리하려고 기다리고 있잖아" 하고 불평한다.

"조금만 더. 내가 정리할게."

"그렇게 말해놓고 실제로 정리한 적은 없잖아" 하고 에이코가 불만스러운 표정을 지었다.

"있어, 틀림없이 있다고" 하고 반박하려는데 아키쓰의 스마트폰이 울렸다. 마코토에게서 온 전화였다. 역시 그녀는 구원의 신이다.

"쉬시는데 죄송합니다. 지난번 그 카스하라 남자가 지금 쓰키 지점에 있나 봐요."

"쉬고 있지 않았으니까 죄송할 것 없어. 바로 갈게."

서둘러 나가려는 아키쓰를 에이코가 잡아 세웠다. 또 클레임인가 생각했는데 아직 식사를 마치지 않은 아키쓰를 걱정해서 빵을 하나 비닐봉지에 담아 내밀었다.

"바질과 치즈 빵이야."

"고마워."

아키쓰는 재킷 호주머니에 빵을 쑤셔 넣고 신발을 신은 후 문을 열었다.

"잠깐! 빵이 납작해졌잖아!"

평소와 다름없는 무서운 목소리가 쫓아왔다. 평소와 다름없이 못 들은 척했다. 설마, 이 잔소리를 애절하게 그리워할 만한 사태가 기다리고 있을 줄은 전혀 예상조차 하지 못했다.

쓰키 지점으로 달려갔을 때는 밤 8시가 지나 있었다. 그 팔찌를 찬 남자 X는 2층 의류 매장에 있었다. 큰소리로 난리를 피우고 있었기 때문에 굳이 묻지 않아도 남자가 어디 있는지 바로 알았다.

아키쓰가 의류 매장에 도착하자 이미 마코토가 남자를 상대하고 있었다. 기노시타 점장과 파트타이머 점원들은 멀찌감치 떨어져 마코토의 모습을 지켜보고 있었다.

X는 이번에는 남성용 바지에 대해 불평하고 있었다.

"허벅지의 봉제선이 비뚤어졌어. 이런 걸 입으면 가렵다고!"

마코토가 확인해보니 비뚤어져 있다고는 해도 아주 살짝 그런 거라 제품상으로는 아무런 문제도 없었다. 분명한 트집이었다. 마코토는 강경한 말투로 남자에게 말했다.

"당신은 매장에 올 때마다 어떻게든 클레임을 걸더군요."

"이 슈퍼에 불량품만 있으니까 당연한 거지."

"마루오 슈퍼는 긍지를 가지고 장사하고 있습니다. 불량품

같은 건 취급하지 않습니다."

"정말 없다고? 당신, 모든 상품을 하나하나 다 확인해? 그래서 불량품이 없다고 자신하는 거야?"

X에게 말꼬리를 잡힌 마코토가 머뭇거렸다. 그런 마코토를 보고 X가 더욱 세게 나왔다.

"얼렁뚱땅 대충 넘어갈 생각 마! 전부 확인했을 리 없잖아. 그럼 불량품이 없다고 단언하지 마! 사장 불러! 이건 소비자에 대한 배신이야!"

남자는 들고 있던 바지를 마코토에게 던지려다가 그냥 바닥에 떨어뜨리고 발로 짓밟았다.

"엎드려 빌어."

지켜보고 있던 아키쓰가 두 사람 사이로 끼어들었다.

"지금 당신은 제 부하 직원에게 사죄를 강요했습니다."

"뭐야?"

아키쓰는 거침없이 계속 말을 이어나갔다.

"게다가 아직 구입하지도 않은 상품을 더럽혔습니다."

바닥에서는 구겨진 바지가 불쌍하게 굴러다니고 있었다.

"그래서 뭐! 이 여자 태도가 돼먹지 않아서 그런 거야!"

"위력을 사용한 업무방해와 기물파손죄로 경찰에 신고하겠습니다. 아니면 제 부하 직원에게 사과하시겠습니까?"

아키쓰의 지시로 신고하러 가려는 기노시타 점장을 X가 허둥대며 잡았다.

"잠깐! 나는 친절하게 잘못을 지적해줬을 뿐인데 무슨 경찰이야! 웃기는 소리 하지 마. 오늘은 이 정도로 그냥 넘어가주지."

X는 욕설을 내뱉으면서 종종걸음으로 돌아갔다. 금방이라도 울 것 같던 마코토가 아키쓰에게 고맙다며 인사했다.

"덕분에 살았어요."

"아니, 일단은 쫓아내기만 했을 뿐이야. 경찰을 부르는 건 양날의 검이지. 저자를 더욱 과격하게 만들 가능성도 있으니까."

그때 야자와 변호사가 달려왔다.

"늦었습니다."

오늘은 다른 회사 일로 나고야에 출장을 갔었기 때문에 도착이 늦어진 모양이었다. 아키쓰는 농담처럼 말했다.

"선생, 늦었네. 확인하고 싶은 게 있었는데 말이야."

"뭔데요?"

"사죄 강요와 상품 훼손이 위력을 사용한 업무방해와 기물파손죄에 해당되는 건가? 내가 너무 대충 말한 것 같아."

"조금 다르긴 하지만 그 정도는 괜찮을 거예요."

"합격인가. 다행이군."

아키쓰는 기쁜 듯이 웃었다. 어느새 평소의 아키쓰로 돌아와 있었다.

"오늘은 이만 돌아가도 되겠어. 선생이 마코토 좀 바래다

줘."

야자와 변호사는 내심 기쁜 기색을 감추며 말했다.

"저야 좋죠."

돌아가려는 아키쓰에게 마코토가 물었다.

"실장님은 이제 어디로 가세요?"

"난 한잔하고 나서 갈 거야. 수고 많았어."

출구를 향해 가는 아키쓰의 뒷모습을 마코토는 쓸쓸하게 지켜보았다. 역시 실장님은 '선배'라고 불러주지 않았다. 컴플라이언스 세미나에서 돌아온 후부터 좀 이상하다. 뭔가 충격적인 사건이라도 있었던 걸까.

마코토의 예감은 어긋나지 않았다. 아키쓰는 이제부터 와키타에게 전화를 걸어 낮에 본 어떤 광경에 대해 알려줄 생각이었다. 한잔 걸치지 않고는 걸 수 없는 전화였다.

아키쓰는 쓰키지 시장 근처의 스탠드바에서 아까 마시다 만 맥주를 두 잔째 주문했다. 중간에 다른 손님이 들어와서 가게 밖으로 나가 와키타 상무의 번호로 전화를 걸었다. 회식 중일 거라고 생각했지만 의외로 자동응답기로 연결되었다.

"여보세요. 아키쓰입니다. 저기…… 당신 비서, 옛날 남자와 바람을 피우고 있던데. 그 상대가 누군지 알고 싶으면 전화 줘요."

아키쓰는 애써 가벼운 척 녹음했다.

아키쓰는 결심했다. 이 건에 대해 와키타에게 알리고 마루오 사장에게는 밀명을 철회해달라고 하자. 30대나 40대 같았으면 지저분한 일을 처리해서 최고 경영자에게 빚을 지게 한 후 출세를 노렸을지도 모른다. 하지만 나의 남은 회사원 생활은 길어야 7년이다. 이제 와서 높은 자리에 오르는 건 바라지도 않는다. 그보다 술을 맛있게 마실 수 있는 평범한 일상을 보내고 싶다.

그게 어떤 결과를 초래할지는 가늠이 안 됐다. 마루오 사장 입장에서 보면 극비 임무를 맡겼는데 거절하는 사원은 꼴도 보기 싫을 것이다.

또다시 좌천당할지 모른다. 이번에는 가족과도 떨어져 혼자만 가게 될 수도 있다.

"그럴 수도 있지, 뭐."

회식 자리 때문에 늦어진 와키타 상무가 아키쓰의 스마트폰으로 전화를 건 것은 오전 0시 즈음이었다.

"앞으로는 절대 술 취해서 전화하지 마십시오." 그렇게 충고할 생각이었다.

아키쓰의 녹음 내용 저편으로 술집의 잡음이 들려왔다. 술을 마신 건 틀림없다. 게다가 내용도 내용이다.

예전에 점포개발부에서 함께 일할 때 아키쓰는 자주 술에 취해 와키타에게 전화를 걸곤 했다. "다음에 가나자와 가면 접대는 스시로 할까", "오늘 상인회 아저씨 정말 얄미웠어. 그런 얼굴로 춤추는 건 또 좋아하더라" 같은 시시껄렁한 내용뿐이었지만 그중에 교섭 상대에 대한 정보도 포함되어 있는 경우가 적지 않아 와키타는 꾸준히 상대해주었다. 하지만 이제 아키쓰는 상사가 아니다. 입장이 역전되었다. 원칙대로 한다면 쉽게 전화를 걸 수 있는 관계가 아닌 것이다.

호출음이 계속되다가 자동응답모드로 넘어갔다. 어차피 술에 취해 집에서 잠들었을 것이다. 자주 소파에서 잠들었다가 부인에게 혼났다고 했었으니까.

"전화 잘못 건 거 아닌가요." 와키타는 그렇게만 말하고 전화를 끊었다.

하지만 아키쓰는 집의 소파에 잠들어 있지 않았다. 그러기는커녕 막차 시간이 지나서도 집에 돌아가지 못했다. 아침이 되어 에이코가 아침식사 준비를 하는데도 아키쓰에게서는 전화도, 문자도 오지 않았다.

일어난 나쓰미가 에이코에게 물었다.

"아빠, 어제 안 들어오셨어?"

"이젠 안 들어와도 돼."

평소에는 아키쓰를 구박만 하던 에이코가 웬일인지 안절부절못하고 있었다.

"걱정되면 전화해보면 되잖아."

"불륜이면 즉시 이혼이야."

애써 농담을 하면서 에이코는 전화가 연결되기만을 기다렸다. 하지만 무정하게도 "상대방의 전원이 꺼져 있습니다" 하는 메시지만 흘러나왔다. 안 좋은 예감이 에이코를 덮쳤다. 살뜰한 남편은 아니었지만 지금까지 무단외박을 한 적은 없었던 것이다.

"전화가 안 돼. 어떡하지······."

아키쓰는 회사에도 모습을 나타내지 않았다. 출근 시간이 지나도 아키쓰가 오지 않아서 어떻게 된 걸까 하고 마코토가 생각하기 시작했을 때 전화가 걸려왔다.

"네. 컴플라이언스실입니다."

전화 저편에서는 왠지 불안해 보이는 낯선 여성의 목소리가 들려왔다.

"수고 많으십니다. 저는 아키쓰의 아내입니다만, 아키쓰 씨 계신가요?"

"아뇨, 아직 나오지 않으셨습니다만."

"부끄러운 말씀이지만······ 실은 어젯밤에 일이 있다고 나간 후 들어오지 않았어요. 휴대전화도 연결되지 않고······. 혹시 뭔가 아시는 거 없으신가요?"

"어젯밤 실장님에게 전화를 걸어 나오시라고 말씀드린 게 접니다. 하지만 한 시간 정도 있다가 해결되었어요. 한잔하고 들어가실 거라고 말씀하셨는데, 이상하네요. 쓰키 지점에서 문제가 좀 있었는데 일단 제가 그쪽에 확인해보고, 어떻게 된 상황인지 아는 대로 사모님께 연락드리겠습니다."

"부탁합니다."

평소에는 비교적 일찍 출근해서 느긋하게 커피를 마시는 아키쓰의 모습이 오늘 아침에는 보이지 않아 이상하다고 생각하고 있었다. 원래 그런 사람이니까 또 혼자 마음대로 움직이고 있을 게 틀림없다. 분명 쓰키 지점에서 사후 처리를 하고 있을 것이다. 마코토는 그렇게 자신을 납득시키며 쓰키 지점으로 전화를 걸었다.

전화를 받은 기노시타 점장은 마코토의 희망적인 예측을 간단히 부정했다.

"아키쓰 씨요? 어제 카스하라 남자를 물리치고 가신 후로는 아무 연락도 없었는데……."

마코토는 갑자기 걱정되기 시작했다. 어디에 계신 걸까? 왜 집에도 전화를 하지 않은 거지? 인사과에 연락해야 할지 망설이고 있는데 마코토의 스마트폰으로 문자가 왔다. 아키쓰가 보낸 것이었다. 안심한 마코토는 걱정하게 만든 대가로 식당에서 제일 비싼 메뉴를 얻어먹어야겠다고 생각하면서 문자를 열어보았다.

문자에는 이렇게 적혀 있었다.

'사장에게 알린다. 직원을 유괴했다. 몸값 123억 엔을 준비하라. 경찰에 알리면 모두 다 잃게 될 것이다.'

마코토의 무릎에서 힘이 빠졌다. 사람이 진심으로 걱정하고 있는데 이 무슨 고약한 장난인가. 이건 식당의 제일 비싼 메뉴로 끝낼 수 없겠다고 생각하며 아키쓰에게 답장을 보냈다.

'이건 또 무슨 장난이신가요? 한심하시네요. 지금 어디 계세요?'

잠시 기다리자 아키쓰에게서 다시 문자가 왔다.

'이건 장난이 아니다. 지금 당장 사장에게 알려.'

문자 내용과 함께 사진 파일이 첨부되어 있었다. 조심스럽게 열어보니 어딘가 방에 나동그라진 아키쓰의 모습이 찍혀 있었다.

아키쓰 실장님이 유괴되었다고? 범인은 아키쓰의 스마트폰을 이용하여 마코토에게 몸값 요구 문자를 보내온 것이다. 상상조차 하지 못했던 사태에 마코토는 잠시 꼼짝도 할 수 없었다. 정말 놀랐을 때는 아무것도 할 수 없다고들 하던데. 지금이 바로 그런 때인가.

우선 추위 때문에 온몸이 마비되는 것 같았다. 다음으로 옆구리에 둔탁한 통증을 느꼈다.

아아, 그렇다. 얻어맞았다. 그건 그렇고, 여기는 우리 집이 아니다. 어디지?

의식이 또렷해짐에 따라 목구멍 안쪽에서 침이 솟아났다. 비릿한 냄새가 강렬하게 코를 자극한다.

사체라도 있는 것일까.

아키쓰는 비로소 몸을 떨며 일어났다. 아픈 옆구리를 누르면서 둘러보니 창문 없는 30제곱미터 정도의 공간이었다. 다행히 사체는 보이지 않는다. 하지만 들고 나왔던 가방도 없었다. 따라서 지갑도 스마트폰도 없다. 외부와는 셔터로 차단돼 있고 신문을 집어넣기 위한 틈 사이로 한 줄기 빛만이 들어오고 있었다. 시험 삼아 셔터를 올려보았지만 당연히 꼼짝도 않는다. 어딘가에 감금된 게 분명한 듯한데…….

"대체 어디지?"

실내에는 가구도 공기조절기도 없다. 바닥 한구석에 청소용 수도꼭지가 하나, 천장에는 형광등. 다만 불이 들어와 있지는 않다. 오래전에 버린 쓰레기봉투와 지저분한 장화 한 켤레만이 굴러다닐 뿐이다.

아키쓰는 신문 집어넣는 틈새를 통해 밖을 살펴보았다. 폭이 30센티미터 정도밖에 안 되는 작은 틈 사이로는 키 큰 잡초들밖에 보이지 않았다. 주위에는 아무런 인기척도 없다. 하지만 그리 멀지 않은 곳에서 자동차 오가는 소리가 들렸다. 엔진 소리로 추측컨대 운송용 대형 트럭이었다. 점장을 하던 당시 주민들이 반입업자의 소음 때문에 못 살겠다고 난리를 친 경험이 있어서 그 소리에는 민감했던 것이다. 귀를 기울여 소리와의 거리를 계산해보면서 냄새를 맡았다. 이질적인 냄새는 밖에서도 들어왔다. 거기에 섞여 많이 맡아본 냄새도 났다. 한

창 낚시를 할 때 맡았던 바다 냄새였다. 그렇다면 비릿한 냄새의 정체는 생선이었던가. 짚이는 게 있어 쓰레기봉투 속을 확인해보았다. '320엔', '98엔' 등의 가격표가 보였다. 틀림없다.

아키쓰는 감금 장소를 확신했다. 여기는 쓰키지 시장 가까이에 있는 문 닫은 생선 가게다. 전날 밤 쓰키 지점에서 나온 후 들렀던 스탠드바의 주인장에게 들었다.

"하마리큐 쪽 뒷길에 있었을 겁니다. 관광객을 상대로 하는 생선 가게들, 그거 요즘은 전부 문 닫았어요. 인수하는 사람도 없어서 이제는 유령만 나오게 생겼어요."

어젯밤 와키타에게서 전화가 오기를 기다리는 동안 무심코 술이 지나쳤다. 10시가 지났을 즈음 옆자리에 생각지도 못한 인물이 앉았다. 좋아할 만한 인물은 아니었지만 "아까는 미안했어요" 하고 사과를 해서 "알았으면 됐어요" 하고 대답했다.

"사실은 그런 짓 안 하고 싶었는데."

"그럼 두 번 다시 하지 마쇼."

상대는 고개를 끄덕이며 하이볼을 마셨다. 손목에서 팔찌가 흔들렸다. 쓰키 지점에서 카스하라를 하던 남자 X였다. 자세히 보니 얌전해 보이는 청년이었다. 뭔가 불안한 일이라도 있는지 차분하지 못하게 몸을 흔들고 있었다.

"무슨 일 하십니까?" 아키쓰는 친근함은 생략하고 물었다.

"특별히 하는 건 없어요." 남자는 그렇게 대답하고 스마트폰을 만지작거렸다. 몇 건의 통화 표시와 SNS가 보였다. 컴플라이언스 강습에서 실제 사례로 보았던, 송금 사기 일당의 스마트폰 화면과 비슷했다. 너무 깊이 알 필요 없는 상대라고 머릿속에서 경고 신호가 울렸다.

아키쓰는 계산을 마치고 가게를 나왔다. 오후 11시. 아직 와키타에게서는 전화가 오지 않았다.

내일 이후로 미룰까.

그렇게 생각한 순간 옆구리로 주먹이 들어와 정신이 아득해졌다.

얼마나 시간이 지났을까. 정신을 차렸을 때는 생선 냄새로 가득한 이곳에 갇혀 있었다. 그 카스하라 남자 X의 짓일까. 점포에서 한바탕 설교한 것에 앙심을 품은 것일까. 아니, 그렇다면 바에서는 왜 말을 건 것일까. 혹시 방심하게 만들기 위해 말을 건 후 공격할 기회를 엿보고 있었던 것일까. 그렇다면 왜 좀 더 고통스럽게 하지 않은 것일까. 이런 곳에 성인 남자를 끌고 오는 것은 육체적으로도 상당한 노력이 필요하다. 뭔가 다른 목적이 있는 것일까.

그런 생각을 하고 있는데 배에서 꼬르륵 소리가 났다. 생각해보니 저녁식사로 햄버그스테이크를 어중간하게 먹고 난 후로 마른안주 정도밖에 먹지 못했던 것이다. 에이코가 빵을 가져가라고 했던 말이 떠올랐다. 재킷 호주머니에 손을 넣자 납작하게 눌린 빵이 아직 들어 있었다. 적도 빵까지는 압수하지 않은 모양이다. 아키쓰는 봉지에서 꺼내 한입 깨물었다.

"바질과 치즈라⋯⋯. 맛있네."

자신도 모르게 그렇게 중얼거렸다. 어젯밤엔 불평했지만 빵도 그리 나쁘지 않잖아.

그 무렵 마루오 홀딩스 본사 건물의 꼭대기 층에 있는 임원 회의실에서는 긴급 임원 회의가 열리고 있었다. 마루오 사장을 비롯한 모든 임원들의 약속은 취소되었고, 미나코 등 극히 일부의 비서만 빼고 아무도 함부로 들어오지 못하게 했다.

마코토는 상황 보고를 위해 불려 왔고, 야자와 변호사는 앞으로의 대책을 논의하기 위해 참석했다.

"아키쓰 실장은 쓰키 지점에서 카스하라 문제를 해결한 후 밤 9시쯤 점포에서 나갔습니다. 그 후의 행방은 알지 못하는데 부인의 연락에 의하면 집에도 돌아오지 않은 듯합니다. 오늘 아침 아키쓰 실장님의 휴대전화로⋯⋯."

거기까지 말하고 나니 현실감이 급격히 몰려왔다. 야자와 변호사가 뒤를 이었다.

"아키쓰 실장님의 휴대전화에서 다카무라 씨의 휴대전화로 범인이 문자를 보냈습니다. 직원을 유괴했다고 알리고 몸값을 요구하는 내용이었습니다. 몸값 액수는 123억 엔입니다."

문자의 내용이 확대되어 모니터에 비쳤다.

너무나 막대한 금액에 임원들의 놀라움이 번지면서 회의실이 술렁였다.

"대체 어디에서 그런 액수가."

마루오 사장은 안색이 완전히 변해 말도 제대로 하지 못했다. 다들 엄청난 액수에 놀란 것이라고 생각했다.

"경찰에 알리죠. 다른 선택은 없습니다." 와키타 상무가 차분한 목소리로 말했다.

"그래요. 우리가 어떻게 할 수 있는 문제가 아닙니다."

"경찰에, 알려도 될까요?" 마루오 사장이 쉰 목소리로 물었다. 모든 시선이 일제히 그리로 향했다.

"경찰에 알리지 말라고 쓰여 있었는데……. 그대로 안 해도 될까요?"

"그런 걸 순순히 받아들일 필요는 없어요."

"유괴범의 상투적인 말이잖아요."

위기감이 없는 마루오 사장의 말에 제일 화가 난 것은 마코토였다.

"사태가 악화되고 난 후에는 늦습니다! 아키쓰 실장님 신변에 무슨 일이 생기면 어떡하죠? 돌아가시기라도 하면, 회사도 문책당할 겁니다!"

야자와가 옆에서 마코토의 소매를 잡아당겼다. 겨우 "죄송합니다" 하고 마코토는 다음 말은 삼켰다. 마루오 사장도 침묵했다.

야자와 변호사가 임원들의 양해를 얻어 료코쿠 경찰서에 전화를 걸었다.

"마루오 홀딩스의 고문변호사인 야자와라고 합니다. 당사 직원이 누군가에게 끌려갔고 몸값을 요구받았습니다. 네, 기업 유괴 사건입니다. 조속히 담당자를 배정해주시기 바랍니다."

조용해진 실내에 야자와 변호사의 사무적인 목소리가 울려 퍼졌다. 마코토의 심장 박동이 빨라지고 겨울인데도 등줄기에 땀이 흘렀다. 와키타 상무도 미즈타니 이사도 입을 다물고 있었다. 그리고 마루오 사장은 점점 더 창백해지다가 테이블 위로 덜컥 하고 얼굴을 떨어뜨렸다. 그 모습을 본 이와무라 부사장이 말을 건넸다.

"사장님, 왜 그러십니까? 구급차를 부를까요?"

"아니, 이럴 때…… 사람들 이목을 끌 수는 없소."

마루오 사장은 튕기듯 자리에서 일어나 이와무라 부사장의 부축을 받으며 사장실로 돌아갔다. 사장의 이상한 모습에 회의실이 다시 술렁였다.

야자와 변호사가 모두의 동요를 가라앉히려는 듯 경찰의 지시사항을 전달했다.

"15분 이내에 강력계 형사들이 옵니다. 이 방을 범인과의 교섭을 위해 사용하기로 했으니 여러분은 각자의 방에서 대기해주십시오. 부디 사내에 유괴 사건이 새어 나가지 않도록, 눈에 띄는 행동은 삼가주세요."

변호사다운 모습을 보이는 야자와의 말에 임원들은 순순히 고개를 끄덕였다.

"경찰에서는 범인이 접촉해왔을 경우를 대비해 협상할 사람을 한 명 정해놓으라고 하더군요. 사장님을 지명할 가능성도 있습니다만……"

와키타 상무가 "제가 하죠. 사장님은 몸 상태도 안 좋으신 듯하니" 하며 손을 들었다.

미즈타니 이사가 "아뇨, 제가 하겠습니다" 하며 일어섰다.

"범인이 우리 쪽 목소리를 녹음할지도 모릅니다. 상무님의 목소리가 유출되는 사태가 벌어질 수도 있는데 그건 위험 부담이 있습니다."

미즈타니 입장에서 보면 지당한 의견이었지만 와키타는 양보하지 않았다.

"저는 여러분보다 아키쓰 실장에 대해 더 잘 압니다. 이건 제가 맡아야 해요."

마코토는 와키타 상무를 든든한 마음으로 올려다보았다. 아키쓰 실장으로부터 상무와의 관계를 자세히 들은 적은 없었지만 과거에 어떤 사연이 있었을 것이라고 짐작했다. 아키쓰 실장이 파워하라로 좌천되었다는 말을 들은 후 몰래 당시 부서에 대해 조사해보았던 것이다. 두 사람은 점포개발부에 있을 때 상사와 부하 직원이었다. 그랬던 것이 이제는 처지가 완전히 역전되었다. 남자들만 아는 뭔가가 있었으리라는 건 아직 스물다섯밖에 안 된 마코토도 알 수 있다. 그런데 와키타 상무는 아키쓰 실장의 신변을 걱정하여 직접 협상 상대가 되겠다고 나서주었다.

하지만 와키타는 단순히 아키쓰가 걱정되어 골치 아픈 역할을 맡겠다고 나선 건 아니었다.

그 전화는 대체 무엇이었을까.

아마도 유괴 직전에 아키쓰는 자신에게 전화를 걸었던 것 같다. 게다가 그 내용은 "당신 비서, 옛날 남자와 바람피우고 있던데".

목소리로 보아 취한 상태였을 것이라고 단정했지만 생각해보면 옛날처럼 취해서 전화할 처지가 아니었다. 뭔가 다른, 좀 더 깊은 의미가 있었을지 모른다. 다시 한 번 걸어볼걸. 와키타는 후회했다. 후회야말로 가장 쓸데도 없고 소득도 없는 짓이라고 생각했었는데.

어젯밤 전화에 대해 생각하고 있는 와키타에게 비서인 미나코가 말을 건넸다.

"상무님, 제가 도와드릴 일이 있을까요."

"없네." 와키타 상무는 짧게 대답했다.

갇힌 신세가 된 아키쓰는 열리지 않는 셔터 너머에서 벌어질 일들을 상상하고 있었다.

컴플라이언스실에서는 상사의 무단결근에 마코토가 화를 내고 있진 않을까. 에이코는 외박한 남편의 저주 인형이라도 만들고 있진 않을까. 그리고⋯⋯ 와키타는 어젯밤의 자동응답기 내용을 어떻게 받아들였을까.

아키쓰는 지금 이런 처지가 된 이유가 와키타에게 전화를 걸었기 때문은 아닌지 반추해보았다.

시작은 그저께 저녁 무렵으로 거슬러 올라간다.

아키쓰는 전임자인 구리하라 다이치에게 전화를 걸었다. 마코토가 아직도 갑작스러운 병으로 회사를 그만둔 구리하라를 신경 쓰고 있었기 때문이었다. 마루오 사장으로부터 와키타의 뒷조사를 의뢰받았지만 전혀 진척도 없었고, 그래서 뭔가 실마리라도 얻을 수 있지 않을까 하는 마음도 있었다.

구리하라가 전화를 받지 않아 메시지만 남겨놓았다. 늦은 밤이 되어서야 구리하라에게서 전화가 왔다.

"인사가 늦었습니다. 몸은 좀 어떠신지요."

"저야말로 제대로 인수인계도 못 하고, 죄송합니다."

뻔한 인사를 주고받은 후에 아키쓰가 자연스럽게 이야기를 꺼냈다.

"다카무라 씨는 잘 지내고 있습니다. 당신이 쓰러지기 전날 마치 예감이라도 하듯 말씀하신 게 신경이 쓰이는 모양이긴 합니다만."

"그녀는 똑똑하니까요."

"그럼 당신은 자신이 쓰러질 걸 정말 알고 계셨나요?"

구리하라는 그 말에는 대답하지 않고, "그럼 이만, 볼일이 좀 있어서요" 하며 전화를 끊었다.

아키쓰의 질문은 암암리에 꾀병 부린 것 아니냐고 추궁하는 느낌을 주었다 해도 할 말이 없는 내용이었다. 기분이 상했다 해도 불평할 수 없다. 너무 섣불렀나.

다음 날, 즉 어제 아키쓰는 마코토에게는 컴플라이언스실 세미나에 참석한다고 거짓말을 하고 구리하라의 집으로 향했다. 어젯밤 전화의 무례함을 사과하기 위해 긴자의 과일젤리를 사 가지고 갔다. 만약 면회를 거절당하면 집에 가져갈 생각이었다.

하지만 구리하라의 맨션이 있는 몬젠나카초 역에 내렸을 때, 아키쓰는 앞쪽에서 낯익은 뒷모습을 발견했다. 타이트한 스커트정장에 하이힐, 바로 와키타 상무의 비서 미나코였다.

왜 평일 근무 시간에, 이런 곳에? 어느샌가 아키쓰는 미나코의 뒤를 밟고 있었다.

미나코는 역에서 몇 분 거리의 카페에 도착하자 입구에서 시계를 확인하며 주위를 둘러보았다. 누군가를 기다리는 것일까. 설마 구리하라를……? 두 사람이 불륜 관계였나?

불온한 망상에 사로잡힌 채 보고 있는데 미나코의 앞에 웬 중년 남자가 나타났다. 고급스러워 보이는 양복을 걸치고 있었다. 모르는 남자였다. 아키쓰는 가슴을 쓸어내렸다. 모르는 남녀관계에 참견할 생각은 없었지만 병으로 휴직 중인 전임 컴플라이언스실 실장과 상무의 비서가 심상치 않은 관계라면 뭔가 수상쩍은 느낌을 받지 않을 수 없었을 것이다. 적어도 우려했던 상황은 아니었다. 어쩌면 업무 관계인지도 모른다.

아키쓰는 미나코와 남자가 가게 안으로 들어가는 것을 확인하고는 예정대로 구리하라의 집으로 향하려 했다. 통유리로 된 창 너머로 두 사람이 앉는 게 보였다. 거기에는 먼저 온 손님이 있었다. 그 얼굴을 본 순간 다시 걸음을 멈추게 되었다. 기다리고 있던 사람은 구리하라였다. 인사 자료의 얼굴 사진을 미리 보고 왔다. 틀림없었다.

미나코와 남자가 인사하며 자리에 앉자 구리하라가 같이 인사를 했다. 점원이 주문을 받으러 왔다. 주문을 끝내고 미나코가 가방 안에서 사무용 봉투를 꺼냈다. 구리하라가 고개를 한 번 끄덕이며 안에 든 서류를 살펴보았다. 그 표정이 진지했다. 그리고 구리하라는 휴직 중인데도 양복에 넥타이를 매고 있었다. 생명보험 권유나 부동산 상담이 아닌 것만은 분명했다.

구리하라가 서류에 사인하는 것을 지켜보던 아키쓰는 몬젠나카초를 뒤로했다. 지하철에 흔들리며 본사로 돌아왔다. 오후에 임원 회의에 참석하여 미나코가 쉬는 날인 걸 알았다. 지금까지 없었던 피로가 몰려왔다.

아마도……. 아키쓰는 미나코가 구리하라와 만난 용건이 무엇이었는지 대충 짐작이 갔다. 만약 와키타 상무가 알면 똑같은 추측을 했으리라는 확신도 있었다. 하지만 이 정보를 알려야 할지 망설여지기도 했다.

이것도 밀고가 아닌가. 자신을 판 와키타에게 구리하라를 파는 것인가.

하지만 아키쓰는 와키타에게 말해줘야겠다고 결심했다. 개인적인 사정에 좌우되어 판단을 그르치는 것은 결국 과거에 얽매어 있는 것이라고 생각했다.

그리고 어젯밤 와키타에게 전화를 걸었던 것이다.

거기까지 기억을 더듬고 있을 때 셔터 밖에서 발소리가 들려왔다. 아키쓰는 서둘러 신문 투입구로 달려갔다.

"실례합니다! 들리세요?"

발소리가 멈췄다. 얼굴을 바닥에 찰싹 붙이듯 하고서 보니 무성한 잡초 가운데 누군가가 서 있었다. "살려주세요! 갇혔습니다! 경찰 좀 불러주세요!"

하지만 대답은 없었다. 그렇다면 아키쓰를 여기에 가둔 인물임에 틀림없다.

"당신…… 쓰키 지점에서 소동 피우던 그 사람이죠? 목적이 뭡니까?"

역시 대답은 없었다.

"내 말이 기분 나빴나요? 그럼 사과할게요. 여기에서 내보내주세요."

그래도 대답은 없었다. 대답할 생각이 없는 것이다. 아마 목소리 때문에 실수라도 할까봐 두려운 것이리라.

"아니면 회사가 목표인가요? 나를 인질로 잡고 회사에 뭔가를 요구할 셈인가요?"

대답이 없어 아키쓰만 연신 떠들어댔다.

"마루오를 싫어하는 경쟁업체의 의뢰를 받은 건가요? 아니, 그럴 리는 없으려나. 역시 단순히 돈이 목적입니까? 그럼 무리예요. 난 회사에서 불면 날아갈 정도인 일개 사원에 불과해요. 컴플라이언스실 실장 따위는 그다지 비중 있는 자리가 아닙니다. 회사가 돈을 낼 리가 없어요. 정말입니다. 나는 집사람에게 잡혀 사는 평범한 남자예요. 몸값 백만 엔 정도의 가치도 없습니다."

설마 123억 엔의 몸값을 요구했을 줄은 아키쓰도 전혀 생각지 못했다.

야자와 변호사로부터 신고를 받은 료코쿠 경찰서 강력계는 마루오 홀딩스 본사 건물의 임원 회의실에 대책본부를 설치했다. 사건의 진척 상황에 따라서 경시청 수사1과와 합동으로 수사할 수도 있다고 한다. 많은 형사들이 드나들고 온갖 기자재까지 들여놓은 회의실은 평소의 중후한 분위기와는 딴판으로 변해 있었다.

수사 책임자라는 이누카이 형사가 협상 담당을 맡은 와키타 상무에게 설명했다.

"기업 유괴에는 기업으로부터 돈을 탈취하려는 영리 유괴,

311

정치범의 석방과 해방을 목적으로 하는 유괴, 기업 내에서 벌어진 범죄 행위를 매스컴에 공표하기 위한 유괴 등이 있습니다."

"이번에는 영리를 목적으로 한 유괴라는 건가요?" 와키타 상무가 확인했다.

"지금까지로 봐서는요." 강력계라고는 생각되지 않는 약간 투실하고 온화한 말투의 이누카이 형사가 턱을 문질렀다.

"123억 엔이라는 금액은 도저히 지불할 수 없습니다." 경영 기획 담당인 시라이시 전무가 하소연했다.

"당연히 그럴 테죠. 아무튼 범인이 접촉해오길 기다리도록 하죠. 전화는 여기로 연결되게 해주세요. 다카무라 씨, 당신 휴대전화 좀 빌립시다."

마코토는 자신의 스마트폰을 제공했다.

"몸값 요구 문자는 추오구 긴자 2번지에서 보낸 거였습니다. 이제부터 수사팀이 그 지역을 수색할 겁니다. 그리고 앞으로 이 방의 출입은 최소한의 인원만 하도록 하겠습니다. 상무님, 다카무라 씨, 거기 변호사 선생 말고는 당장 여기에서 나가주십시오. 허가 없이 들어오는 일은 없도록 해주세요."

그런 긴박한 대화를 한쪽 구석에서 지켜보고 있던 비서 미나코 역시 다른 비서나 임원 들과 마찬가지로 회의실에서 쫓겨났다.

사장실에서는 마루오 사장이 접대용 소파에 누워 있었다. 몸 상태가 안 좋은 마루오 사장뿐만 아니라 함께 있는 이와무라 부사장의 표정도 창백했다.

"그건 처분하는 편이 좋겠습니다."

마루오 사장은 묵묵히 캐비닛 열쇠를 내밀었다.

이와무라 부사장이 열쇠 세 개를 이용하여 캐비닛 안에 들어 있던 서류를 꺼낸다.

그리고 몇 장을 넘겼다. 거기에는 '123억'이라는 숫자가 적혀 있었다.

아키쓰의 몸값과 같은 액수다.

이 공교로운 일치야말로 마루오 사장의 몸 상태가 갑자기 안 좋아진 원인이었다.

"역시 관계가 있는 것 같은가요?"

"저쪽 요구액과 너무 똑같으니까요."

"어떻게 하면 좋겠소?"

"그건 사장님만이 결정하실 수 있습니다."

"이제 와서 도망치란 말인가!"

"마루오는 전임 회장님 때부터 마루오 일가의 것이었습니다. 그래서 이번 계획도 사장님 독단으로 진행하신 거 아닙니까?"

"독단이 아니오! 이와무라 당신도 그렇게 하는 게 제일 낫다고 말하지 않았소!"

이와무라는 "사장님, 목소리가" 하며 두 손으로 제지했다.

마루오 사장은 화를 누르기가 힘겹다는 듯 휴대전화를 꺼내 'W'라고 등록된 번호를 불러왔다. 하지만 천성적인 조심성이 그 손길을 멈추게 했다.

"내 휴대전화는 경찰이 도청하고 있을지도 몰라요."

이와무라 부사장은 이 신중함이 경영에 활용되었더라면 현재와 같은 사태는 맞이하지 않았을지 모른다고 생각했다. 호탕한 경영자였던 선대 사장에 대항하듯 3대 사장은 사람들의 눈길을 끄는 일에만 열심이었지만 원래는 겁 많은 청년이었다. 그 성격을 살려 견실한 경영을 해나갔다면 좋았을 것이다. 선대 때부터 감찰 업무를 맡아온 자신에게도 책임은 있다. 하지만 그것을 인정하기에는 나이를 너무 먹었다.

이와무라는 갑자기 졸음이 몰려왔다. 회사 일도, 마루오 사장 문제도 더 이상 생각하고 싶지 않았다. 아키쓰의 유괴도, 그 범인이 누구인지 짐작이 가는 것도 현실로 받아들일 수가 없었다.

아키쓰는 닫힌 셔터 너머로 계속 말을 건넸다.

"아무 대답도 하지 않겠다는 건 잘 알았어요. 좋아요. 그 대신 내 이야기를 들어주실래요?"

"후우" 하고 한숨 소리가 들려왔다. 범인도 긴장하고 있을 것이다. 아키쓰는 어떻게든 돌파구를 마련하려고 할 말을 찾았다. 지금 밖에 있는 남자를 설득하는 것 말고는 살 길이 없다. 이대로 방치되어버린다면 인적도 없는 이곳에서 3일이나 버틸 수 있을까. 아무튼 이야기하자. 떠드는 상대를 못 본 척하지는 못할 것이다.

"여기, 생선 가게였던 곳이죠? 금방 알았어요. 난요, 낚시를 했었어요. 고작 3개월 전까지는 도야마에서 살았죠. 50센티미터 넘는 참돔을 낚을 뻔한 적도 있었어요. 새벽 어슬녘이라는 거 알아요? 동트기 전부터 동틀 때까지 대략 한 시간 정도 사이인데, 작은 물고기들이 많이 나와서 그걸 먹으러 오는 월척을 노리는 겁니다. 뭐, 실은 낚을 뻔하기만 했지 잡지는 못했지만요. 참돔의 힘을 못 이겨 바다에 빠졌어요. 죽는 줄 알았죠. 괴로웠어요. 과거에 죽으려고 바다에 뛰어들었던 게 생각나더군요."

범인이 귀를 기울이는 기척이 셔터 너머로 전해졌다. 작전은 실패하지 않은 모양이다. 아키쓰는 열심히 말했다.

"벌써 7년 전 일인데, 젊은 친구한테 열심히 일하라고 했다가 파워하라라고 좌천당했어요. 아, 그것만 가지고 죽으려고 했던 건 아니에요. 그걸, 철석같이 믿던 부하 직원이 밀고한 게…… 너무 마음 아팠어요. 상사였다면 아무리 미운 짓을 해도 원망 한 번 하면 그만이지만 친구나 부하 직원의 배신은 마음에 응어리로 남아요. 나는 정말 믿었으니까요. 왜 그랬나, 왜 그랬을까……. 그것밖에 머리에 떠오르지 않아서 사고가

정지돼버렸다고 할까. 정신을 차리고 보니 도쿄 만에 뛰어들고 있었습니다. 저기, 듣고 계세요? 듣고 계시면 제발 노크 한 번 해주지 않을래요?"

잠시 있다가 콩콩 하고 셔터를 두드리는 소리가 났다. 반응이 있다는 것은 아직 희망이 있다는 뜻이다.

"고맙습니다. 어디까지 이야기했죠? 아아, 바다에 뛰어들었다는 것까지 했죠. 곧바로, 이건 위험하다, 정말 죽는구나 생각했습니다. 제 스스로 뛰어든 주제에 이렇게 말하는 것도 이상하지만 절대 죽고 싶지 않아서, 정말 필사적으로 허우적거리며 위만 보고 올라왔어요. 아내와 자식이 보고 싶다는 생각도 했어요. 그래도 제일 먼저 든 생각은, 아무리 시시한 일이라도 좋으니까 일을 하고 싶다는 거였어요. 물을 가르면서, 살아남아 일을 하고 싶다고 생각했습니다. 그래서 말이죠, 그 후 지방을 돌면서도 힘들지 않았습니다. 떨어질 데까지 떨어졌다는 게 이런 거 아닐까요. 한 번 죽어본 겁니다. 당신은 어떠세요? 이런 일을 하는 건 뭔가 피치 못할 사정이 있기 때문이겠죠? 가족은 없나요?"

금속음이 날카롭게 울려 퍼지고 공기가 떨렸다. 셔터를 걷어찬 것이다. 질문하지 말라는 뜻일 게다. 아키쓰는 상대방의 동요를 이용하기로 했다.

"미안해요. 쓸데없는 소리를 했네요. 하지만 당신은 거기에서 뭘 하고 있나 싶어서요. 날 감시하는 건가요? 당신 의지로?

아니면 누군가의 부탁으로? 그만두세요. 그러니까, 이건 범죄입니다. 유괴, 감금, 만에 하나 내가 죽기라도 하면 살인. 상당히 중죄입니다. 괜찮겠어요?"

더욱 큰 금속음이 울려 퍼졌다.

아키쓰가 위기에 처해 있을 때 마코토는 컴플라이언스실로 돌아와 에이코에게 사정을 설명하는 전화를 하고 있었다.

"제가 밤늦게 실장님을 불러낸 탓에…… 정말 죄송합니다."

에이코는 씩씩하게 응대했다.

"당신 잘못이 아니에요. 그 사람은 예전부터 사건을 몰고 다니는 구석이 있었어요. 한여름 더운 날에 엘리베이터가 멈춰서 안에 갇혀 있기도 하고, 낚시하러 가서 바다에 빠지기도 하고……. 그래도 매번 무사히 집으로 돌아왔어요. 그러니까 이번에도 틀림없이 괜찮을 거예요."

마코토는 오히려 에이코가 자신을 격려해주자 금방이라도 눈물이 쏟아질 것 같았다. 겨우 고맙다는 말을 하고 전화를 끊은 후 티슈로 코를 풀었다. 그러고 있는데 "아키쓰 씨 부인?" 하는 목소리가 들려왔다. 미나코가 와 있었다. 평소의 여유 만만한 미소는 없었다.

"네." 행여나 눈물이 보이지나 않을까 조심하며 대답했다.

"아키쓰 씨는 자녀가 있나요?"

미나코답지 않은 질문이었다.

"고등학생인 따님이 있어요. 만약 무슨 일이라도 생기면 어쩌나 싶어서……."

또 눈물이 나올 것 같은 마코토였지만 문득 떠오른 의문이 감상을 잊게 만들었다.

왜 미나코는 아키쓰의 가족에 대해 묻는 걸까. 그리고 왜 뭔가를 골똘히 생각하는 표정인 걸까.

마코토가 이상해하는 눈치를 챘는지, 미나코는 "분명 괜찮을 거예요" 하며 웃었다.

"그렇게 말할 수 있는 근거가 뭐죠?"

"근거야…… 123억 엔이라는 거금을 지불할 수 있을 리 없잖아요. 마루오를 통째로 살 수 있는 돈이에요. 단순한 협박이죠. 그렇게 걱정하지 않아도 무사히 풀려날 거예요."

침묵하는 마코토의 등을 탁 하고 격려하듯 두드리고 미나코는 나갔다.

하지만 마코토는 걱정이 되어 말을 잃은 것은 아니었다. 미나코의 마지막 말이 못내 마음에 걸렸던 것이다.

"권한은 사용하라고 있는 거니까."

마음 속 말을 입 밖에 낸 마코토는 결심을 굳혔다.

이누카이 형사는 고개를 갸웃거렸다.

"처음 보낸 문자 이후 벌써 다섯 시간이 지났습니다. 아무런 접촉도 없는 건 좀 이상한데요."

와키타 상무도 똑같은 생각을 하고 있었다. 야자와 변호사 역시 방 한구석에서 고개를 끄덕였다.

"우리가 먼저 아키쓰 실장님께 전화를 걸어볼까요?"

"그래주시겠습니까? 아마도 연결되지는 않을 테지만요."

와키타는 아키쓰의 휴대전화로 전화를 걸었다. 역시 곧바로 전화를 받을 수 없다는 메시지가 나왔다. 경찰의 지시대로 녹음은 하지 않고 전화를 끊었다.

이누카이 형사는 부하에게 점심식사를 위한 도시락 조달을 지시하고는 와키타를 바라보았다.

"이 유괴, 단순한 몸값 유괴가 아닌 것 같습니다. 뭔가 다른 목적이 있을지도 모르겠어요."

"저도 같은 느낌을 받았습니다. 123억 엔이라는 도저히 지불할 수 없는 금액을 부른 것 자체가 부자연스러워요."

"역시 상무님도 그렇게 생각하셨습니까. 아마도 범인 측에서는 123억 엔을 요구함으로써 뭔가를 전하고 싶었던 게 아닐까요. 뭐 좀 짚이는 게 없습니까?"

"안타깝게도 전혀."

"사장님 몸은 좀 어떠신가요? 물어봐주실 수 있을까요?"

와키타 상무는 "알겠습니다. 상태를 살펴보고 오겠습니다" 하며 자리에서 일어섰다.

"그럼 그동안 범인에게서 연락이 올 경우 야자와 선생이 받도록 하겠습니다."

"네, 금방 돌아오겠습니다." 와키타는 문을 열었다.

거기에는 마코토가 기다리고 있었다.

사장실로 가기 전 와키타 상무는 소회의실에 먼저 들렀다. 마코토의 이야기를 듣기 위해서였다.

"고마쓰 씨가 없는 곳에서 이야기할 수 있을까요" 하고 말했을 때 심상치 않은 사태임을 확신했다.

마코토는 묵묵히 이메일을 출력한 종이를 내밀었다. 그것은 미나코의 이메일 내용이었다. 컴플라이언스실은 비상시에 한해 임직원의 이메일을 열람하는 게 허용되어 있었다. 발신처를 본 와키타는 어제 아키쓰가 녹음한 말의 의미를 비로소 이해했다.

구리하라 님. 지난번 그 건, 저쪽에서 상세히 검토해보고 싶답니다. 내일 휴가를 내고 댁 근처로 함께 가겠습니다. 또 사정이 사정인 만큼 앞으로의 연락은 제 휴대폰으로 해주시기 바랍니다. 090-300×-236×, 고마쓰.

아키쓰가 말한 "당신 비서, 옛날 남자와 바람피우고 있어"……. 그 '옛날 남자'란 전임 실장인 구리하라를 의미하는 것이었다. 그러고 보니 점포개발부에서 함께 일하던 당시 거래처 담당자를 '옛날 남자', '새 남자', '이웃 남자' 등의 암호로 불렀었다.

그나저나 미나코가 휴직 중인 구리하라 전임 실장과 어떤 접점이 있었으리라고는 생각지도 못했다. 상세히 검토하겠다는 건 또 뭔가.

"왜 그녀의 이메일을 본 거죠?"

"고마쓰 씨가 123억 엔은 회사를 팔았을 때의 가격이라고 했습니다. 어떻게 그런 걸 아나 싶어서요. 그뿐만 아니라 평소의 고마쓰 씨답지 않았어요. 뭔가 유괴에 대해 알고 있는 게 아닐까 하는 생각이 들었습니다. 주제넘은 짓을 해서 죄송합니다."

"사과할 필요는 없어요. 그 밖에 또 아는 게 있으면 알려주세요."

마코토는 순간 주저하다가 각오한 듯 말했다.

"구리하라 실장님에 대해서도 조사해봤습니다."

"그래서요?"

"자신의 이메일은 전부 삭제해버렸더군요."

사내 서버는 정보실이 관리하기 때문에 사원은 스스로 자기 이메일을 삭제할 수 없다. 유일하게 컴플라이언스실 사원만이 열람 권한을 가지고 있어서 삭제하려고 마음먹으면 이론상으로는 가능하다.

"하지만 구리하라 실장님은 쓰러지시고 나서 한 번도 회사에 나오신 적이 없습니다. 그러니까…… 쓰러지시기 전에 삭

제했다는 겁니다."

그렇게 말하면서 마코토의 목소리는 떨리고 있었다. 역시 구리하라 실장은 '스스로' 병에 걸려 쓰러진 것이었다.

"용케 용기를 내서 조사해봤네요. 제가 고마쓰 씨에게 어떻게 된 사정인지 물어보도록 하죠. 당신은 컴플라이언스실에서 대기해주세요."

마음속의 동요는 털끝만큼도 보이지 않고 와키타는 마코토를 치하했다. 하지만 마코토는 초조한 표정을 보였다.

"저…… 구리하라 실장님에게 물어봐도 될까요?"

"무슨 말입니까. 당신은 아직 4년밖에 안 된 여자 직원입니다. 그런 임무를 맡길 수는 없습니다."

"상무님, 그거, 에이지 해러스먼트, 그리고 젠더 해러스먼트입니다."

이런 상황에서도 가볍게 대꾸할 수 있을 줄이야. 아키쓰가 교육을 상당히 잘 시킨 게 아닐까. 와키타 상무는 뺨에 살짝 미소를 머금었다.

아키쓰는 신문 집어넣는 틈새로 얼굴을 갖다 대고 밖의 상황을 살폈다. 아무리 각도를 바꿔 보아도 보이는 건 오직 잡초뿐이었다. 공격적으로 나간 건 실패했다. 남자는 화난 듯 셔터를 걷어차더니 어딘가로 가버렸다.

"만사휴의(萬事休矣, 모든 것이 헛수고로 돌아감─옮긴이), 절체절

명, 오리무중, 고립무원……."

알고 있는 말을 모두 늘어놓으며 이 상황을 웃어넘기려 시도해보았지만 어휘력이 없어서인지 금방 끝나버렸다. 틈새로 들어오는 햇살의 기울기로 보아 이제 오후 2시가 지나고 있을 것이다. 해가 지고 눈이 내리면 얼마나 더 버틸 수 있을까. 죽음에 대한 공포인지, 정말 기온이 내려갔는지는 판단할 수 없었지만 몸이 안에서부터 식어가고 있었다.

"안 돼, 안 돼."

포기해버리고 싶은 유혹을 몰아내듯 눌러 찌그러진 빵을 꺼냈다. 오랜 시간 감금될 것에 대비해 아끼는 반만 먹었던 것이다. 나머지 반을 또 반으로 나누어 입에 넣었다. 맛있게 먹었다. 목마름을 느껴 바닥에 파묻힌 수도꼭지를 비틀었다. 겨우 붉은 물이 나왔다. 투명해지기를 기다려 입을 갖다 댔지만 쉽게 마시기가 어려웠다. 어쩔 수 없이 아키쓰는 굴러다니던 장화에 물을 받아 마셨다.

"이게 마지막 만찬인가? 설마." 일부러 소리 내어 중얼거렸다. 웃음이 난다.

그때 신문 넣는 빈틈으로 들어오던 빛을 누군가가 가렸다. 귀를 쫑긋 세우자 팔찌 부딪히는 희미한 금속음이 들려왔다.

"돌아왔군요. 고마워요." 아키쓰는 자신도 모르게 진심을 담아 감사 인사를 했다.

셔터에 기대는 사람의 기척이 전해졌다.

이번에는 실패하면 안 된다. 아키쓰는 셔터로 슬쩍 다가갔다. 아까보다 조용한, 그리고 친밀함을 담은 목소리로 말했다.

"아까는 미안했어요. 도무지 알 수가 없어서…… 왜 당신 같은 사람이 이런 거친 짓을 하는 건지 말이에요."

"나 같은?" X가 처음으로 반응했다.

"쓰키 지점에서 소동을 벌일 때 우리 직원에게 바지를 집어 던지려다가 그만뒀죠. 그때, 천성적으로 난폭한 사람은 아니구나 생각했어요. 화를 내고는 있었지만 그것도 지금 생각해 보면 엄청 심한 말은 아니었죠. 가게에 불만이 있는 클레이머의 경우 더 심하게 인신공격까지 하는 사람들도 많거든요."

반박하지 않는다.

"누군가에게 부탁받은 거죠? 나를 여기에 감금하고, 언제까지가 될지는 모르겠지만 감시하라고? 아아, 정체를 알아내려는 건 아니에요. 지금은 더 이상 그럴 여유가 없어요. 나도 말이죠, 못된 짓을 부탁 받았어요. 피차 마찬가지 신세 같아서 말이에요."

"……피차?"

"누구라고는 말할 수 없지만 그 사람에게서 동료의 뒤를 캐라는 부탁을 받았어요. 잘못을 폭로해 그 사람을 끌어내리기 위해서죠. 너무하지 않나요? 하지만 회사란 의외로 힘든 곳이에요. 서로 물어뜯고 물리는 게 일상다반사죠. 다만…… 모두가 싫은 건 아니에요. 가끔은 좋은 사람도 있어요. 귀여운 부하 직원도 있고."

"그래서?"

"네?"

"해줬나, 그거……?"

"아아…… 거절하기로 했어요. 성인군자인 척하는 건 아니지만 어차피 더럽혀야 하는 손이라면 나를 위해서 해야죠. 다른 사람을 위해 못된 짓을 하는데 죄책감만 내가 짊어지고 가는 건 너무 억울하니까요."

X는 아무 말도 하지 않았다. 주의 깊게 셔터 너머의 호흡을 감지한다. 약간 먹힌 것 같았다.

"제안할 게 있어요. 내가 30초 동안 눈을 감고 있을게요. 그동안 자물쇠를 열고 당신은 도망치는 게 어때요?" 침 삼키는 소리가 들렸다.

"목숨을 살려주면 당신에 대해서는 경찰에 말하지 않을게요. 처음 보는 사람에게 얻어맞은 뒤 정신을 차리고 보니 여기 있었다고 할게요."

"무리야." X는 무정하게 대답했다.

'안 돼'가 아니라 '무리'라고 말한 건, 역시 누군가에게 의뢰받았다는 뜻이리라. 아키쓰는 곧바로 추궁하고 싶은 마음을 억누르며 동정을 얻는 작전을 펼쳤다.

"죽을 겁니다. 오늘은 눈이 내린대요."

"눈 같은 건 안 와. 이야기는 끝났다. 이제 그만 떠들어."

아키쓰는 시키는 대로 했다. 계속 밀어붙이고 나서 저쪽이 초조해질 때까지 시간을 끈다. 점포개발부에서 용지 매수에 나섰을 때 쓴 수법이었다. 통할지 안 통할지는 모르지만 X를 토지 소유자라고 생각하자 마음이 한결 편해졌다. 설득해서 함락시키면 된다.

"추궁하고 싶지는 않아요. 당신이 알아서 이야기해주세요."

상무실로 돌아온 와키타는 아까 받은 이메일 내용을 미나코에게 들이댔다.

미나코의 코가 커지며 크게 숨을 들이마신다. 이렇게 될 줄 예감하고 있었는지 흐트러진 모습은 없었다.

"죄송합니다, 상무님. 이 건에 대해서는 말씀드릴 수 없습니다."

"그럼 내가 말해보죠. 당신은 당신을 파견한 업체의 지시를 받고, 이 회사에 불만을 가진 능력 있는 인물을 찾아내 그 회사에 소개시켜준 거 아닌가요."

미나코는 대답하지 않았다.

"당신의 전 직장인 마르스 식품에 대해 조사해봤어요. 당신이 임원 비서로 재직하던 시기에 영업직 두 명이 직장을 옮겼더군요. 전전 직장인 다케바시 건설에서는 세 명. 모두 회사의 핵심적인 인물이었어요."

"그런가요." 미나코는 전혀 동요하지 않았다.

와키타는 "꾸짖을 생각은 없습니다" 하고 내심 분개를 감추며 온화하게 미나코를 보았다.

"듣고 싶은 게 있어요. 당신은 123억 엔이라는 금액에 대해 회사를 매각하는 가격이라고 말했던 모양이던데. 그 말의 근거는요?"

대답하지 않는 미나코 앞에서 와키타 상무는 자신도 모르게 말이 빨라졌다. "내 추측엔 구리하라 전 실장과 접촉했을 때 알게 된 것 같은데, 맞나요? 그는 컴플라이언스실 실장입니다. 사내의 겉과 속을 누구보다 잘 알 수 있고 사장과도 가까워요. 그가 갑작스러운 병으로 쓰러진 배경에는 123억 엔이라는 돈이 얽혀 있는 거 아닌가요?"

한때 자신을 좋아했던 비서는 뻔뻔스러운 미소만을 지어 보일 뿐이었다.

구리하라 다이치는 맨션 문을 열고 복도로 나갔다. 구리하라의 아흔 된 노모에게 밥을 먹이면서 아내가 뾰족한 눈길을 보낸다.

"금방 돌아올게." 짧게 말하고는 엘리베이터로 향했다. 24층에는 늘 찬바람만 분다. 고층 맨션 같은 걸 괜히 샀다고 저주하는 순간이다. 하지만 지금은 최대한 아래로 내려가는 시간을 늦추고 싶었다. 아까 컴플라이언스실의 다카무라 마코토에게서 "드릴 말씀이 있습니다. 댁 근처에 와 있습니다" 하고 전화가 왔던 것이다. 갑작스러운 방문 용건은 대충 짐작이 간다. 오랜만이야, 하고 말해야 할까. 1층에 도착할 때까지도 결정짓지 못할 것 같았다.

하지만 마코토가 바라는 것은 구리하라가 생각한 어떤 말도 아니었다.

"123억 엔이라는 금액에 대해 뭐 짚이는 게 있으세요?"

갑작스러운 질문에 놀라는 구리하라에게 마코토는 "회사에 공갈 협박 사건이 생겼습니다. 그 금액이 123억 엔이어서 와키타 상무님을 비롯한 모두가 수상하게 생각하고 있어요" 하고 설명했다. 와키타 상무로부터 아키쓰의 유괴에 대해서는 함구하라는 명령을 받았다.

"그걸 왜 나에게?" 구리하라는 과거 부하 직원에게 물었다.

"군이 제가 말씀드려야 할까요?" 뭔가를 부탁하듯 마코토가 똑바로 구리하라를 보았다.

지난 3개월 사이에 제법 당차게 변한 마코토를 구리하라 역시 눈부시게 바라보았다.

"많이 믿음직스러워졌군. 여자한테 이런 말을 하면 성희롱일 수도 있지만."

"아뇨, 실장님이 갑자기 그만두시고 정말 많이 걱정했어요. 제가 뭘 잘못한 게 아닌가, 뭔가 할 수 있는 건 없을까 하고요. 그렇게 많은 생각을 할 기회를 얻었죠."

마코토는 책망하고 싶은 기분을 억누르며, 과거의 상사에게 자신의 마음을 전하려 애썼다. 마지막에 가서는 목이 메었다.

구리하라는 체념한 듯 고개를 끄덕였다.

"알고 있는 건 다 말해주지."

마루오 사장이 사장실에 틀어박힌 지 여섯 시간이 지났다. 그동안 한 일이라고는 페트병의 물을 마신 것, 넥타이를 푼 것, 이 두 가지뿐이었다. 뭔가 해야만 한다는 건 알고 있었지만 사태의 막중함과 불길한 예감 때문에 옴짝달싹할 수가 없었다.

이와무라 부사장은 처음에는 '이대로 방치하면 안 된다', '어쨌든 결단을 내려야 한다'고 조언했지만 마루오가 꼼짝 않는 것을 보고 자기 방으로 돌아갔다. 유괴범에게서 연락은 아직도 오지 않은 듯했다.

혼자 남은 마루오 사장은 지난 몇 개월 동안 자신에게 벌어진 일들을 돌이켜보았다. 그러자 매사에 자신이 얼마나 안이하게 판단해왔는지, 경악스럽기 짝이 없었다. 그 결과로 아키쓰의 유괴 사건이 일어난 것이라면, 그에게 무슨 일이라도 생긴다면 그야말로 되돌릴 수 없게 된다.

하지만…… 최악의 사태를 피하려다 보면 또 다른 최악의 사태를 발생시키는 법이다.

마루오 사장은 혼자, 무턱대고 소리치고 싶었다. 나만 잘 먹고 잘 살려다가 이렇게 된 것은 아니다. 회사를 위해 한 일이었다. 용서해다오.

그때 노크 소리가 들렸다. 겨우 "네" 하고 대답하자 와키타 상무가 들어왔다. 평소에는 비서를 통해 사장실에 들어올 수 있었지만 오늘은 비서과에서 대기하도록 했다.

"아직도 범인에게서 연락이 없는 모양이군."

마루오 사장은 와키타 상무의 얼굴을 보지 않고 말했다. 와키타 상무는 그 말에는 대답하지 않고 마루오 맞은편에 천천히 앉았다.

"사장님, 범인이 누군지 짐작이 갑니다." 늘 조용한 말투로 이야기하는 와키타였지만 지금은 유독 더 조용하고 냉정한 목소리였다. 적어도 마루오는 그렇게 느꼈다.

"구리하라 전임 컴플라이언스실 실장이 말해주었습니다."

와키타 상무는 바로 조금 전 마코토에게 보고받은 사실을 정리하여 마루오 사장에게 이야기했다.

"사장님과 부사장님은 마루오 홀딩스의 매매, 즉 M&A 계획을 진행하셨던 모양이더군요. 매각처는 동남아시아에서 통신판매를 성공시킨 중국계 더블시 홀딩스. 이들은 일본에 진출하기 위해 오프라인 매장을 찾다가 사장님에게 접촉해왔습니다. 반년에 걸쳐 극비리에 사업양도 협상을 했고요. M&A가 성립되면 마루오는 더블시 산하에 들어가 아시아에서의 통신판매망을 얻을 예정이었죠. 그 제시액이 123억 엔이었습니다."

마루오는 고개를 떨어뜨렸다.

"구리하라는 컴플라이언스실 실장으로서 그 사실을 알고 다시 생각해보도록 사장님에게 직언을 했습니다. 왜냐하면 더블시는 일본의 폭력 조직과도 연결되어 있어서 기업 윤리를 문책당하는 사태로 발전하지 않을까 우려했기 때문입니다. 하지만 당신은 구리하라 실장의 조언을 무시했습니다. 그때 이렇게 말씀하셨던 모양이더군요. '내 회사니 참견하지 마라' 하고요."

구리하라는 며칠에 걸쳐 조사한 끝에 전한 직언이 유치한 말 한마디로 무시당한 데 실망하여 다음 날부터 출근하지 않겠다고 결심했다. 갑자기 병에 걸렸다고 속인 것은 괜한 억측을 불러일으키지 않기 위해서이자, 마루오 사장이 다시 생각해보기를 바라서였다. 하지만 마루오 사장은 곧바로 구리하라를 휴직 처리하고 아키쓰를 컴플라이언스실 실장으로 불러들였다. 그것은 구리하라에게 더 이상 참견하면 용서하지 않겠다는 의사 표시였다.

미나코는 이미 경영자에게 불만을 품고 있던 구리하라에게 눈독을 들이고 있었다. 휴직 처리가 되기를 기다렸다가 인재 회사에 다리를 놓아주었다. 구리하라는 컴플라이언스 업무 경험을 살려 컨설팅 회사에 재취직하기로 결정했다고 한다. 구리하라에 따르면 미나코는 인재를 소개해주면서 한 사람당 백만 엔 정도의 보수를 챙겼다.

"여기서부터는 제 추측입니다. 시나가와점의 오픈, 육아휴직제도의 도입, 여성 관리직 등용……. 그것들은 모두 회사의 브랜드 가치를 높여 매각 금액을 올리기 위한 것 아니었습니까? 하지만 더블시 측에서는 제시액을 받아들이지 않았고, 그래서 조건이 맞지 않았죠. 그 결과 저쪽에서 경고의 의미로 유괴 사건을 벌인 후 123억 엔이라는 몸값을 요구했습니다."

"상무, 그건 아니야." 마루오 사장이 슬픈 듯 고개를 들었다.

"유괴가 더블시의 짓인 건 맞지만 조건 때문이 아니야. 내가 협상을 엎어버린 데에 대한 보복이지."

"엎었다고요?"

"분명 3개월 전까지는 사업양도를 진행할 생각이었어. M&A의 방향이 합의될 수 있다면 임원 회의에서 승인을 얻을 작정이었네. 변명처럼 들릴 수도 있지만 회사를 존속시키기 위해서는 더 이상 국내 소비자만으로는 불가능하다고 생각했어. 하지만 내게는 해외를 상대할 만한 수완이 없네. 그건 내가 제일 잘 알아. 그런데 협상을 진행하는 동안 그자들의 목적이 전매임을 알았지. 다른 중국 기업에 하나둘 잘라서 팔기 시작하면 마루오는 흔적도 없이 사라져버려."

"그럼 협상을 재개하라는 협박인 겁니까?"

마루오 사장이 눈물을 글썽거렸다.

"더블시 측에 예정대로 매각하겠다는 연락을 하면 아키쓰는 풀려날 걸세. 하지만 그렇게 하면 마루오는 언젠간 해체 위기

에 빠져. 아키쓰인지 회사인지, 어느 쪽을 선택해야 할지 나로
서는 잘 모르겠네."

쥐어짜듯 겨우 말하며 오열하는 마루오 사장에게서 와키타
상무는 눈길을 거두었다. 창밖에는 하늘하늘 눈발이 날리기
시작했다.

"봐요. 역시 내리잖아요."

아키쓰는 신문 투입구로 눈이 내리기 시작한 것을 보고 오
랜만에 입을 열었다.

X는 아직도 계속 밖에서 감시 중인 듯했다. 추위를 참기 위
해 발을 동동 구르는 소리가 들린다.

"춥죠, 당신도."

"조금." 슬슬 누군가와 이야기하고 싶어졌는지 X는 곧바로
대답했다.

"발목 좀 돌려요. 겨울에 밤낚시하러 갔을 때 배운 거예요.
오른쪽으로 왼쪽으로 빙글빙글."

셔터 너머에서 발목 돌리는 소리가 난다.

"그다음엔 신발 속에서라도 좋으니까 발가락을 오므렸다가
다시 펴는 동작을 해보세요. 어때요, 조금 따뜻해지지 않았나
요?"

"조금."

X의 목소리가 살짝 부드럽게 변해 있었다.

"저기, 딱 하나 부탁이 있어요. 내 스마트폰 좀 확인해주지 않을래요?"

"안 돼. GPS로 추적당할 거야."

"아내한테서 문자가 왔을 거예요. 아주 잠깐이라도 괜찮으니까."

잠시 있다가 X는 아키쓰의 스마트폰을 꺼내 전원을 켰다. 발목 운동을 가르쳐준 것이 효과를 발휘한 듯하다.

"그런데 스마트폰이 잠겨 있을 텐데, 지문 인식이라……."

"그거야, 당신 지문을 대면 되잖아."

"그렇군요……."

"죽은 사람의 지문이라면 잠금이 풀리지 않을 테지만."

아마도 비합법적인 일을 하고 있을 것이다. 그래서 이번 일도 맡았음에 틀림없다.

"부인한테서는 안 왔는데."

"앗, 그런가요……. 걱정되지도 않나."

"대신 어떤 남자 이름으로 메시지는 와 있군. 와키타라는 이름인데."

어제 전화에 대한 답장일 것이다.

"좀 읽어주실 수 없을까요."

X는 녹음 메시지를 재생시켰다. 와키타의 기계음 같은 목소리가 들려온다.

—"전화 잘못 건 거 아닌가요."

녀석답군, 하고 생각한 것과 동시에 어떤 생각이 떠올랐다.

"옛날 친구예요. 열받네. 그 번호로 문자 좀 보내줄 수 없을까요."

"안 돼."

"회사하고는 아무 관계도 없어요. 한마디면 됩니다. 닥쳐, 카스라고."

"닥쳐, 카스……."

"그 네 글자예요. 그 정도는 괜찮잖아요?"

X는 스마트폰을 조작하더니, "보냈어. 이제 전원 끌 거야" 하고 통보했다.

"네." 아키쓰는 그렇게 대답하면서 이 도박이 성공하기를 빌었다.

― '닥쳐, 카스.'

와키타 상무의 스마트폰에 아키쓰로부터 문자가 온 것은 오후 4시. 임원 회의실에서 이누카이 형사 등과 앞으로의 방침에 대해 의논하고 있을 때였다.

마코토와 야자와 변호사를 포함해 모두가 아키쓰로부터 온 연락에 긴장했다.

이누카이 형사는 또다시 고개를 갸웃거렸다.

"'닥쳐, 카스'……. 쉰이 넘은 남자가 문자를 보낼 때 쓸 만한 내용은 아닌데요. 늘 이런 식인가요?"

"아뇨, 문자를 주고받은 것도 7년 만입니다."

마코토가 뭔가 눈치 챘다. "이거, 카스하라의 그 카스 아닐까요?"

"왜 카스하라라는 거지?"

사라지기 직전에 쓰키 지점의 카스하라 사건에 관여했었다고 야자와가 설명했다.

와키타가 "아키쓰 실장은 일할 때 이런 암호를 자주 사용했었죠" 하며 고개를 끄덕였다.

"범인이 카스하라를 했던 인물, 또는 관련된 사람이라는 뜻 아닐까요."

"그렇군. 카스, 카스하라라."

이누카이는 잠시 눈을 감고 생각하다가 "이봐" 하고 부하를 불렀다.

그 후로는 일사천리였다.

이누카이 형사의 지시로 쓰키 지점의 방범 카메라에서 상해 전과가 있는 다바타 신지가 특정되었다. 그리고 다바타의 휴대전화 GPS로 아키쓰의 감금 장소를 추측해냈다.

겨울의 일몰은 빠르다. 5시가 지나자 주위가 급속히 어두워졌다. 태양이 기운다는 것은 아키쓰에게는 죽음이 다가왔다는 의미였다. 아직 구하러 오는 사람은 없다. 이쪽 의도가 와키타에게 전달되지 않은 것일까. 아무리 아키쓰라 해도 체념과 비슷한 감정이 솟구쳐 올랐다.

"아까는 고마웠어요." 아키쓰는 어쨌거나 인사를 했다. 그러자 다바타가 의외의 대답을 했다.

"아까 그거…… 아직 유효해?"

"30초 동안 눈을 감고 있겠다는 제안 말인가요?"

다바타는 침묵으로 긍정했다.

"약속할게요. 당신에 대해서는 말하지 않겠습니다. 도망치면 다시 시작하세요."

작게 웃는 소리가 들려왔다.

"진심으로 말하는 겁니다. 터무니없는 말이 아니에요."

"그건 됐고. 난 그저 죽이고 싶지 않을 뿐이야."

눈은 아까보다 더 심해졌다.

"그럼." 열쇠를 들이미는 소리가 들린다.

아키쓰는 "네" 하며 눈을 감았다. 아까까지는 만약 이 거래를 다바타가 승낙한다 해도 약속을 지킬 생각 따윈 없었다.

"하나, 둘, 셋, 넷, 다섯, 여섯……."

하지만 숫자를 세는 동안, 아키쓰는 정말 살아 나간다면 이 남자를 경찰에 넘기는 짓은 하지 말자고 마음을 고쳐먹었다.

"일곱, 여덟, 아홉……."

자물쇠가 열렸다. 다바타의 발소리가 멀어져간다.

그때였다. 지금까지 조용하던 거리에 차들이 달리는 소리가 들려왔다.

한 대가 아닌, 여러 대였다. 경찰차 사이렌도 들린다.

아키쓰는 암호가 통했다는 것을 깨달았다. 그리고 웬일인지 다바타가 무사히 도망가기를 빌었다.

아키쓰를 무사히 확보했다는 연락을 받은 임원 회의실에서는 마코토가 안도한 나머지 그 자리에 쓰러질 뻔했다. 마코토는 야자와 변호사가 부축해주는 손을 잡았다. 얼굴과 어울리지 않게 다부진 손이네. 마코토가 그런 뜬금없는 감상을 떠올리고 있는데 연락을 받은 미즈타니 이사가 뛰어 들어왔다.

"다행이네. 정말 별일 없어서 다행이야."

이와무라와 시라이시, 아오키도 연이어 들어왔다.

"우리 직원이 어떻게 되기라도 했으면 회사를 그만두려고 했었어요."

어디까지가 진심인지 알 수는 없었지만 모두 진심으로 기뻐하는 듯했다.

하지만 마루오 사장은 이 자리에 나타나지 않았다. 앞으로 어떻게 처신해야 할지 혼자 곰곰이 생각할 필요가 있었다.

그리고 와키타 상무 역시 아키쓰의 무사를 기뻐할 여유는 없었다.

"당신이 무슨 짓을 했는지 안 이상 해고하는 수밖에는 없겠군요."

상무실에서 대기하고 있던 미나코에게 와키타는 그렇게 말했다. 미나코는 한마디도 변명하지 않았다. 그리고 마지막까지 인재 회사와 관계했다는 것을 인정하지 않았다.

"남은 계약 기간에 대해서는 급여를 지불하겠습니다. 그 대신, 일신상의 이유로 마루오를 그만두겠다고 파견 회사에 말하세요."

대답하지 않는 미나코에게 와키타는 "이건 내가 베풀 수 있는 최대한의 호의요" 하고 말했다.

"고소해주십시오, 상무님." 미나코는 와키타를 열기 띤 눈으로 바라보았다.

"안 그러면 저, 언제까지고 빠져나올 수 없습니다."

"스스로 빠져나오는 수밖에 없어요. 파견 계약이 끝나면 당신과 나는 생판 남입니다."

와키타는 감정을 전혀 드러내지 않은 채 말했다.

"알겠습니다. 마지막으로 한 말씀만 드려도 될까요. 상무님에 대한 마음만은 거짓이 아니었습니다."

미소 짓는 미나코가 진심을 말하고 있는지 어떤지는 와키타로서도 알 길이 없었다.

나도 별수 없군, 제 앞가림 하나 제대로 못하고. 괴로움과 안타까움이 중년 남자의 가슴속으로 밀려들었다. 그가 미나코를 내심 밉지 않게 생각하고 있었다는 건 아무도 모른다.

그날 밤, 24시간 만에 아키쓰는 자신의 집으로 돌아왔다.

"다녀왔어."

평소처럼 현관문을 열었다.

"어서 와요!"

에이코가 눈물을 흘리면서 아키쓰에게 안겨왔다. 보통은 뭐야 하며 아키쓰를 흘겨보던 에이코의 솔직한 표현에 아키쓰는 기뻤다. 나쓰미도 그런 부모를 부끄러워하면서도 기쁜 듯 지켜보고 있었다.

에이코는 아키쓰로부터 몸을 떼며 말했다.

"이런 남편이라도 없으니까 쓸쓸하더라."

이미 평소의 에이코로 돌아와 있었다.

"자, 빨리 씻고 나와. 어제 안 들어와서 몸에서 냄새난다."

나쓰미도 얼굴을 찡그렸다.

"어휴! 생선 냄새! 몸에 밴 거야?"

"미안, 미안!"

아키쓰는 평소와 똑같이 집에서 가장의 체면이 말이 아니라고 생각하면서 목욕탕으로 물러났다.

맨션의 좁은 욕조에 몸을 담그자 온몸이 녹아들 듯 풀어진다. 아키쓰는 그 어떤 크고 좋은 욕조보다 이것이 자신에게 어울린다고 턱까지 물에 담그며 생각했다. 졸음이 급속히 몰려왔다.

다음 날 마루오 사장은 아침 일찍 경찰에 불려와 있었다. 용의자 다바타는 체포 후 누구에게 의뢰받았는지는 전혀 말하지 않았지만 마루오 사장은 더 이상 몸 상태가 안 좋다는 핑계로 빠져나갈 수 없었던 만큼 순순히 조사에 응했다.

오전 중에 조사가 끝난 마루오 사장이 경찰서에서 나오자 아키쓰와 와키타 상무가 기다리고 있었다. 마루오 사장은 두 사람을 바라보며 말했다.

"마지막 순간까지 망설이기는 했지만 전부 이야기했네."

마루오 사장의 각오를 느낀 와키타 상무가 물었다.

"범인이 누구인지 짐작이 간다는 것도요?"

"그래, 모두 다. 그래서 내가 마루오를 팔아넘기려 했다는 것도 밝혀지고 말았지."

아키쓰가 입을 열었다.

"예전으로 돌아갈 수는 없겠군요."

마루오 사장은 아키쓰를 똑바로 보며 말했다.

"전부 솔직히 이야기하는 게 요즘의 컴플라이언스 흐름일세. 거스르면 컴플라이언스실 실장에게 혼나거든."

마루오 사장은 그런 농담을 하고는 억지로 웃음을 지어 보였다. 아키쓰는 웃지 않았다.

"옳은 대응이셨습니다. 3개월 동안 필사적으로 컴플라이언스실 실장을 해온 보람이 있었네요."

그러자 마루오 사장은 한 번 크게 숨을 들이마셨다 내쉬며 말했다.

"나는 마루오의 CEO 자리에서 물러나기로 결심했네."

와키타 상무는 여전히 무표정하게 마루오 사장을 보았다. 마루오 사장은 그런 와키타 상무에게 부드럽게 말했다.

"왜 그러는가? 좀 더 기뻐해도 되는데."

그로부터 며칠이 지나 매스컴들이 마루오의 소동을 대대적으로 보도했다.

〈마루오 홀딩스 사원 유괴되다. 범인은 인수 기업 더블시 홀딩스의 관계자?〉

〈마루오 홀딩스의 CEO 마루오 다카후미 씨, 유괴 사건에 대한 책임을 지고 돌연 사퇴〉

〈더블시 홀딩스의 이면. 중국 포춘 그룹에서 인수한 마루오를 다시 쪼개 매각하려 했다? 외국계 자본 기업의 경영 참여에 얽힌 함정〉

마루오 홀딩스의 사원 유괴 사건 및 사장 퇴임에 대한 자세한 내용이 보도되었다. 어디에서 새어 나갔는지는 모르겠지만 아키쓰가 감금 장소에서 사랑하는 아내가 준 빵을 먹은 것까지 기사화됐다. 아키쓰는 그 취재력에 혀를 내둘렀다.

하지만 마루오 매수 소동의 장본인이자 유괴 사건의 주범이기도 한 더블시 홀딩스에 관해서는 범인인 다바타가 아직도 묵비권을 행사하고 있어서 그저 의혹에 머물고 있었다.

마루오 홀딩스 본사 건물 앞에는 수많은 기자들이 몰려와 있었다. 사원들이 출입할 때마다 기자들은 카메라 셔터를 눌렀다. 마코토가 카메라를 향해 노코멘트로 일관하다 들어가는 모습이 다음 날 와이드쇼에 나오자 시골에 계신 어머니가 텔레비전에 나왔다고 흥분하며 전화했다.

사원들은 과열된 보도를 조용히 지켜보았다. 앞으로 마루오가 크게 변화할 것이라고 다들 예감하고 있었지만 다행히 그 이상의 혼란은 일어나지 않았다.

한 달 후. 마루오 홀딩스 본사 건물, 꼭대기 층에 있는 임원 회의실에서는 임시 임원 회의가 열리고 있었다.

마루오 사장과 이와무라 부사장의 퇴임이 결의되고 마루오 사장은 마지막 인사에서 눈물을 흘리며 이번 소동에 대해 사과했다.

"사장직을 물려받은 지 8년……. 아버님 같은 경영자가 되지 못한 것 때문에 늘 괴로워했습니다. 제가 유일하게 할 수 있는 건 무능한 경영자를 사장 자리에서 끌어내리는 것, 그것밖에는 없군요."

인사 마지막에 가서 마루오 사장이 말했다.

"제 후임 CEO로 와키타 하루오 씨를 지명합니다."

미리 이야기를 들었던 와키타 신임 사장은 차분한 모습으로 일어섰다. 이미 다른 임원들이나 대주주의 양해는 얻어놓은 상태였다.

"마루오 사장님의 퇴임에 맞춰 저 와키타가 대임을 이어받게 되었습니다. 다행히 사원들도 이번 사장 교체를 호의적으로 받아들이고 있습니다. 마루오 홀딩스는 사원을 위해, 고객을 위해 다시 태어나지 않으면 안 됩니다. 기대에 부응할 수 있도록 열심히 할 테니 모쪼록 잘 부탁드립니다."

회의실 안에서 요란한 박수 소리가 터져 나왔다. 특히 미즈타니 이사는 지금까지 와키타를 음지에서 받쳐주었던 노력이 결실을 보았다며 주변 사람들이 어이없어할 만큼 자기 혼자 크게 감격했다.

하지만 와키타에게 최고의 자리에 올랐다는 기쁨은 없었다. 서서히 쇠락해가는 슈퍼 경영을 어떻게 유지할 수 있을지 그 해답은 없다. 마루오 다카후미를 전망 없는 3대 사장이라고 우습게 여겼지만 최고 자리에 오르고 나면 역시나 외국 자본에 도움의 손길을 내밀고 싶어질 상황도 생길 것이다. 그럴 때 잘못을 바로잡아줄 인물이 없을까.

정오가 조금 지났을 때 료코쿠 역에서 약간 떨어진 그 꼬치구이집으로 아키쓰가 찾아왔다. 임원 회의를 마친 와키타 신임 사장이 불러냈던 것이다.

"그때 한 질문에 대답하지 않고서는 새롭게 시작할 수 없을 것 같아서요."

아키쓰는 묵묵히 점심용 메뉴판을 펼쳤다.

"7년 전 왜 당신을 팔았는지……."

"이제 됐어요. 다 끝난 일인데, 뭘. 난 닭고기 계란덮밥, 곱빼기로. 이 친구한테도 같은 걸로."

"네." 주인장이 대답한다.

"그날 당신은 여기로 오쿠라를 불렀어요."

와키타는 아키쓰가 파워하라로 좌천되는 원인을 제공했던 후배 직원의 이름을 꺼냈다. 문제가 생기기 전날 밤, 아키쓰와 오쿠라, 그리고 와키타는 이 가게에서 술을 마셨던 것이다.

"그랬지. 아아, 기억난다. 녀석에게 요코하마 야마시타점의 점포 용지 교섭을 맡겼을 때였어. 오쿠라도 자신이 맡게 되었다고 기뻐하며 매일같이 열심히 일했어. 하지만 결과적으로 교섭은 원활히 진행되지 않았지. 비교적 간단한 교섭이라고 생각했었는데……. 3개월에 걸친 교섭은 유야무야되었고 후보지는 변경됐어. 분했지. 그래서 술이나 마시면서 위로해주자 싶어서 불러냈던 거야. 너도 좋다고 했었고."

기억을 더듬어가듯 말했지만 아키쓰는 말 한마디, 토씨 하나까지 재현해낼 수 있을 정도로 선명히 기억하고 있었다.

"오쿠라에게 '너한테는 미래가 있다. 열심히 해라. 포기하지 말고 끝까지 물고 늘어져'라고 말했어."

와키타가 눈을 내리떴다.

"그 녀석, 열심히 하겠다고 했어. 설마 다음 날부터 나오지 않을 줄은 생각지도 못했지. 이유가 뭐냐, 오쿠라……. 이 말 밖에 머릿속에 떠오르지 않았어."

아키쓰는 몇 번씩이나 되풀이했던 질문을 다시 자신에게 던졌다. 그리고 와키타의 옆얼굴로 눈길을 주었다.

"이제야 안 거지만 내가 말하는 방식이 잘못됐어. 일 못하는 사람의 기분을 알지 못했지. 그때는 널 원망했지만 역시 파워 하라였다고 생각해. 컴플라이언스실 실장으로서 말하는 거니까 틀림없어."

"아닙니다, 아키쓰 씨." 와키타가 고개를 가로저었다.

"저는 오쿠라에게 전부 들었습니다. 요코하마 후보지가 변경된 건 당시 점포 총괄이었던 이와무라 부사장이 헤미 부동산으로부터 뇌물을 받았기 때문입니다. 마루오 사장이 그걸 눈감아줬고요……. 저는 물론 입 다물고 있으라고 했습니다. 하지만 그 친구는 소심한 구석이 있어서 자신이 알게 된 비밀로 인해 날마다 괴로워했습니다. 오쿠라를 특별히 아꼈던 당신은 가만 놔둘 수가 없어서 격려의 말을 해줬습니다. 그래서 오쿠라는 더욱 죄책감을 갖게 됐죠. 오쿠라를 퇴사로 몰아넣은 원인은 사실 당신이 아니라 더 이상 떠안고 갈 수 없게 된 회사의 비밀 때문이었습니다."

"왜 나한테 의논하지 않았지?"

"당신은 잠잘 시간도 없을 만큼 바빴습니다. 전국의 점포 용지 예정지를 돌아다녔으니까요. 어디서든 당신이 없으면 진행

346

이 안 됐습니다. 그래서 쓸데없는 말은 듣게 하고 싶지 않았어요. 하지만……."

아키쓰는 그 뒷말이 무엇일지 예감했다.

"말해줘."

"아무것도 모른 채 일에 투신해서 실적을 쌓고, 그래서 마치 영웅처럼 찬양의 대상이 되는 당신을 바라보며…… 제 안에 좋지 않은 마음이 생겨났습니다. 왜 나만 비밀을 품은 채 당신의 그림자가 되어야 하는가……. 그날 오쿠라가 사표를 냈다는 걸 알고…… 저는 사장에게 전화를 걸었습니다. 당신이 오쿠라를 막다른 궁지로 몰아넣었다고. 당신을 싫어하던 사장에게 그런 말을 하면 어떻게 될지 알고 있었거든요."

아키쓰는 묵묵히 듣고 있었다.

"신기하게도 후회는 없습니다. 오히려 이걸로 더 이상 착한 척할 필요가 없게 됐다 싶어서, 해방된 기분마저 들었어요. 높이 올라가려면 선의(善意) 따위는 버려야 한다고 착각했던 겁니다."

잠깐 동안의 침묵이 흐른 후 아키쓰는 말했다.

"대답해줘서 고마워. 하지만 와키타 너 말이야, 좀 더 빨리 말해줬더라면 좋았을걸."

그것은 아키쓰가 상사이고 와키타가 부하 직원이었던 그 시절과 같은 말투였다.

"아키쓰 실장님, 한 가지 의논드리고 싶은 게 있습니다. 이

347

번 신체제에서 집행부 임원으로 경영에 참여해주실 수 없겠습니까."

와키타는 마루오와 이와무라가 회사를 떠나 경영진의 쇄신이 필요하다고 말했다.

하지만 아키쓰는 지체 없이 "거절할래" 하고 대답했다.

와키타는 자신도 모르게 쓴웃음을 지었다.

"임원 승격을 거절하는 회사원도 다 있군요."

"난 일개 컴플라이언스실 실장으로 하고 싶은 말 다 하면서 살고 싶어. 임원이 돼서 온갖 것들에 얽매이는 건 사양할래."

"그렇게 생각하는 건 당신이 일개 사원이기 때문입니다. 일단 올라가보면 일개 회사원으로는 느껴볼 수 없는 재미를 알게 될 겁니다."

"그럴까? 난…… 그냥, 높은 자리에 오르면 시시한 인간이 돼버릴 것 같은데. 지방에 가서 앞치마 걸치고 고객을 상대하면서…… 세상에는 목표를 향해 돌진하는 것보다 즐거운 일이 많다는 걸 알았어."

와키타 신임 사장은 더 이상 반론하지 않았다. 곱빼기 양의 닭고기 계란덮밥이 나와서 두 사람은 나란히 먹기 시작했다.

"한 가지만 더 말해도 될까요, 와키타 신임 사장님?"

"뭐죠?"

"이제야 하는 말이지만, 당신을 끌어내리려고 무슨 해러스먼트가 없을까 뒤지고 다녔어요."

와키타는 놀라지 않았다. 그 정도는 이미 예상하고 있었을 것이다. 아키쓰는 바닥에서부터 정상을 향해 한 계단, 한 계단 계속해서 올라온 남자를 향해 말했다.

"먼지 한 톨 나오지 않았어요."

"그런가요."

"요즘 같은 시대엔 누구든 털면 파워하라나 성희롱 한두 가지 정도는 나오는 법인데. 하나도 나오지 않았죠. 정말 시시한 남자더군요."

와키타는 어느 때든 변함없는 냉정한 표정에 희미한 분노의 기색을 띠었다.

"앞으로는 인간적으로 어딘가에 작은 빈틈 하나 정도는 만들어두는 게 어떨까요. 컴플라이언스실 실장이 잘 숨겨줄 테니까요. 어쨌거나 컴플라이언스실은 사장실 직속이잖아요."

와키타는 뭐라고 말하려 했지만 마땅히 해줄 말이 떠오르지 않았다.

그때 아키쓰의 스마트폰이 울렸다. 마코토에게서 온 것이었다. "실례합니다" 하고 와키타에게 말하고 아키쓰는 전화를 받았다.

"아키쓰입니다."

"실장님. 또 새로운 성희롱 사건이에요. 저는 이야기를 듣는 것만으로도 너무 화가 나서……."

"금방 갈게."

아키쓰는 서둘러 밥을 입에 쓸어 담고 나서 일어섰다.

와키타는 그 모습을 지켜보았다. 아키쓰가 돌아보며 인사 정도는 할 줄 알았는데 한 번도 돌아보지 않았다.

아키쓰가 컴플라이언스실로 돌아오자 마코토와 야자와 변호사가 그를 기다리고 있었다.

"늦으셨네요, 실장님!"

"미안해, 선배!"

마코토는 선배라는 호칭에 절로 뿌듯해졌다.

"이분이 상담 신청자인 다카하시 씨입니다."

두 사람 앞에는 한 여자 직원이 있었고, 그 눈은 눈물로 글썽였다. 아키쓰는 그녀 앞에 앉아 이렇게 말했다.

"컴플라이언스실 실장인 아키쓰입니다. 편히 생각하시고 말씀해주세요. 당신이 조금이라도 일하기 쉬운 환경이 되도록 도와드리겠습니다."

앞으로 남은 회사원 인생은 길어야 7년.

아마도 마지막 부서가 될 컴플라이언스실 업무의 심오함을 비로소 알게 되었다. 그러고 보니 새벽 시간대의 동틀 녘과 마찬가지로 해가 기울기 직전의 시간대에도 물고기가 많이 잡힌다고 한다.

일몰까지 한 시간이 관건이었다.

사회적이면서 동시에 본능적인 해러스먼트, 그 양면성에 대해

　여기 두 사람이 있습니다. 한 사람은 이제 막 사회 활동을 시작한, 그리하여 조직 내에서, 사회에서의 자신의 역할에 대한 포부와 희망으로 가득 차 있는, 의욕 충만한 사회 초년생입니다. 그는 자신이 조직을, 사회를 바꿀 수 있다고 믿습니다. 자신이 믿는 가치를 근거로 조직을, 사회를 바꾸어나가고 싶어 합니다. 불의는 정의로 대체할 수 있으며, 온몸으로 부딪쳐나가면 반드시 개선될 수 있고, 자신이 개선해나가겠다고 외칩니다. 그래서 비록 몸이 힘들고, 괴로운 상황에 처해도 내일이 있으므로 꿋꿋할 수 있습니다. 잠깐 멈춰 서서 '아, 돈 버는 일이 참 힘들구나, 사람과 사람이 함께 부대끼며 사는 게 이렇게 괴로운 일이구나' 새삼 느끼면서도 내일이 되어 돈이 손에 들어오고, 그 돈으로 생활을 영위해나가면, '역시 돈 버는 일은 보람이 있구나, 사람과 사람이 이렇게 부대끼며 사는 게 사회구나, 산다는 건 역시 행복한 일이구나' 하고 생각합니다.

또 다른 한 사람은 삼십 년 직장생활을 한, 신물 나게 보고 듣고 그것도 모자라 온몸으로 온갖 신산을 헤쳐온, 노회한 중년의 생활인입니다. 말이 좋아 생활인이지, 생활이 그인지, 그가 생활인지도 가늠이 안 될 만큼 닳고 닳아 사회인으로서는 이제 그만 골방으로 보내도 좋지 않을까 싶을 정도입니다. 조직에 대한 충성은 기본이고 배신은 덤쯤으로, 자신이 무엇을 바꿔나갈 수 있다는 기대는, 혹은 바꾸고 싶다는 생각은 전혀 없습니다. 그저 평생을 가족을 위해 헌신해온 만큼 다 큰 딸에게, 누구보다 자신을 잘 아는, 그리하여 굳이 자초지종의 피곤함도 생략할 수 있는 이심전심의 반려자에게 외면받지 않는 삶이기만을 간절히 고대할 뿐입니다. 그에게 돈 버는 일은 괴로움입니다. 사람과 사람이 함께 산다는 것은 곱절의 괴로움일 따름인 이 세상에서, 사회에서, 조직에서 그래도 죽지 않고 버티고 있습니다.

그렇습니다. 이 책을 보신 분이라면 곧바로 짐작하셨겠지만, 제가 나름대로 해석해본 마루오홀딩스의 컴플라이언스실 직원인 마코토와 실장인 아키쓰입니다. 이 책은 젊은 마코토의 고비, 그것을 정의와 불의, 고집과 타협, 순수와 타락 등의 분수령쯤으로 해석할 수 있다면 그 고비와 중년의 아키쓰의 고비가 부딪혀서 갈등하고, 갈등하다 헤어지고, 다시 어우러지는 과정을 '해러스먼트'라고 하는 계기로 이야기하고 있습니다. 이렇게 말하면 왠지 이 책이 '해러스먼트'라는 '직장 내 괴롭힘'과는 동떨어진 것 같지만 사실 그렇기도 하고 또 사실 그렇지 않기도 하다는 것이 제 해석입니다. 왜냐하면 '해러스먼트'라는 낯선 이국의 단어가 직장이라는 조직의 제도에 대한 말인 동시에 '직장 내 괴롭힘'이라는 인간의 본능에 대한 표현이기도 하기 때문입니다.

어떤 심리학자는, 인간은 본능적으로 무리를 짓고, 무리를 지으면 자연스럽게 패를 가르며, 그 패는 자신의 패를 지키기 위해 다른 패를 공격하는, 그런 유전자를 가지고 있다고 합니다. 그것은 강자를 배제하기 위한, 약자인 자신을 보호하기 위한 본능과는 또 다른, 약자를 더욱 배제함으로써 강자에게 철저히 잘 보이기 위한 교활한 처세 본능이라는 측면도 포함하고 있습니다. 해러스먼트의 범위가 강자가 약자를, 갑이 을을 괴롭히는 단선적 측면에만 그치지 않고 반대의 상황, 즉 을이 갑을, 약자가 강자를 괴롭히는 쌍방향의 괴롭힘까지 포함하고 있는 것만 보아도 잘 알 수 있습니다. 즉 해러스먼트는 태어나면서부터 숙명적으로 사회적 존재가 될 수밖에 없는 인간의 원초적 굴레인 것입니다.

그럼에도 우리는 해러스먼트를 거부합니다. '게임'이라는 권력의 속성을 가지고 있기 때문에 거부하기도 하고, 그 밑바탕에 깔린 '폭력'의 음험함 때문에라도 더욱 거부합니다. 거부해야 합니다. '직장 내 괴롭힘 금지법'이 생기고, 그것을 처벌

하겠다는 뒤늦은 제도적 장치가 생겼어도 우리가 선뜻 쌍수를 들어 환영하기가 낯 뜨거운 이유는 이 괴롭힘의 뿌리가 우리에게 태생적으로 내재되어 있었다는 깨달음 때문인지도 모릅니다. 그리고 그 부끄러움을 굳이 백주대낮에 훤히 드러낸 채 다시는 그러지 말자고 격려하는 존재적 뻔뻔스러움 때문에라도 더욱 그렇습니다. 이 책을 곰곰이 보다 보면 자꾸 이런 생각이 듭니다. 이 책의 재미있는 미덕입니다.

해러스먼트 게임

초판 1쇄 인쇄 2020년 1월 29일
초판 1쇄 발행 2020년 2월 10일

지은이 이노우에 유미코
옮긴이 김해용
펴낸이 연준혁

편집1본부 본부장 배민수
편집1부서 부서장 한수미
책임편집 박윤

펴낸곳 (주)위즈덤하우스 미디어그룹 출판등록 2000년 5월 23일 제 13-1071호
주소 경기도 고양시 일산동구 정발산로 43-20 센트럴프라자 6층
전화 031)936-4000 팩스 031)903-3891 홈페이지 www.wisdomhouse.co.kr

값 13,800원

ISBN 979-11-90182-99-7 03830